RÉSEAU NEURAL

HUMAIN++ TOME 3

DIMA ZALES

♠ MOZAIKA PUBLICATIONS ♠

Publié par Mozaika Publications, une marque de Mozaika LLC.
www.mozaikallc.com

Couverture par Najla Qamber Designs
www.najlaqamberdesigns.com

Traduit de l'anglais (États-Unis) par Suzanne Voogd

Révision linguistique par Valérie Dubar

e-ISBN : 978-1-63142-393-2
Print ISBN : 978-1-63142-394-9

CHAPITRE UN

————————

Je me trouve à quatre cents mètres de haut, à l'étage 102 de l'un des aimants à touristes les plus récents de Manhattan : One World Observatory. Les visiteurs autour de moi écrasent leur nez contre les fenêtres installées du sol au plafond afin de profiter d'une vue qui pourrait rendre acrophobe n'importe qui. Je me joins à la foule et je regarde moi aussi. Chaque quartier est visible sous nos pieds, comme une carte 3D de New York City.

Je suis pris d'un vague sentiment de déjà-vu qui me remplit d'angoisse. Il est difficile de dire si j'ai peur du vide, de la foule ou de quelque chose de plus éphémère.

Une forme sombre bouge dans la foule et je pivote sur mes talons.

Je me trouve en face d'un homme possédant deux nez. Il a des narines percées à l'endroit où devraient se trouver ses yeux, et un œil de cyclope au milieu du visage.

Mon application de reconnaissance faciale signale une erreur et l'équivalent biologique d'un échec système se produit dans la partie de mon cerveau responsable de la reconnaissance des visages.

L'homme aux nez sort un pistolet et avant que je puisse me demander comment il a pu passer la sécurité au rez-de-chaussée, il le lève, aligne le visiteur avec son œil unique et tire sur la gâchette.

Sans les bouchons d'oreilles que j'utilise normalement au stand de tir, le coup de feu fait exploser mes tympans, accélérant sans doute d'au moins un an la surdité due à l'âge. La gigantesque fenêtre à côté de moi se brise en petits morceaux qui tournent et oscillent, faisant de leur mieux pour blesser autant de touristes que possible. J'ignore d'autres coups de feu, ainsi que le sang et les cris tout autour de moi, car un autre homme avec le même type de visage apparaît derrière moi. Je me tourne et j'essaie de donner un coup de poing dans son œil unique, mais il m'évite.

Je marque un temps d'arrêt. Si j'utilisais Photoshop pour dupliquer un œil, que j'effaçais le nez supplémentaire et que je plaçais tout au bon endroit, le visage devant moi ressemblerait beaucoup à celui que je vois dans le miroir tous les jours, les piercings en moins.

Mon attaquant utilise mon hésitation et mon manque d'équilibre momentané pour me pousser vers la fenêtre brisée.

Je crie, mais c'est trop tard. Après un moment digne

d'un dessin animé durant lequel je regarde en bas et je vois la hauteur terrible, je commence à tomber.

Ce bâtiment est si grand qu'il y a des nuages autour de moi. La sensation de déjà-vu devient plus forte alors que je fonce à côté des gratte-ciel alentour. D'ici, ils semblent minuscules. La Statue de la Liberté est comme un jouet dans l'eau et les gens dans les rues sont trop petits pour être vus, comme des bactéries.

Mon cœur se rend compte que je vais m'écraser sur le trottoir dans environ dix secondes et il essaie de fuir de ma poitrine tant qu'il le peut. La terreur dans chaque cellule de mon corps approfondit la sensation de déjà-vu.

Mon cri s'étrangle lorsqu'une silhouette enflammée arrive de nulle part, comme l'Oiseau de feu des légendes russes. Lorsqu'il s'approche, je me rends compte que c'est un être humain qui brille. Dans un bruissement d'ailes enflammées, il me prend dans ses bras et nous planons autour du quatre-vingtième étage du gratte-ciel.

Les cheveux de mon sauveur forment un halo révélateur autour de sa tête, à la façon d'Einstein. Lorsque je reconnais le visage de l'IA, je sais instantanément ce qu'il est sur le point de dire.

Effectivement, il annonce avec un accent allemand :

— Vous êtes en sécurité. Dans le cadre de votre thérapie de réduction des cauchemars, je vous informe que ceci est un rêve. Vous m'avez également demandé de suggérer d'essayer les rêves lucides, qui nécessitent de rester endormi.

— Bien sûr, dis-je en résistant à peine à l'envie de me frapper le front. C'est pour cela que j'avais cette impression de déjà-vu. J'ai déjà eu ce cauchemar.

— Vous avez également eu d'autres rêves où vous tombiez.

La luminosité d'Einstein a complètement disparu et il ne possède plus d'ailes enflammées.

— Nous pourrons discuter plus tard de vos rêves. Votre créneau pour le rêve lucide diminue très vite.

Il a raison. Si je veux prendre le contrôle du monde de mes rêves comme le suggèrent tous les livres sur le sujet, je dois agir maintenant.

Tout d'abord, je me concentre afin de transformer le rêve désagréable de ma chute en un rêve avec une action physique similaire, mais une valeur subjective presque opposée. Je souhaite voler et un instant plus tard, je m'élève au-dessus de Manhattan et je profite d'une vue que les passagers d'un hélicoptère pour touristes m'envieraient.

Einstein redevenu normal et moi formons une volée de deux. Il tend les bras devant lui comme Superman et moi, je les étends comme des ailes.

— C'est merveilleux, dis-je à l'IA. Si la chute est terriblement stressante, voler, c'est de la joie pure.

— Faites attention, répond Einstein. L'euphorie peut vous réveiller tout aussi facilement que…

———

Je me réveille dans mon lit, un museau de rat contre mon dos et le corps chaud d'Ada devant moi.

— Vous êtes resté sans connaissance pendant deux heures et trente-sept minutes, dit la voix d'Einstein.

— Un autre cauchemar ? chuchote Ada par-dessus son épaule.

— Rien de terrible, dis-je.

C'est un euphémisme que j'utilise pour signaler que je n'ai pas rêvé du massacre de membres de ma famille ni d'autres horreurs que j'ai pu affronter.

— Juste des visages bizarres et une chute.

— Je parie que c'est le trac qui se manifeste. Après tout, notre voyage est pour après-demain.

Elle allume la lumière tamisée de la chambre par une commande mentale à Einstein et elle se tourne vers moi, ses yeux ambrés semblant étonnamment alertes pour cette heure de la nuit.

Elle n'a peut-être pas tort. Nous allons faire des présentations de notre entreprise dans plusieurs nouveaux marchés, et je redoute de plus en plus ces voyages, et pas seulement parce que, comme tout humain normal, je n'aime pas parler devant une foule.

— En réalité, je m'inquiète davantage de devoir l'annoncer à notre progéniture, dis-je à Ada dans un message privé en Zik.

Bizarrement, j'ai l'impression que notre fils pourrait m'entendre si je fais vibrer les ondes de la maison.

— C'est juste après son anniversaire et je ne veux pas gâcher ce grand événement.

— Ne t'inquiète pas pour ça maintenant.

Elle caresse mon épaule.

— Si tu veux, je serais la méchante cette fois, si ça peut t'aider à dormir.

— Tu es la meilleure femme au monde, mais c'est quelque chose que nous allons devoir lui dire ensemble. Maintenant, dormons.

— Dans quelques minutes.

Elle se décale vers moi et lorsque ses lèvres s'approchent des miennes, je me rends compte de ce qu'elle veut. Mon anatomie réagit... fortement.

— Quand tu auras accompli ton devoir marital, tu dormiras encore mieux, ajoute-t-elle d'une voix plus grave, en prenant soin de frôler mes lèvres avec les siennes en parlant.

— Réalité virtuelle ou en vrai ?

— Pourquoi pas les deux ?

Elle retire la couverture d'un grand geste et le sommeil n'est plus qu'un souvenir distant.

CHAPITRE DEUX

— *S dnyom rozhdeniya*, Alan, dit oncle Abe à mon fils en levant son verre.

Ma mère lève également son verre avec enthousiasme.

— Joyeux anniversaire ! Quatre ans. Tu es un grand garçon.

Assise entre Gogi et Joe, ma progéniture se tient à côté de son avatar, qu'il a rendu visible seulement pour Ada et moi afin que nous puissions le voir lever les yeux au ciel en toute discrétion.

— Sois gentil avec ta grand-mère.

La version la plus récente de l'application de télépathie permet à Ada de communiquer avec gentillesse, fermeté et une légère touche de reproche en même temps, chose que l'on ne peut pas faire simplement avec la voix. Les émotions transmises par l'application possèdent des nuances qui ne peuvent être comprises et ressenties que par des gens avec des cerveaux améliorés par cerveaucytes.

— Si tu étais vraiment aussi mature que tu le crois, des expressions comme 'bébé' ou 'grand garçon' ne t'embêteraient pas autant, poursuit-elle.

— Ou 'gamin', dis-je en faisant un clin d'œil à Alan. Ou…

— Merci, grand-mère, répond-il sur une chaîne de pensées publique, sans la moindre trace de négativité.

Son message public en Zik affiche une véritable gratitude et du bonheur. Il est effrayant de voir à quel point mon fils peut être bon menteur.

— Tu as raison, bien sûr, maman, ajoute-t-il dans notre chat privé.

La tête de son avatar s'incline très bas et son pied décrit un arc de cercle devant son corps, ce qui m'indique qu'il exagère son acte de contrition.

— Certains mots et expressions déclenchent mon primate intérieur, je travaille là-dessus.

Je regarde mon fils, observant à la fois son visage du monde réel et sa représentation digitale. Si on prend les yeux ambrés d'Ada et que l'on y ajoute le double de scintillement espiègle, on obtient les vrais yeux d'Alan. Si l'on prend mon sourire – spécifiquement, le sourire que j'ai lorsque j'ai fait quelque chose de sournois à une personne qui le méritait vraiment –, on obtient le sourire d'Alan. Le reste de son visage est un mélange de ma femme et de moi avec une légère touche simiesque, comme si nous avions intégré des gènes de singe capucin dans notre descendance. Nous ne l'avons pas fait, même si nous avons la technologie pour cela ou d'autres choses que nous envierait le docteur Moreau… Alan doit être capable de voir le singe dans son propre visage, lui aussi. Autrement, comment expliquer ce commentaire sur son 'primate intérieur' ?

Par contraste avec son minuscule corps dans le monde réel, l'avatar digital d'Alan ressemble à un homme de vingt ans qui est très littéralement un mélange d'Ada et moi. Il a créé cet avatar en utilisant un réseau neural qu'il a conçu quelques semaines auparavant, une IA spécialisée dont la seule fonction était de scanner toutes les photos des unités parentales d'Alan afin de produire un visage 3D mélangeant parfaitement nos traits. Il ne s'est cependant pas inspiré de nous pour créer son corps, choisissant à la place quelque chose qu'il avait dû voir sur la couverture d'un magazine… d'où les épaules larges, les abdos saillants et un bronzage précancéreux.

Tout le monde dans la réalité fait teinter les verres et je trinque avec eux.

— Tu sais, pense Mitya dans un message privé, son corps mâchant un sandwich au caviar. C'est fou d'avoir une table remplie de cuisine russe au milieu de tout cela.

Je regarde autour de moi et j'acquiesce. Cette fête ne semble pas à sa place au milieu de l'exposition sur les dinosaures du musée d'histoire naturelle. Quand j'ai loué *Une nuit au musée* il y a quelques semaines, je ne m'étais pas rendu compte à quel point la location de ce film allait devenir onéreuse. D'un autre côté, à quoi sert-il d'être l'une des personnes les plus riches au monde si l'on ne peut pas louer un musée pour l'anniversaire de son fils ?

— Aimes-tu mon cadeau ? demande Muhomor quand il arrête de faire la grimace comme il le fait après chaque verre de vodka.

Muhomor porte le dernier modèle de son armure contrôlée par les cerveaucytes, qui lui permet de marcher pendant plusieurs jours sans s'arrêter, de courir une centaine de marathons et de battre le record du monde au sprint. S'il le voulait, il pourrait bondir et danser sur le crâne du squelette de dinosaure géant qui se trouve au centre de ce hall énorme. Golan Dahan, notre directeur de Nanotech, pense qu'il nous faudra seulement quelques mois pour réparer la colonne vertébrale de Muhomor – et celle de toute personne en ayant besoin.

— Qui n'aime pas lire des informations sur les blockchains ?

L'avatar privé d'Alan lève encore une fois les yeux au ciel.

— J'ai toujours voulu savoir comment fonctionnent les bitcoins avec autant de précision que possible.

Ada et moi sommes les seuls à détecter le sarcasme de la voix réelle d'Alan. Muhomor prend ses paroles au premier degré et il sourit comme s'il avait réussi à pirater encore une autre banque. Ada et moi échangeons un regard et décidons que puisque nous aussi nous levons les yeux au ciel lors de la plupart des affirmations de Muhomor, nous ne devrions pas punir

Alan pour cette impertinence. Après tout, il a appris ce comportement auprès de nous.

— Je veux juste m'assurer que ce 'cadeau' ne contienne pas des idées sur la façon de pirater les fonctions cryptographiques des bitcoins.

Muhomor s'étrangle presque avec sa brochette d'agneau en voyant le sourire entendu d'Ada.

— J'espère que nous sommes tous d'accord pour dire qu'une telle chose ne serait pas un cadeau approprié pour un enfant de quatre ans ?

Alan semble soudain beaucoup plus intéressé par son cadeau. Muhomor fait un geste précipité et le cadeau virtuel se modifie, le nouveau étant beaucoup plus petit.

J'envisage de faire examiner le cadeau en détail par une des myriades d'instances parallèles de moi-même, avant d'abandonner l'idée. À la place, je dis mentalement à Ada :

— Si Alan décidait de s'intéresser aux bitcoins, ce serait très facile de toute façon.

Alan a reçu des cerveaucytes dès sa naissance, longtemps avant que les lois américaines établissent l'âge minimum d'éligibilité aux cerveaucytes à dix-huit ans. Nos lobbyistes onéreux travaillent sur l'annulation de ces lois, ainsi que toute autre forme de législation contre nos produits. Alan a également reçu les respirocytes en même temps que nous. La seule chose que nous ne lui avons pas donnée, car elle est encore en développement, ce sont les serveurs osseux. C'est le nom que Dahan a donné au bêta produit qui nous permet d'avoir des os plus forts pouvant servir de ressource informatique si nécessaire.

Dans tous les cas, en ce qui concerne les améliorations du cerveau, Alan en a eu autant que les autres membres du Club des cerveaucytes, c'est-à-dire beaucoup. Il a également été le premier humain à avoir une carte complète du connectome de son cerveau dans un substrat digital, bien que nous ayons tous suivi juste après. Comme pour nous, les parties digitales de son cerveau dans le cloud dépassent de très loin ses maigres parties biologiques. Son esprit est distribué sur des serveurs perfectionnés que seuls les cerveaux améliorés auraient pu développer en si peu de temps.

Il en résulte qu'Alan a intellectuellement autant en commun avec un enfant de quatre ans typique que nous avec un être humain lambda sans amélioration. Alan savait parler le Zik quand il n'avait que quelques mois. Il a récemment terminé sa thèse de doctorat en informatique et il a l'intention d'étudier d'autres domaines. S'il voulait s'intéresser au piratage, il serait effrayant, mais je ne crois pas que cette activité soit assez stimulante pour lui.

— Il ne prendra pas la peine de faire quelque chose d'aussi banal que le piratage, dit Ada en faisant écho à mes propres pensées. Il s'occupe avec des projets plus intéressants.

C'est vrai. Le défi intellectuel d'Alan en ce moment concerne les environnements de jeux vidéo utilisant la réalité virtuelle – ou, comme il aime les appeler, des simulations du monde. Je crois qu'il a commencé à s'y intéresser quand il a appris que j'utilisais la réalité virtuelle pour m'aider à supporter des symptômes de type syndrome post-traumatique. Il a maintenant créé tout un monde virtuel dans lequel M. Spock et les autres rats améliorés peuvent se promener. Ce monde est un nirvana pour rats et M. Spock et ses proches y passent désormais la majeure partie de leur temps. En fait, le Monde des Rats est l'endroit où ils se trouvent virtuellement en ce moment, bien que leurs corps biologiques soient à la maison. Être stimulé de cette façon aide à augmenter l'espérance de vie des rats, tout comme les nanocytes avec lesquels nous faisons des expériences et que nous finirons par utiliser pour tripler l'espérance de vie humaine. La partie la plus intéressante du monde des rats, toutefois, c'est qu'Alan l'a peuplée de rats virtuels avec des cerveaux imités de façon si détaillée que les créatures qui en résultent sont de véritables rats, si on prend tout en compte. Sauf si vous voulez philosopher à ce sujet, ce qui est le cas d'Alan. Quand j'ai parcouru le monde des rats et que j'ai vu des multitudes de ses créations, il n'était pas difficile d'imaginer mon fils grandir pour créer des univers entiers, comme une divinité autoproclamée.

— Il n'a pas non plus la motivation financière pour pirater les bitcoins, dis-je lorsqu'Ada me regarde, dans l'expectative.

— Exactement.

Ada et moi avons mis en place un fonds fiduciaire de plusieurs milliards de dollars pour Alan l'année dernière. Son argent de poche mensuel se chiffre en millions. Cependant, il n'aura pas besoin de nos fonds pendant longtemps, car ses nombreuses entreprises afficheront bientôt des bénéfices. Ce gosse possède plus de brevets que Thomas Edison.

— Si c'est l'heure des cadeaux, j'ai quelque chose pour notre petit lapin, dit ma mère.

Je remarque que JC, son nouveau mari, touche son coude pour l'avertir. Il comprend Alan mieux qu'elle.

— Tiens, dit-elle en attrapant une boîte sous sa chaise et en la sortant avec aplomb. C'est de la part de tes grands-parents.

Ma mère insiste pour qu'Alan considère JC comme son grand-père, mais Alan insiste pour appeler JC par ses initiales, comme tout le monde. C'est en partie parce qu'Alan supplante JC dans la hiérarchie de l'entreprise Humain++. JC gère toujours Techno, qui n'est plus qu'une petite partie d'une société géante que Mitya, Ada et moi avons formé ensemble, tandis qu'Alan est un actionnaire principal de cette société.

— C'est un pull tricoté, dit Alan dans le monde réel sans la moindre trace de déception que même moi je ressens à sa place. Merci.

Il s'approche de ma mère et l'embrasse sur la joue. Elle fond immédiatement en une flaque de contentement. J'espère vraiment qu'il ne deviendra jamais malveillant, car ce geste aurait fait la fierté de Machiavel.

— C'est mon tour.

Oncle Abe sort un paquet emballé qui est manifestement un skateboard.

— Et voilà. C'est pour que tu puisses jouer davantage dehors.

Contrairement au reste de la famille, oncle Abe n'a pas rejoint la nouvelle multinationale Humain++ et il a refusé les versions avancées des cerveaucytes. Il a fallu le convaincre longtemps pour lui faire accepter les cerveaucytes les plus récents approuvés par la FDA, l'agence des produits médicamenteux, et transmis par patch transdermique. Ce sont les cerveaucytes de Niveau III qu'Humain++ a donnés gratuitement à des milliards de personnes. Son manque de compréhension des capacités mentales d'Alan explique pourquoi il a aussi mal calculé son cadeau : autrement, il aurait su qu'Alan avait analysé les risques de la pratique du skateboard et qu'il avait trouvé les statistiques effrayantes inacceptables… du moins, j'espère que c'est ce qu'il s'est produit.

Étrangement, Alan semble sincèrement reconnaissant, ce qui est inquiétant. Je dis mentalement à Ada :

— Chérie, nous devrions créer une expérience de réalité virtuelle correspondant à la pratique du skateboard afin qu'Alan ne soit pas tenté de s'ouvrir le crâne pour de vrai.

— Je suis certaine qu'il n'a l'intention de faire du skate qu'avec un de ses robots-avatars, répond-elle calmement. Mon autre fil de pensée voit son corps préféré marcher jusqu'ici.

Je vérifie les caméras de sécurité du musée et je confirme que l'un des 'corps' d'Alan marche effectivement dans notre direction. Évoquant davantage un squelette de Terminator qu'un être humain, ce modèle possède des capteurs visuels, auditifs, du goût, de l'odorat et du toucher qui passent pour leurs équivalents humains. Mais contrairement à un corps humain, il nous permet également de sentir les champs électriques et magnétiques, de faire de l'écholocalisation, de détecter les changements d'humidité de l'air et quelques autres choses que je n'ai pas encore essayées.

Sur un coup de tête, je crée une autre instance de moi-même, prenant possession de l'un des corps de robot que j'ai laissés en attente et je le fais marcher vers l'avatar métallique d'Alan.

Incorporer ce genre d'équipement me donne toujours une impression bizarre, bien plus que lorsque j'opère des avatars dans un environnement virtuel. C'est en partie parce que j'ai des centaines de copies virtuelles de moi en même temps, alors que je n'ai que rarement besoin d'un corps de robot physique pour le travail ou les loisirs. Malgré tout, pour ma conscience étendue, le corps du robot est assez pratique, et ses sens sont étonnamment réalistes. Être dans ce corps soutient vraiment l'idée qu'Ada essaie de vendre à tout le monde depuis des lustres : que le corps humain est une machine, tout comme ce robot, sauf qu'il est fait de viande.

— Peux-tu me laisser utiliser ton skateboard ? demande mon instance robotique à celle d'Alan.

Ma voix synthétique est presque indiscernable de celle d'un humain.

— Bien sûr, papa.

Pour compléter ces mots, le visage métallique de l'avatar d'Alan essaie de me sourire, ce qui reste effrayant sur ce modèle particulier.

— Mais moi d'abord.

— Hé, c'est ton anniversaire.

Je fais faire un clin d'œil à mon robot.

— J'ai trouvé ça pour le petit guerrier, dit Gogi en sortant une boîte.

Si les robots qui viennent d'arriver mettent Gogi mal à l'aise, il ne le montre pas, contrairement à oncle Abe, qui est blanc comme un linge.

Pendant que son corps de robot part sur le skateboard, la minuscule version humaine d'Alan arrache le papier du cadeau de Gogi avec un enthousiasme approprié pour son âge. Sans surprise, le cadeau de Gogi est une paire de petits gants de boxe, encore un commentaire pas très subtil sur le fait qu'Alan devrait commencer à s'entraîner à l'autodéfense dans le monde réel. Dans le monde virtuel, le gosse écrase déjà Gogi, et je parie que si Gogi pouvait contrôler un robot, ce qu'il ne peut pas, Alan le battrait aussi de cette façon.

Ada fronce les sourcils en voyant le cadeau. J'attrape sa petite main dans la mienne et je serre doucement en disant en privé :

— Si Alan apprend à boxer, il sera plus en sécurité.

Elle ne semble pas apaisée, mais elle ne dit rien.

Joe s'éclaircit la gorge, indiquant qu'il doit lui aussi avoir quelque chose pour notre fils.

Le froncement de sourcils d'Ada s'accentue. Malgré les améliorations récentes de Joe dans ses affaires et son tempérament, elle n'est pas encore sa plus grande fan.

— Tiens, dit-il à Alan. J'espère que ça t'ira.

Alan déballe le cadeau de Joe avec encore plus d'enthousiasme que celui de Gogi, mais lorsqu'il regarde à l'intérieur, tout son corps semble s'affaisser. Avec une excitation que je reconnais clairement comme étant fausse, il dit :

— Un gilet pare-balles, waouh. Merci, oncle Joe.

Dans notre réalité virtuelle privée, Ada et moi échangeons un regard appuyé, et je dis secrètement :

— Tu sais, cela aurait pu être pire, comme un couteau.

Contrairement à son père, Joe possède le système plus avancé de Niveau II des cerveaucytes, qui donne une plus grande variété de fonctionnalités à son utilisateur, y compris un boost cérébral modeste. Le Niveau II est un avantage en nature pour tous les employés d'Humain++, et en tant que chef de la sécurité, Joe a été l'un des premiers à l'adopter.

Le boost cérébral de Niveau II a eu un effet intéressant sur mon cousin. Il semble désormais posséder une conscience, bien que rudimentaire. Il y a plusieurs théories pouvant en expliquer la cause, et toutes partent de l'idée qu'il n'avait pas de conscience avant. Mitya pense que Joe s'adoucit avec l'âge, mais nous pensons tous que c'est n'importe quoi, car 'l'adoucissement' a eu lieu au cours des quatre dernières années. Je pense que le fait de devenir plus intelligent fait comprendre que la violence n'est parfois pas la meilleure solution, mais mes amis pensent que cette explication est trop simpliste, car de nombreuses personnes intelligentes ont commis des violences.

Ada juge que c'est l'ancienne méthodologie du boost cérébral des cerveaucytes qui est à l'origine des changements de Joe, car nous employons toujours la vieille méthode pour le Niveau II. Les vieux boosts utilisent des régions simulées du cerveau afin d'augmenter la puissance cérébrale, ce qui signifie que Joe reçoit plus de cerveau ne faisant pas partie de son cerveau d'origine et que d'une façon ou d'une autre, il gagne ainsi en empathie ou quoi que ce soit dont il manquait avant. Si elle a raison, il faudrait que nous fassions attention à la façon dont nous donnerons l'accès à Joe au Niveau I, si nous le faisons un jour, car cela utilise la méthode nouvelle.

Par nécessité, les capacités des cerveaucytes du Niveau I sont toujours disponibles uniquement pour les quatre membres d'origine du Club des cerveaucytes, plus mon fils. Ce n'est pas parce que nous essayons d'accumuler le pouvoir. Nous voulons que tout le monde puisse devenir Niveau I un jour, c'est juste qu'il y a un goulot d'étranglement concernant les ressources informatiques.

Les boosts cérébraux de Niveau I sont différents grâce aux avancées dans la technologie des scans du cerveau. Nous laissons les cerveaucytes existants scanner notre cerveau biologique très en détail. Puis, lorsque nous construisons des modèles informatiques pour les zones cérébrales supplémentaires, nous les basons sur les scans des circuits de notre cerveau. Cette nouvelle et meilleure méthode d'amélioration diminue les effets secondaires négatifs dont les gens du Niveau II font l'expérience, comme les moments divinatoires. La nouvelle méthode diminue également la période d'ajustement au boost, la faisant passer à quelques heures au lieu de plusieurs jours. Mais elle est informatiquement beaucoup plus difficile à accomplir, et nous ne pouvons pas encore la donner à tout le monde.

En outre, les scans du cerveau nous donnent des sauvegardes au cas où il arriverait quelque chose aux tissus fragiles, comme un AVC ou un coup sur la tête. Mitya est devenu obsédé par ce domaine de recherche et il a déjà une sauvegarde de tout son cerveau biologique. C'est son obsession qui est à l'origine des protocoles assurant que notre prodigieuse puissance cérébrale non biologique soit sauvegardée de façon régulière. Je crois qu'il perd son temps à s'inquiéter autant pour son cerveau de viande, comme l'appelle Ada. Notre puissance cérébrale biologique deviendra bientôt une minuscule partie de ce que nous sommes, si petite qu'elle pourrait ne pas nous manquer si nous la perdions soudain.

— Tu recommences à faire trop de choses à la fois.

La plainte d'Ada me sort de mes pensées.

— Non.

Ma réponse est trop défensive et j'inspire afin de me contempler. Ada essaie de me faire vivre davantage dans l'instant. Elle s'inquiète que je ne passe pas assez de bon temps avec elle et Alan. Je n'aime pas penser être le type de père et de mari qui a besoin de rappels de ce genre, même s'ils sont parfois nécessaires.

— Je code simplement la nouvelle application dont nous avons parlé – le côté défensif a complètement disparu de mon discours mental –, je teste notre cadeau-surprise, je lis les e-mails du travail et je fais une séance de psychothérapie avec Einstein. Cette dernière, c'est toi qui l'as suggérée.

Utiliser Einstein comme psy est un nouveau service que nous sommes sur le point de proposer aux utilisateurs mondiaux des cerveaucytes. Cela fera partie de notre modèle gratuit et nous avons l'intention d'apporter beaucoup de bien dans le monde, car cette thérapie a été cruciale pour réduire mes cauchemars et soulager mon stress post-traumatique.

Ada semble assez apaisée et nous regardons avec complicité Alan ouvrir un cadeau de JC qui s'avère être un yo-yo. Alan semble l'apprécier et il se met tout de suite à faire des tours avec.

— C'est bientôt à nous, dit Ada avec un clin d'œil. Il faut peut-être que tu réduises un peu ta charge de travail. Quelle qu'en soit la raison, tu sembles un peu distant.

Ada affirme qu'être multitâche réduit un peu l'attention que l'on porte à chaque activité. Comme c'est elle qui a conçu le système, cela doit être vrai. Cependant, de mon côté, je me sens rarement distrait. Cela fait quelques années que je n'ai plus l'impression de faire plusieurs choses à la fois.

De toute façon, le terme multitâche ne correspond pas bien à ce que nous savons faire. Le moi qui parle avec Einstein dans la salle de thérapie virtuelle, n'est pas le même que le moi qui regarde l'anniversaire d'Alan. C'est comme si j'existais à différents endroits en même temps, mais que j'ai ensuite le souvenir de tous ces morceaux de moi-même. Bien sûr, rationnellement, je sais que chacune des instances de moi-même utilise des ressources informatiques dédiées et que si ces ressources sont surchargées, il arrivera quelque chose à toutes les instances de moi. Cela pourrait facilement ressembler à un air distrait pour un observateur extérieur.

— N'as-tu pas conçu le système de façon à empêcher un fil de pensée d'être créé pendant une surcharge de ressources ? m'enquis-je.

— Si, je l'ai fait, mais une fois que tes ressources te sont allouées, elles ne sont jamais retirées. Si tu commences à faire plus de choses avec tes ressources, tu peux devenir distrait.

J'arrête certaines de mes tâches. Je sais qu'il vaut mieux ne pas argumenter avec Ada au sujet de la technologie des cerveaucytes. Elle reste l'experte mondiale, alors si elle dit que le multitâche rend distant, c'est sûrement vrai, même si je ressens le contraire.

— Faisons passer Mitya ensuite, dis-je en paraissant aussi alerte que possible. Nous voulons terminer la séance de cadeaux en beauté.

— Tu veux dire que tu veux faire ton intéressant ?

Son avatar privé, celui qui ressemble à un panda punk, sourit.

— Peut-être.

Je me rends compte que ma liste d'activités de tout à l'heure n'a pas inclus le skateboard avec Alan, ce qui est un signe que je suis vraiment distrait en ce moment.

— Toi aussi, tu es fière de ton travail. Tu peux l'admettre.

Un sourire atteint les yeux ambrés d'Ada dans le monde réel et je vois qu'il lui tarde de voir la réaction de notre fils à notre surprise.

— Mon cadeau est quelque chose que tout le monde pourrait apprécier, dit Mitya et nous nous tournons vers lui. J'ai conclu un marché entre Humain++ et Disney. Les gens de chez Disney vont construire un énorme parc virtuel que les utilisateurs de cerveaucytes pourront visiter en réalité virtuelle, sans avoir besoin de prendre l'avion jusqu'à Orlando. Ceci – un immense ticket d'or vole jusqu'à Alan dans l'environnement partagé de réalité virtuelle – fait partie de ce marché. Alan possède un accès VIP au parc… à vie.

Maintenant que la plus grande partie de la population humaine possède des cerveaucytes dans la tête, de nombreuses entreprises ont choisi de créer des applications et des expériences sur mesure pour les cerveaucytes, alors le fait que Disney saute sur l'opportunité ne surprend personne. Malgré tout, Alan semble surexcité à l'idée de voir ce que les gens chez Disney vont créer. Je pense qu'il a un intérêt professionnel en tant que créateur de mondes, et il pense sûrement aussi qu'un parc Disney sera amusant.

— On dirait que c'est notre tour.

Ada se lève et je la suis.

— Tu pourras profiter tout de suite de notre cadeau, dis-je à Alan.

Je jette un regard à Mitya en fronçant les sourcils – il savait ce qu'Ada et moi avions préparé pour Alan, pourtant il a choisi un cadeau très similaire au nôtre.

— J'aimerais que tout le monde fasse attention à la réalité virtuelle publique.

Ada me laisse lancer l'application B-Day et le musée autour de nous prend vie.

CHAPITRE TROIS

Une nuée de ptérosaures vole jusqu'à notre grande table et ma mère pousse un cri d'enthousiasme. Le squelette géant dans la salle se couvre de viande et de muscles, quelques secondes avant de faire apparaître sa peau. Lorsque le dinosaure monstrueux se met à bouger, il a de quoi impressionner Godzilla.

— Cette salle n'est qu'une petite partie du monde qu'Ada et moi avons assemblé, dis-je aux invités émerveillés. Les autres salles du musée s'animent en ce moment même. Voici quelques temps forts.

Je partage les écrans avec tout le monde afin qu'ils puissent voir les momies qui marchent, la baleine bleue géante qui chante en éclaboussant l'eau virtuelle au premier étage et ce qu'Ada aime le moins : Lucy et les autres hominidés chassant les mammifères et les dinosaures d'autres expositions.

Pour la première fois aujourd'hui, Alan se comporte comme j'imagine que le ferait un enfant de quatre ans :

il saute sur ses pieds et il court pour aller voir le reste de notre création.

Avant qu'Ada puisse le remarquer et désapprouver, Joe hoche la tête en direction de deux de ses gardes de sécurité, et ils suivent Alan à une distance parfaitement calculée.

Le fait que notre fils coure physiquement est un signe du succès de notre cadeau. Cet enfant est passé maître dans l'art de distribuer son esprit dans des robots et des caméras, à tel point qu'Ada et moi nous inquiétons parfois de son manque d'activité physique.

Ada et moi faisons une révérence et les autres invités applaudissent avec un enthousiasme véritable, même Muhomor. Nous nous rasseyons et Gogi sert une autre tournée de boissons alors que des libellules virtuelles géantes volent autour de sa tête.

— Je ne veux pas gâcher la fête, dit Joe d'un ton froid et insouciant qui contredit ses mots, mais vous devriez au moins savoir qu'il y a des gens qui protestent, dehors.

Je retiens un grognement lorsque l'adrénaline s'élance dans mes veines. S'il y a une conséquence de notre réussite dont je me passerais bien, ce sont les manifestations. S'il y en a une devant le musée, c'est une surprise particulièrement désagréable. Nous avons tellement fait de notre mieux pour que cet événement reste secret pour le public.

Il me suffit d'un instant pour trouver la meilleure caméra parmi la myriade disponible à l'extérieur. Après un examen rapide, mon niveau d'adrénaline se stabilise.

— Ce sont des opposants aux OGM, dis-je à Joe en privé. Ils sont inoffensifs.

Mon cousin ne prend pas la peine de montrer son mépris pour mon opinion. Il a sans doute déjà dépensé tout son mépris sur les manifestants.

Je soupire intérieurement en jetant un nouveau coup d'œil à la foule d'opposants. Malgré les sommes faramineuses que l'entreprise Humain++ dépense régulièrement en relations publiques, ce type de manifestation se passe de plus en plus fréquemment. Il est choquant de voir à quel point nos cadeaux à l'humanité ont été accueillis avec hostilité. C'est en partie parce que certaines technologies ont été vérifiées dans les livres, par Hollywood, et par des groupes de pression. Hollywood s'est par exemple chargé des robots avec entre autres *Terminator*, et les groupes de pression se sont occupés des OGM.

Ce que les gens ne voient pas, c'est que nous sommes assez intelligents pour éviter des scénarios de type Skynet et que nous gardons exprès l'intellect d'Einstein bien au-dessous du nôtre. En outre, nos plantes génétiquement modifiées sont différentes des OGM du passé, dans lesquelles des gènes étrangers étaient introduits dans des plantes domestiques traditionnelles. Nous utilisons CRISPR et d'autres techniques de modification des gènes pour modifier subtilement certains gènes de plantes sauvages ou semidomestiquées. Les légumes sauvages et la quinoa à cette table sont les produits de ce travail, et ils sont incroyables : et le fait qu'ils soient consommés par les gens les plus riches et les plus intelligents est un bon indicateur de leur absence de risque sur la santé humaine. Mais il est difficile de convertir des gens qui ont transformé leur haine des OGM en une sorte de religion.

Ada fait nerveusement des épis avec ses cheveux.

— Il y a aussi les gens de Real Humans Only. Joe avait raison d'être inquiet.

— Ces types ne sont peut-être pas aussi violents que nous le pensons, lui dis-je en souhaitant croire mes propres mots. Au moins, la cause RHO est pour moi plus facile à comprendre.

En voyant Ada froncer les sourcils, j'ajoute :

— Même si je n'approuve pas et je ne cautionne pas.

Elle fronce encore plus les sourcils.

— Ce sont des technophobes avec un nom différent, sauf que les machines qu'ils veulent casser se trouvent dans nos têtes.

C'est vrai. Comme les luddites historiques, les RHO s'inquiètent de la disparition des emplois à cause de notre technologie, et ils ont de bonnes raisons. Un seul avocat amélioré par les cerveaucytes peut faire le travail de dix avocats non améliorés. C'est pareil pour les médecins et presque toute autre profession. Étant donné que le monde a besoin d'un nombre limité de médecins, certains emplois pourraient disparaître. Et les experts ne sont pas les seuls, les ouvriers seront affectés eux aussi. Notre technologie permet à une seule personne de contrôler un groupe de robots pouvant faire un grand nombre d'emplois difficiles, dangereux et sales qui nécessitaient autrefois des équipes entières.

— Est-ce que cela va empêcher les autres invités d'arriver ? dis-je à Joe. Alan a prévu une fête pour après.

— Ses invités sont déjà là et ils ont été approuvés.

Alan revient en courant dans la pièce, reprend son souffle et dit d'une traite :

— C'était super. Merci, maman. Merci, papa.

— Tu viens d'arriver juste à temps, dis-je à Alan en apercevant le pâtissier se frayer un chemin dans le couloir.

Il a sans doute dû passer la sécurité, lui aussi.

— Prépare ton souhait.

Au lieu d'avoir quelque chose du genre Joyeux anniversaire Alan sur le gâteau, il est écrit P vs NP en délicieuse sauce au chocolat.

— Qu'est-ce que ça signifie ? demande oncle Abe. Est-ce que je veux seulement le savoir ?

— C'est juste un problème informatique que je veux résoudre en grandissant, répond Alan avec fausse modestie. En gros, c'est pour savoir si tout problème pouvant être rapidement vérifié peut également être rapidement résolu.

— Par rapidement, il veut dire en temps polynomial, dit Muhomor, même s'il est clair qu'Oncle Abe se moque complètement de la réponse. Je crois que nous pouvons tous dire que P n'est pas égal à NP.

— Tu dis juste ça parce que tu espères que c'est le cas, le taquine Alan. On pourrait battre Tema si P était égal à NP.

Alan et Muhomor se mettent à débattre de théories informatiques et tous les autres se concentrent sur leur propre conversation en consommant de grandes quantités de dessert.

— Tu devrais laisser entrer les gens de la fête, dis-je à Joe quand le dernier morceau de gâteau a disparu. La partie famille des festivités semble être terminée.

Tout le monde se lève et semble essayer de surmonter un éventuel coma par excès de nourriture en se promenant dans le musée afin de contempler le cadeau d'Alan. Alan, Ada et moi restons en arrière, car nous savons déjà à quoi il ressemble. Des serveurs s'attaquent à la grande table et en quelques minutes, l'espace est prêt pour une fête de style cocktail.

— Ça va être merveilleux de voir certains de mes amis pour la première fois, nous dit Alan avec enthousiasme.

Je dévisage mon fils.

— S'agit-il uniquement d'amis en ligne ?

Son visage espiègle devient défensif.

— En ai-je d'autres ?

— Alan, leur as-tu dit à quoi tu ressemblais ? demande Ada sévèrement.

Alan commence à répondre, mais il s'arrête lorsqu'un homme entre. Il semble avoir la trentaine, avec un air de professeur d'université. J'utilise la reconnaissance faciale afin de confirmer mon intuition : en effet, c'est un professeur de philosophie titulaire à l'université de Columbia. Il s'appelle John Moore, et il ne se trouve sur aucune liste de prédateur sexuel, non pas que Joe l'aurait laissé vivre, et encore moins entrer dans cette pièce, s'il l'était.

John marche d'un pas assuré vers moi en tendant la main.

— Alan, c'est un plaisir de te rencontrer enfin.

— Bon, ça répond à ma question, me dit Ada en privé. Ils ne savent pas qu'ils se rendent à l'anniversaire d'un enfant de quatre ans.

— Bonjour, John.

Je lui serre chaleureusement la main.

— Je ne suis pas Alan.

— Non ?

Il cherche l'aide d'Ada.

— Vous ressemblez beaucoup à votre avatar.

Il l'examine de plus près.

— Je suis vraiment désolé, êtes-vous Alan ? Vous ressemblez aussi à cet avatar, mais je croyais que vous étiez un homme. Non pas que…

— Je suis Ada, l'interrompt-elle. Voici Mike. Et ceci – elle indique notre fils – est Alan.

— J'ai vraiment apprécié notre discussion au sujet de la déclaration de Cambridge sur la conscience, dit Alan à John, d'un air extrêmement espiègle. Je viens de t'envoyer les détails de la séance de réalité virtuelle de notre fête. Si tu y entres, tu pourras me voir sous la forme avec laquelle tu es plus à l'aise.

Une fois que les yeux de John ne menacent plus de

sortir de leurs orbites, il utilise les cerveaucytes pour voir l'avatar adulte d'Alan.

— J'espère que tu ne m'en veux pas pour cette surprise, dit Alan à la fois dans la réalité virtuelle et dans le monde réel. J'ai décidé que mon anniversaire serait le moment parfait pour révéler mon âge. Je ne savais pas comment l'expliquer en ligne.

— Mais comment ? chuchote John. Est-ce une plaisanterie ?

Pendant qu'Alan explique l'histoire des cerveaucytes, Joe se faufile silencieusement vers nous et attrape si fermement l'épaule de John que celui-ci grimace de douleur.

— Si je peux vous interrompre, dit Joe. Maintenant que vous savez qui vous êtes venus voir ici, je veux simplement dire…

Je n'entends pas la suite, car il se penche et chuchote le reste à l'oreille de John.

Le regard émerveillé de John change et son visage pâle devient presque écarlate de terreur. Pas besoin de beaucoup d'imagination pour supposer que Joe a dû lui dire quelque chose du genre 'si tu touches mon neveu de quelque façon que ce soit, particulièrement de la mauvaise façon, ta courte et douloureuse vie ne sera pas assez longue pour te faire entrer sur la liste des prédateurs sexuels'.

— Joe, dit Alan en se rendant sans doute compte de la même chose, arrête de terroriser mes amis.

Joe relâche l'épaule de John à contrecœur et marche d'un pas raide jusqu'au coin opposé de la pièce.

Afin de détendre l'ambiance, je cherche la déclaration de Cambridge sur la conscience et j'apprends qu'elle affirme que de nombreux animaux sont conscients d'eux-mêmes.

— Le nombre de scientifiques ayant signé la déclaration de Cambridge sur la conscience est vraiment impressionnant, dis-je nonchalamment. Leur liste d'espèces est intéressante aussi. En plus des mammifères, ils ont inclus des oiseaux et même des poulpes.

— Cela signifie peut-être que les gens comprendront enfin cette vérité basique et évidente, grommelle Ada. Les animaux sont aussi conscients d'eux-mêmes que nous.

— Mais pas nécessairement aussi intelligents, intervient John, dont le comportement devient professionnel. La conscience n'équivaut pas à l'intelligence.

— Non, mais admettre que les animaux ont une conscience devrait au moins suffire à ce que les gens élargissent leur cercle d'empathie pour les inclure.

Ada plante fermement ses pieds dans le sol et regarde John d'un air belligérant.

— Nous ne mangeons pas les êtres humains qui ne sont pas intelligents, n'est-ce pas ?

John cligne des paupières et fait remonter ses lunettes sur son nez.

— Je vois d'où Alan tient certaines de ses opinions. Je comprends ce que vous dites, bien sûr, mais vous ne pouvez pas sous-estimer le rôle de l'intelligence.

Alan regarde sa mère d'un air inquiet. Comme moi, il sait que c'est un sujet sensible.

— Pouvons-nous essayer une autre expérience de pensée, John, comme d'habitude ?

John regarde Alan dans le monde réel et se frotte les tempes.

— Je dois encore m'habituer au fait que tu es toi. Mais bien sûr, allons-y.

— Disons qu'il existe un rat malin, commence Alan.

Il me fait un clin d'œil dans notre réalité virtuelle privée. Il parle évidemment de M. Spock et de ses collègues, mais John ne le sait pas.

— D'accord, répond John. Je peux l'imaginer.

— Maintenant, continuons en supposant que ce rat est intelligent d'après la plupart des définitions de ce mot. Pour simplifier, disons que ce rat est plus intelligent que la plupart de mes pairs.

— D'accord, dit John. Ce que tu décris, c'est un scénario dans lequel nous devrions être très gentils avec ce rat. Nous traiterions ce rat comme une personne. Si une telle créature magique existait.

— Alors tu prétends que l'intelligence du rat et non sa conscience de lui-même est le critère pour mieux se comporter avec lui ? demande Alan. D'après la déclaration de Cambridge, tous les rats sont conscients, puisque ce sont des mammifères.

— Je dirais que mon avis est plus nuancé, mais oui, je pense que c'est ce que je crois.

John fait un pas pour s'écarter d'Ada, qui n'essaie même pas de cacher son mépris de sa philosophie.

— Oublions le rat, dans ce cas, dit Alan. Supposons qu'il existe une entité, une créature intelligente plus maligne qu'un humain par le même facteur qu'un humain est plus malin qu'un rat.

— D'accord, dit John en hésitant.

— Une telle créature aurait-elle le droit de traiter les humains aussi 'gentiment' que les humains traitent en ce moment les rats ?

Alan joint ses doigts dans le monde réel.

— On pourrait faire des expériences sur eux, développer des poisons spéciaux afin de faire disparaître l'humanité, disposer des pièges collants qui feront mourir les gens de façon abominable, etc. ?

— Eh bien, répond John en se frottant plus vigoureusement les tempes. Je pense que…

Quelqu'un tousse et John n'a pas le temps de finir sa pensée. Une femme est entrée et elle observe tout le monde.

— Margret ? crie Alan. Nous sommes ici.

Margret semble encore plus étonnée que John lorsqu'elle se rend compte de l'âge de son ami en ligne. D'après la reconnaissance faciale, c'est une théoricienne de l'informatique travaillant dans un des gros fonds spéculatifs de NYC. Elle est spécialisée dans le Big data, ce qui est sans doute le sujet de conversation entre elle et Alan. Il a la capacité troublante de voir des schémas dans de grandes quantités de données et il essaie toujours de comprendre comment son esprit fonctionne.

D'autres gens arrivent, et les conversations

s'orientent vers les sujets préférés d'Alan sur l'identité, la conscience et la singularité technologique.

— Si nous définissons la singularité comme le moment où une personne normale ne peut plus suivre les technologies, dit Margret, ma mère en fait déjà l'expérience.

— Je définis la singularité comme le moment où les choses changent radicalement et où la vitesse des avancées dépasse de loin les rêves les plus fous de n'importe qui, dit Alan. En ce moment, les choses bougent vite, mais lorsque la singularité arrivera, nos progrès sembleront avancer à la vitesse d'un escargot. Cependant, je suis d'accord pour dire que le terme 'singularité' commence à signifier des choses différentes pour des gens différents.

John ajuste ses lunettes.

— Pour moi, cela signifie que les IA partent en vrille et causent quelque chose comme un Armageddon technologique. C'est le début d'une dystopie dans laquelle l'humanité s'éteint.

— Je ne savais pas que tu étais d'accord avec les gens à l'extérieur, dit Alan.

Il est bien sûr au courant des manifestations RHO.

— Je vois la singularité comme le point où l'humanité devient enfin mature et accomplie en devenant plus que de la viande qui pense... quelque chose de rationnellement transcendant.

Il regarde les visages adultes et lorsqu'il voit que tout le monde l'écoute, il continue avec ferveur.

— Nous pouvons être une façon pour l'univers de

prendre conscience de lui-même. Les améliorations du cerveau et l'intégration des IA et d'autres progrès technologiques ne sont que la première étape. Sur le long terme, je nous vois devenir d'abord un conglomérat d'esprits de la taille de la planète, puis un intellect de taille galactique, et ainsi de suite, aussi loin que le permettent les lois de la physique.

— Il y a peut-être autant de définitions de la singularité qu'il y a de gens, dit Ada en regardant fièrement son fils. Mon propre point de vue est plus proche de celui d'Alan, car je sais que nous pouvons y arriver et éviter les scénarios apocalyptiques.

Je hoche la tête.

— Nous prenons le concept de 'le monde est ce que vous en faites' jusqu'à ses extrémités logiques, dis-je. Tant que nous veillons dessus, je pense que la singularité fera apparaître une nouvelle étape de l'évolution, une époque où nous prendrons tout ce que nous chérissons dans le fait d'être un être humain et que nous le pousserons jusqu'aux vingt et un sur vingt.

— Même si ces belles prédictions se réalisent, dit John du ton de quelqu'un qui en doute beaucoup, les êtres habitant ce futur seront-ils vraiment humains ?

— Pourquoi pas ? demande Ada. Et puis, même s'ils ne l'étaient pas, dans le pire des cas, ils seraient, pour paraphraser Hans Moravec, les enfants de nos esprits.

Elle jette un regard adorateur à Alan et quand elle remarque que j'ai suivi son regard, elle me fait un clin d'œil.

— Je dois néanmoins respectueusement vous

contredire, dit John. Être humain est si intimement lié au fait d'être biologique que je crois que devenir de la technologie pure transformera les gens en machines.

— Je peux essayer, dit Alan. Tu es un fan des expériences de pensées, alors, pourquoi ne pas en pratiquer une ?

— D'accord, dit John avec l'enthousiasme que seul un professeur de philosophie peut posséder. Je t'en prie.

— Imagine que quelqu'un a inventé un neurone artificiel, dit Alan. Maintenant, imagine également que quelqu'un a pris un de tes neurones biologiques et l'a remplacé par l'artificiel. Tu serais encore toi-même, n'est-ce pas ?

— Je connais cette idée, dit John en buvant son verre de champagne. Il s'agit de l'expérience de pensée du remplacement de neurones. Une fois que je suis d'accord pour dire que je suis toujours moi-même après avoir reçu un seul neurone artificiel, tu demanderas ce qu'il se passe si j'en ai cent. Puis un milliard ? Et peu après, si je les remplaçais tous ?

— Eh bien, ce n'est pas parce que tu le connais qu'il n'est pas persuasif, dit Alan. Tu serais encore toi-même, même si le substrat de ton cerveau était artificiel.

— Je dois contrer ceci par une expérience de pensée tout aussi persuasive, dit John en ricanant. C'est l'argument de la pièce chinoise qui a été postulé par John Searle…

Je n'écoute pas le reste de la discussion, car ce sujet me rappelle qu'Ada et moi devons encore annoncer la nouvelle de notre voyage à notre fils. Nos voyages de travail sont une source de contrariété continue pour Alan, essentiellement parce qu'il pense être désormais assez grand et assez mûr pour se joindre à nous.

— Quand lui en parlons-nous ? dis-je à Ada quand je l'ai attirée dans notre salle de réalité virtuelle qui est la réplique exacte de notre salon.

— Ne gâchons pas la fête, dit-elle sans clarifier le comment ni le pourquoi, un signe que ce sujet pèse sur elle autant que sur moi. Il s'amuse tellement.

Comme Alan est en ce moment en train de faire des trous dans les meilleurs arguments de John, je suis forcé d'acquiescer. Ce gosse adore avoir raison, même si c'est plus difficile quand il débat avec quelqu'un d'aussi amélioré que lui-même.

— Il sera furieux si nous lui disons à la dernière minute.

Je m'assieds dans une réplique de mon rocking-chair préféré et je fixe la réplique de notre merveilleuse vue sur Manhattan.

— Je préfère qu'il soit furieux un jour moins spécial, comme demain, rétorque Ada.

Elle brise la cohérence de la pièce en faisant apparaître une réplique de sa chaise de bureau pour s'asseoir.

— Je continue à voter pour demain.

— Nous pourrons encore une fois dire que c'est la faute de Joe et que c'est lui qui pense que c'est trop dangereux. C'est presque toute la vérité.

Je me balance d'avant en arrière. Pour une raison

étrange, les yeux suppliants d'Alan fonctionnent beaucoup mieux sur moi que sur Ada, et il ne me tarde pas cette annonce désagréable.

— Nous devrions lui dire en réalité virtuelle, dit-elle sans pitié. Demain après-midi, quand nous serons en route pour nos destinations.

— De sorte qu'il ne puisse pas nous forcer à le prendre avec nous ?

Je lutte contre l'envie de me lever et de faire les cent pas.

— Non, dit-elle en approchant sa chaise et en me prenant la main. Nous lui disons d'une façon qui ne laisse aucune place au débat.

— Cela peut être trop autoritaire. Je croyais que nous essayions plutôt de 'faire autorité'.

— Je savais que c'était une erreur de te demander de lire ces livres sur la parentalité.

Elle me serre la main.

— Et si nous lui disions demain matin au petit-déjeuner ? Il pourra y avoir un aller-retour, tant que nous sommes tous les deux d'accord qu'il ne vient pas cette fois, peu importe ce qu'il dira.

— D'accord.

Je me sens mal pour Alan. Il n'a aucune chance de gagner contre cette conspiration de parents.

— Je ne savais pas qu'avoir un enfant de maternelle allait être si difficile.

Elle laisse tomber sa main avant d'ajouter :

— C'est bien pire que le disaient les livres sur le développement de l'enfant.

— Si tu crois que ça, c'est terrible, attends de voir ce qui arrivera quand il sera ado.

Nous frissonnons tous les deux avec humour, tout en ayant bien conscience du proverbe russe : 'il y a une part de vérité dans chaque plaisanterie'.

CHAPITRE QUATRE

L'île de Curaçao fait partie d'un nombre de pays en constante diminution à n'avoir pas généralisé l'utilisation des Cerveaucytes, d'où ma raison pour ma présence sur cette scène.

J'observe l'immense foule rassemblée devant moi et j'active une version spéciale de l'application BraveChill faite sur mesure pour combattre le trac. Dès que je me sens plus calme, je regarde au loin, où les colonnes de fumée sortant des cheminées d'usines sont incongrues devant la mer des Caraïbes idyllique au-delà.

— Chers amis.

Je commence en anglais et je le redis instantanément en néerlandais et en papiamento, principalement dans le but de démontrer facilement un certain nombre de choses que je suis sur le point de présenter.

— Je m'appelle Mike Cohen, et je suis ici pour vous parler d'Humain++ et de son cadeau à vous et au monde. Je souhaite spécifiquement discuter de notre produit révolutionnaire, les cerveaucytes, et de notre projet d'énergie gratuite qui améliorera grandement votre ciel.

Je désigne les cheminées et la foule applaudit. J'attends qu'ils se calment avant de continuer le reste de mon discours, un baratin soigneusement élaboré par notre département de relations publiques. Je dis à la foule qu'ils vont obtenir de l'électricité gratuite, la même électricité gratuite dont profite déjà la majorité du monde. C'est une partie facile du discours, car la plupart des gens n'ont aucun problème à comprendre l'idée d'énergie gratuite. Ici dans les Caraïbes, les gens s'imaginent utiliser l'air conditionné autant qu'ils le veulent, ailleurs, ils imaginent laisser toutes les lumières allumées et ne jamais payer de facture d'électricité.

J'explique certaines des plus grandes, mais des moins intuitives conséquences de l'énergie gratuite, comme le fait de ne pas payer d'essence après être passé à la voiture électrique. Quand je parle de la possibilité d'eau fraîche presque gratuite, les gens m'acclament. Les applaudissements se transforment en ovation debout lorsque j'explique que peu de gens auront encore faim lorsque le prix de la production de nourriture chutera.

Les types de la sécurité de Joe font passer un micro dans la foule et une femme à l'air sage demande :

— Si tout ceci est gratuit, comment faites-vous votre argent ?

— C'est une très bonne question, dis-je. Nous utilisons un modèle freemium. La plupart des particuliers et les petites entreprises obtiennent l'électricité gratuitement, mais les grosses entreprises qui consomment davantage devront payer un coût. Ce coût ne représentera qu'une infime partie de ce à quoi ils sont habitués, alors tout le monde est content à la fin.

— Cette partie du discours ne fonctionne pas aussi bien ici dans le Bahreïn, dit Mitya dans notre réunion privée en réalité virtuelle.

L'espace virtuel imite parfaitement notre salle de conférences préférée dans la tour d'Humain++, jusqu'aux tableaux tactiles, aux meubles ultramodernes et à l'époustouflante vue sur Manhattan. Même si chacun de nous fait physiquement une présentation similaire quelque part sur le globe, nous avons pour habitude de garder une instance de nos avatars virtuels dans cette pièce. Muhomor, Alan, Ada et moi sommes toujours dans cette pièce d'une certaine façon, mais Joe ne nous rejoint que pour les jours comme celui-ci, quand ses employés de la sécurité sont en alerte maximale.

— Cette partie du baratin ne fonctionne jamais bien dans des endroits où le pétrole aide l'économie, acquiesce Ada. Ici, sur l'île d'Itouroup, nous sommes assez près de la Russie afin que les gens soient également un peu méfiants.

— Ils sont peut-être méfiants parce que certains

d'entre eux ont grandi en entendant parler de choses gratuites, dis-je.

— Ouais, c'est ainsi que la plupart ont compris ce qu'allait être le communisme, dit Mitya.

— Pourquoi Ada a-t-elle eu les îles Kouriles, déjà ? grommelle Muhomor. Je maintiens que cela aurait dû être l'un de nous, un russophone de naissance. Comme tu l'as rendu évident, nous ne parlons pas seulement la langue, nous comprenons la culture…

— Si c'est le moment de se plaindre, dit Alan, je ne suis pas content de devoir rester aux États-Unis.

'Pas content' est la forme polie de ses véritables sentiments sur le sujet. Il a presque fait un caprice digne de son âge quand nous lui avons dit que non, il ne présenterait pas de discours. Il ne comprend pas notre inquiétude parentale potentiellement irrationnelle à l'idée d'envoyer un enfant de quatre ans tout seul à l'étranger. En outre, à quel point les gens sans cerveaucytes prendraient-ils au sérieux un si petit présentateur ?

Les grands écrans virtuels derrière mes amis montrent la foule et les environs de chaque lieu où ils se trouvent. La foule de Mitya dans le Bahreïn est sans doute la plus grande, et même à travers la fenêtre virtuelle, je peux presque sentir la chaleur de son environnement jaune poussiéreux. L'assemblée d'Ada sur l'île d'Itouroup est la plus petite, mais c'est peut-être une illusion causée par la mer infinie au loin. Le lieu de Muhomor ressemble beaucoup au mien, sans les fabriques : il se trouve sur l'île tropicale des Cayémites en Haïti. Nous sommes tous entourés de types de la sécurité de Joe et également de quelques corps de remplacement robotiques. Ils servent en partie pour la sécurité, mais aussi pour le moment que je préfère dans la démonstration, qui se produira vers la fin.

Sur un coup de tête, j'incarne le robot sur la gauche d'Ada et j'utilise ses capteurs pour savourer l'air frais et salé. Je possède ensuite le robot à côté de Mitya et je confirme la chaleur et l'absence d'humidité.

— Maintenant, laissez-moi vous parler des cerveaucytes, dis-je dans le micro.

Je sens la foule devenir plus attentive : c'est sans doute pour cela qu'ils sont venus.

J'explique que les cerveaucytes sont des nano machines qui communiquent avec le cerveau. Une fois que mon auditoire a une idée de ce que fait cette technologie, je continue en balayant quelques inquiétudes courantes qui apparaissent toujours au sujet de nos produits.

— Pas besoin de chirurgie du cerveau pour disposer des cerveaucytes.

Je sors de ma poche un petit morceau de tissu que j'ai préparé pour la présentation.

— Le mode d'administration actuel se fait par l'intermédiaire de patchs transdermaux comme celui-ci.

J'agite le patch et j'affiche une image sur le grand écran derrière moi.

Pendant ce temps, dans la pièce virtuelle, notre

conversation continue de plus belle. Ada regarde Mitya.

— Est-ce qu'il y a eu des avancées dans l'administration des cerveaucytes ? Je suis fatiguée d'expliquer ces patchs.

— Nous pourrons très bientôt insérer les cerveaucytes dans l'eau potable.

Mitya a géré cette initiative, et il est clair qu'il prend beaucoup de plaisir à montrer à quel point il a été rapide dans cette tâche.

— Nous l'avons amélioré de façon à ce que les cerveaucytes ne s'activent que chez les humains adultes, mais je continue à penser que nous ne devrions pas le mettre dans l'eau si les gens ne le veulent pas ou ne connaissent pas les cerveaucytes.

C'est une vieille dispute entre Mitya et Ada, une dispute dans laquelle nous n'avons pas choisi de camp. Ada veut mettre les cerveaucytes dans les réservoirs d'eau des pays où le gouvernement opprime la population, car ce sont en général également les endroits où le gouvernement ne nous laisse pas livrer ou vendre des cerveaucytes aux clients volontaires. Mais Mitya pense que malgré les régimes tyranniques, nous n'avons pas le droit de mettre ces machines dans les corps des gens sans leur consentement, même si cela fournissait une plus grande liberté à ces gens.

— Ce sera bientôt une discussion stérile, intervient Alan. Chaque dictateur et tyran dispose déjà des cerveaucytes dans sa tête, alors bientôt ils le voudront également pour leur population.

— Ah, la naïveté de la jeunesse.

Les lunettes de soleil de Muhomor planent dans les airs sans le soutien des tempes et du nez, ce qui lui donne l'air d'un joueur de poker de l'espace.

— Comme avec toute autre forme de pouvoir, les dictateurs voudront garder les cerveaucytes pour eux-mêmes.

— Vous perdez du temps avec ces arguments, interromps-je. Nous savons que des milliers de patchs ont été introduits en contrebande dans les pays les plus fermés. Une fois que les dissidents, ou quels que soient les autres utilisateurs, parlent aux citoyens normaux des bénéfices de notre technologie, les gens risquent de faire la révolution pour mettre la main sur les cerveaucytes.

— Ce qui fait une bonne transition avec notre argument suivant dans le monde réel, dit Ada.

Elle a raison, car à voix haute à Curaçao, je dis :

— Au stade le plus basique, cette technologie peut remplacer un ordinateur de n'importe quel type, ainsi que votre télé, votre radio, votre Smartphone, votre GPS, les assistants IA comme Siri, Alexa et Cortana, des objets comme le Kindle, les consoles de jeux vidéo et à peu près tous les autres gadgets. Nous révolutionnons l'éducation et la façon dont les gens travaillent. L'adoption généralisée des cerveaucytes pousse la révolution d'internet vers un niveau très supérieur…

— Nos employés des relations publiques ont simplifié notre message, se plaint Alan dans la pièce virtuelle. Quand j'aurai enfin l'occasion de parler dans ces conférences, j'écrirai mon propre discours.

— Alors que devrions-nous dire selon le sage enfant de maternelle ?

Même à travers ses lunettes de soleil, il est évident que Muhomor vient de lever les yeux au ciel.

— Les gens pourraient s'inquiéter de nanotechnologies autorépliquantes, dit Alan.

Je suis fier en tant que père pour différentes raisons, mais particulièrement lorsque je me rends compte de la façon stoïque dont Alan vient d'ignorer l'insulte de Muhomor. Ce qui prouve qu'Alan est le plus mûr des deux.

— Vous devriez leur parler de nos nano usines non répliquantes et comment…

— Trop technique, rétorque Muhomor. Et si nous leur disons pourquoi nous faisons attention avec la reproduction des nanotech, cela va seulement les effrayer.

— Alors nous devrions au moins leur parler de la possibilité d'obtenir les services premium.

L'avatar d'Alan ressemble maintenant à Ada et je me demande s'il a créé un algorithme modifiant son visage d'après le sujet de conversation.

Mon fils parle de l'initiative d'Ada : payer les gens pour créer du contenu profitant à l'humanité. Ada veut encourager les gens à écrire des pages wiki et des blogs, à créer de l'art original, et à afficher de belles photos d'eux-mêmes afin que d'autres gens puissent en profiter. L'idée, comme elle le dit, est 'd'encourager une époque d'expression culturelle'. Dans ce but, nous avons créé une version d'Einstein fouillant sur internet à la recherche de telles activités. Quand il en trouve, il récompense le créateur de contenu avec des points spéciaux qui peuvent être transformés en espèces ou en services premium.

— Ce programme donne l'impression que nous sommes trop machiavéliques, dit Muhomor. Et nous ne voulons pas que les gens apprennent la vérité là-dessus.

Ses lunettes flottent plus haut et quand elles libèrent le milieu de son front, son œil droit fait un clin d'œil complice.

— Vous ne parlez pas non plus de certains des bénéfices d'Einstein.

Le visage d'Alan se modifie afin de ressembler davantage au mien – sans doute parce qu'il sait que j'apprécie plus qu'Ada les fonctionnalités d'Einstein.

— Einstein apprend à connaître chaque utilisateur mieux qu'il ne se connaît lui-même. Il est sur le point d'aider les gens à prendre des décisions importantes. Pour beaucoup, il sera une sorte de conscience digitale. Il pourrait leur dire avec qui sortir, ou leur rappeler de ne pas conclure des marchés quand leur pression sanguine est trop élevée ou leur niveau de dopamine trop bas.

— Ça donne l'impression qu'Einstein est Big Brother, dit Ada.

Elle est si rarement d'accord avec Muhomor que tout le monde dans la pièce échange des regards.

Je glousse.

— Alan considère Einstein comme un 'big brother', un grand frère dans le sens littéral, pas comme dans *1984*.

— Si nos utilisateurs voulaient craindre quelqu'un, ce serait nous, pas Einstein, poursuit Alan.

— Et c'est pour cela que tu ne devrais pas écrire tes propres discours, conclut Muhomor. Si Marcus des relations publiques entendait ce que tu viens de dire, ses cerveaucytes exploseraient hors de son cerveau.

Nous passons à un des sujets les moins controversés dans la salle virtuelle, pendant que dans le monde réel, j'explique comment les cerveaucytes fonctionneront par internet sans fil de Global Terahertz, un produit freemium Humain++ que Curaçao utilise déjà. Global Terahertz gardera les utilisateurs des cerveaucytes connectés en permanence aux serveurs Humain++ (sauf si un méchant scientifique les places dans une cage de Faraday avec d'épais murs en plomb). De nombreux regards s'illuminent lorsque j'explique leur potentiel, y compris le fait de voter par l'esprit, l'air pur dans les grandes villes, les relations amoureuses et les rendez-vous galants en réalité virtuelle, et tout un tas d'autres changements de société.

La conférence se passe mieux que d'habitude, pourtant quelque chose commence à m'ennuyer.

Les événements ayant eu lieu quatre ans et demi plus tôt m'ont appris à faire confiance à ma paranoïa. Je mets fin à toutes mes activités parallèles, laissant mon attention dans la salle de conférence virtuelle et dans le monde réel. En une fraction de seconde, je bats ChessMaster, le meilleur algorithme IA au monde, et je refuse un nouveau match. Je complète quatre Rubik's Cubes que j'étais en train de résoudre en parallèle, et j'arrête d'écrire mon cinquante-sixième roman tout en soumettant au contrôle des sources tout le code non terminé sur lequel je travaillais.

Comme cela se produit souvent, l'attention supplémentaire que je focalise maintenant sur le monde réel me donne l'illusion de voir la réalité au ralenti. En apparence, il n'y a que de la routine, comme de nombreuses conférences que j'ai faites avant. Pourtant, malgré l'application BraveChill, je me sens submergé par une crainte très forte.

Des parties de mon esprit identifient les dangers avant que j'en sois conscient.

Frénétiquement, j'examine mes environs à travers les yeux des robots à côté d'Ada, Mitya et Muhomor. Au début, je ne peux même pas verbaliser ce que je vois. Puis, ma vision zoome sur un type dans la foule près de Mitya et je comprends ce qui me gênait.

Les vêtements de ce type sont beaucoup trop volumineux pour la chaleur du Moyen-Orient.

Maintenant que je sais quoi chercher, je vois des hommes porter quelque chose de similaire dans chaque lieu, y compris le mien.

— Kamikaze ! crié-je dans la salle de RV.

En un instant, j'envoie des images des suspects par texto à Joe et à ses équipes de sécurité dans chaque région, et je les affiche à l'écran dans la salle virtuelle. Si j'ai tort et que ce ne sont pas des vestes explosives, je préfère m'excuser d'avoir été paranoïaque.

Pendant que tout le monde réagit à ma révélation, le type dans la foule de Mitya s'avance vers la scène avec des yeux fous. Je fais bondir ma conscience dans un robot, utilisant ses yeux de caméra pour zoomer sur les mains de l'homme, et mes mâchoires de robot métalliques se serrent en claquant.

Il ferme la main autour d'un engin attaché devant sa poitrine.

J'analyse l'engin en une picoseconde. Cela ne peut être qu'un détonateur.

Les traits de l'homme se tordent de peur.

Quelqu'un d'autre, sans doute Mitya, prend le contrôle du robot plus solide à ma droite. Avec mon robot, je suis le sien et je me prépare à sauter vers le porteur de la bombe.

Pas besoin d'un boost cérébral pour me rendre compte que les robots n'arriveront pas à temps.

— Cours !

Je crie à travers des lèvres de métal tandis que mon robot fonce à travers la foule.

— Cours !

Je crie à Mitya dans la salle virtuelle.

Les robots pourraient aussi bien se trouver à des kilomètres, car les doigts du kamikaze finissent de serrer le détonateur.

Toutes les caméras du lieu de Mitya affichent des flammes.

Je quitte mon robot avant qu'il soit réduit en

miettes, mais pas avant d'avoir un aperçu horrible de la chair qui explose autour de moi. Les microphones font un bruit de parasites qui transpercent l'âme. Puis toutes les transmissions audio et vidéo cessent depuis le lieu de Mitya.

Je hurle.

— Mitya ! Est-ce que ça va ?

Mitya ne répond pas.

Nous fixons tous l'avatar de Mitya dans la salle de réalité virtuelle, qui se tient debout, les yeux écarquillés sans comprendre. Puis l'avatar pousse un cri inhumain et devient pixelisé, comme un fantôme dans une machine.

CHAPITRE CINQ

JE NE ME SUIS JAMAIS SENTI AUSSI DÉCOUSU.

C'est comme s'il y avait quatre versions distinctes de moi opérant complètement indépendamment les unes des autres. L'une, purement émotionnelle, commence son deuil de Mitya, dont l'avatar est encore en train de disparaître de la réalité virtuelle comme un mirage.

À l'opposé, les autres versions de moi incarnent le pragmatisme et un côté sanguinaire. Enragé, j'envoie ma conscience dans un robot sur la droite d'Ada et je bondis vers le kamikaze dans sa foule. Je suis content que nous ayons exagéré la force et la vitesse de ces corps métalliques, car je file à une vitesse incroyable. Mais même ce sauvetage à toute allure pourrait ne pas suffire.

Non.

Ce qui vient d'arriver à Mitya ne va pas se produire pour Ada.

Je ne les laisserai pas faire.

J'agis purement par instinct. Attrapant mon bras robotique gauche avec le droit, je l'arrache. La douleur est vive, mais je n'en tiens pas compte.

Les dents serrées, je jette le membre arraché vers le kamikaze qui s'approche.

Le bras métallique vole dans les airs et frappe l'épaule droite de ma cible. L'homme chancelle en arrière, le détonateur tombant sur le sol.

Avant que je puisse me réjouir, il reprend ses esprits et s'accroupit pour le ramasser avec son bras gauche intact.

Je suis content que la foule fuie le kamikaze, car personne n'empêche mon avancée. Le corps de robot à un bras atterrit devant l'homme accroupi, et j'utilise la main gauche restante pour donner un coup de poing dans le corps humain mou de mon ennemi. Mes doigts métalliques traversent la cage thoracique et se ferment autour d'un morceau de chair palpitante.

— Il était sur le point de tuer Ada, dis-je sombrement dans la réalité virtuelle, comme si quelqu'un allait critiquer mes actes.

Personne ne répond pendant que j'arrache le cœur battant de cet enfoiré comme un prêtre dans un rituel aztèque macabre. Les gens autour de nous se mettent à hurler. Une vidéo de cet assassinat finira très certainement sur YouTube, confirmant toutes les craintes des paranoïaques au sujet de nos robots, mais je m'en fiche.

De retour dans mon corps réel, je mets la main à ma

poche pour trouver le pistolet que l'un des employés de Joe m'a donné plus tôt dans la journée. L'équipe de sécurité autour de moi a déjà sorti ses armes, mais encore une fois, mon entraînement au stand de tir est payant. En moins de temps qu'il ne faut au kamikaze pour cligner des yeux, je lui mets une balle dans la tête.

Dans le passé, je me serais inquiété de tuer quelqu'un, mais paradoxalement, c'est mon respect pour la vie qui me fait tirer dans la tête. Si le kamikaze avait eu le temps d'appuyer sur le détonateur, des centaines de gens seraient morts. Et puis, cet enfoiré était de toute façon sur le point de se suicider. Si Ada m'ennuie à ce sujet, je pourrais sincèrement lui dire qu'un tir dans la tête était la meilleure et la plus sure des solutions.

En même temps que je sauve Ada et moi-même, je prends également le contrôle d'un robot près de Muhomor. Mais dès que je commence à bouger, je vois que j'arrive trop tard.

Le kamikaze appuie sur le détonateur.

Tout le sang quitte mon visage.

— Je suis désolé, dis-je d'une voix qui se brise dans la réalité virtuelle. J'ai essayé.

— Ne t'inquiète pas pour moi.

Muhomor parvient à parler d'un ton satisfait.

— J'ai trouvé un moyen de bloquer le signal.

Stupéfait, je me rends compte que la bombe n'a pas explosé. Et même si mon robot ne court plus vers le kamikaze, il y en a un autre qui y va.

Les yeux écarquillés, je parcours la salle virtuelle.

— Qui…

— C'est moi, dit Alan. Je pense…

Dans le monde réel, le kamikaze se rend compte que sa bombe ne va pas fonctionner, alors il sort un pistolet et vise Muhomor. Dans le temps qu'il lui faut pour viser, j'ai caché mon ami avec mon corps métallique de robot. Les types de la sécurité de Joe l'abritent également, mais Muhomor est déjà en mouvement, ses jambes d'exosquelette allant encore plus vite que les robots.

Le kamikaze a dû se rendre compte qu'il ne pourra pas le toucher, car il tourne le pistolet vers lui-même.

Il me faut moins d'une fraction de seconde pour comprendre son plan. Il veut tirer une balle dans son propre torse, sans doute pour activer la bombe. Je n'ai pas le temps de chercher si cette manœuvre réussira ou pas, alors je suppose le pire. Même si Muhomor court vite, il ne peut pas distancer l'explosion. Je cherche frénétiquement des solutions pendant que la main du kamikaze continue son arc de cercle mortel, mais rien ne me vient à l'esprit.

C'est alors que le robot d'Alan atterrit à côté du kamikaze. Avant que celui-ci puisse terminer de tourner le pistolet vers lui-même, Alan arrache la veste explosive d'un geste agile évoquant un singe affamé pelant une banane.

Le kamikaze chancelle, tournant son pistolet vers le haut.

— Alan, arrête-le ! crie Joe dans la réalité virtuelle. Il me le faut en vie.

Mais c'est trop tard. Avant qu'Alan puisse commander à son robot de faire quoi que ce soit, le kamikaze pose le pistolet sous son menton et appuie sur la gâchette.

Le coup de feu est assourdissant, des morceaux de sang et de cervelle volent dans tous les sens. Dans toutes les foules, les gens crient dans des langues différentes, mais leur comportement est uniforme : tout le monde essaie de s'éloigner des kamikazes et de la scène.

Submergé, je laisse les types de la sécurité prendre le relais. À Curaçao, je suis conduit dans les coulisses et rapidement guidé jusqu'à une voiture à l'épreuve des balles. À travers les yeux des robots, je vois tous les autres monter dans leurs voitures blindées.

Pendant que nous nous éloignons à toute vitesse des sites de présentation, je retrouve enfin mes esprits pour dire d'un ton hébété dans la salle virtuelle :

— Quelqu'un a coordonné une attaque contre nous.

Alan hoche la tête d'un air grave.

— Il y a une anomalie avec nos data centers de l'Ohio. Cela pourrait…

— Vous vous concentrez tous les deux sur la mauvaise chose, dit Ada d'une voix rauque.

Son avatar punk est assis dans un coin de la pièce virtuelle, serrant les genoux contre sa poitrine.

— Vous ne vous souvenez pas ? Mitya est mort.

Je me fige, ayant l'impression d'avoir été frappé par un tsunami de glace. Le feu de l'action a chassé le sort de Mitya de mon esprit, mais je ne peux plus penser à autre chose maintenant. J'ai la poitrine douloureusement serrée, le cœur comme un bloc de plomb dans ma cage thoracique. L'avatar de Mitya est encore en train de s'évaporer, un pixel à la fois, et dans mon désespoir, je me demande si Ada peut avoir tort.

Mon meilleur ami n'est peut-être pas vraiment parti.

Soudain rempli d'espoir, j'utilise des images satellites et je zoome sur la position de Mitya. Dès que j'obtiens une vue nette du site de l'explosion, je n'ai pourtant d'autre choix que d'accepter la conclusion d'Ada. Nos os intelligents sont plus solides que des os normaux, et les respirocytes dans notre flux sanguin nous permettent de passer un moment sans respirer, mais aucun de ces avantages ne peut avoir aidé Mitya. Les morceaux de chair humaine brûlée autour de la scène ne laissent aucun doute.

Pas une seule personne sur cette scène ne peut avoir survécu.

La douleur est si intense qu'elle me coupe le souffle. J'ai l'impression d'être sur le point de m'effondrer. C'est trop dur, trop accablant… voir les visages horrifiés reflétant le mien dans la salle virtuelle, savoir que je n'ai pas pu sauver mon ami.

Que je ne le verrai plus jamais.

J'inspire difficilement, serrant les bras autour de mon corps réel, et dans la réalité virtuelle, je crée une pièce séparée pour être tout seul.

Le pire dans mon chagrin, c'est que les cerveaucytes

nous permettent de manipuler nos émotions. Ada a fait des expériences avec des applications qui étendent son cercle d'empathie, comme elle l'appelle, afin qu'elle puisse entièrement sympathiser avec la souffrance des non-humains. À ce moment précis, je suis tenté de manipuler mon expérience dans la direction opposée avec une application qui m'engourdirait. La seule chose qui m'arrête, c'est de savoir que si je me sens engourdi après avoir appris que mon ami était mort, je pourrais aussi bien être mort moi-même.

Il devient rapidement évident que l'acte de m'isoler ne m'aide pas, alors je fais comme d'habitude quand je me sens mal : j'invite M. Spock dans la pièce. Le rat est désormais assez doué avec l'interface de réalité virtuelle pour avoir son propre avatar, un assez grand rat blanc qui semble beaucoup plus féroce que le véritable M. Spock. Dès que mon compagnon à poils court vers moi, je rends mon propre avatar suffisamment petit pour pouvoir le serrer contre moi comme un ours en peluche.

— Qu'est-ce qui ne va pas ? demande-t-il en Zik.

Lui et ses semblables ont désormais les vocabulaires d'enfants de quatre ans non améliorés.

— Tu as froid ? Tu as faim ?

Je le serre plus fort. Je crois qu'il comprend que je ne suis pas d'humeur à parler, car il se met à grincer des dents, un comportement que je commence à trouver apaisant.

— Nous devrions peut-être avoir une séance non

planifiée ? demande la voix avec accent de la version psy d'Einstein.

Conformément à son rôle actuel, l'IA parle et ressemble davantage à Freud qu'au célèbre physicien.

— Plus tard, peut-être, dis-je sombrement. Laisse-moi tranquille.

Dans le monde réel, les employés de Joe me font passer de la voiture blindée à un hélicoptère. Je les suis sans me plaindre.

Être avec M. Spock m'aide à surmonter mes émotions chaotiques et je retourne dans la salle de réalité virtuelle commune. L'avatar d'Ada pleure doucement, alors je m'approche d'elle et je la serre dans mes bras, me sentant affreux de l'avoir quittée, même si ce n'était que pour un court instant.

Mitya n'était peut-être pas son meilleur ami, mais elle a autant que moi besoin de consolation.

Je la tiens en caressant doucement son dos tout en luttant contre mon propre chagrin, lorsque je remarque quelque chose d'étrange. Les pixels restants de Mitya ont arrêté de se dissiper. En fait, ils semblent se régénérer lentement. Son avatar redevient solide, comme le chat d'*Alice au pays des merveilles*.

J'attends quelques instants d'être certain de ce que je vois, puis je m'éclaircis la gorge.

— Dites, si Mitya est mort, que va-t-il se passer avec son avatar ?

— Je ne me considère pas comme étant mort, dit l'avatar en réapparaissant, et toute ma peau se couvre de chair de poule. Je préfère affirmer que j'ai quelques défis physiques – ou quel que soit le terme politiquement correct pour un invalide. Imaginez-moi comme une personne amputée de chaque partie de son corps.

CHAPITRE SIX

Je regarde l'avatar avec la bouche ouverte pendant que Mitya est assailli de questions posées par les autres dans la pièce.

— Mon vieux, je vois des restes calcinés, parviens-je à dire lorsque je récupère l'usage de ma voix.

L'avatar de Mitya est désormais complètement solide avec une sorte d'hyperréalisme, comme lorsque l'on passe d'une télé normale à une très haute définition. Ses vêtements sont également différents. Ils portent quelque chose évoquant vaguement une toge et un casque avec un cygne sur le dessus, et il tient une hache à deux lames ainsi qu'un bouclier orné du visage d'un taureau.

— D'accord, dit-il en interrompant le flot de questions. Je vous explique. Comme vous le savez, j'étais inquiet au sujet de mon cerveau biologique.

— D'accord, dis-je à la place des autres.

Je sais déjà ce qu'il va dire, mais nous avons tous

besoin de l'entendre avant de pouvoir officiellement commencer à traiter l'information.

— J'ai sauvegardé mon connectome biologique pour la dernière fois quand je suis allé me coucher hier soir, poursuit l'avatar étrangement vêtu. Lorsque ma désincarnation malheureuse a eu lieu il y a quelques minutes, une série d'instructions spéciales a été enclenchée dès que mes cerveaucytes ont officiellement déclaré ma mort cérébrale. Il s'agit d'une série d'instructions que vous trouveriez paranoïaque.

— Tu as trouvé un moyen de faire fonctionner ton esprit sans le cerveau biologique ? s'exclame Ada. Je croyais que tu étais encore très loin de le faire fonctionner.

— Je me suis contenté d'une solution de prototype il y a environ six mois. C'est juste que je n'avais pas de bonne façon de le tester.

Il lâche sa hache et son bouclier qui planent dans les airs.

— Est-ce si difficile à croire ? Seule une petite fraction de votre esprit est encore biologique, de toute façon.

Muhomor le dévisage plusieurs fois des pieds à la tête.

— Ce n'est pas seulement le cerveau qui fait notre identité. Il y a aussi le reste du corps.

— En parlant de ça, dit Alan, manifestement intrigué, qu'est-ce que cela fait de ne pas avoir de corps ?

Mitya grimace.

— Je ne peux pas te le dire avec certitude, car je ne suis resté sans corps que pendant quelques fractions de seconde subjectives. Je fais fonctionner une simulation ultra réaliste du corps réel en ce moment même.

Il étale les bras dans la réalité virtuelle avant de poursuivre.

— De plus, je suis à l'intérieur de plusieurs de nos meilleurs corps de substitution pendant que nous parlons – même si je dois dire qu'il nous faudra beaucoup nous concentrer sur ce domaine de recherche, sinon je peux oublier les rendez-vous galants dans le monde réel.

Il ne semble pas trop contrarié, mais ce n'est pas surprenant. Même quand il avait un corps, Mitya se servait surtout de la réalité virtuelle pour les rendez-vous intimes, car il avait une peur obsessionnelle des maladies sexuellement transmissibles.

Muhomor fixe la hache d'un regard appuyé.

— D'accord, je vais être le crétin qui pose la question : qu'est-ce que c'est que cette tenue ? Ce n'est pas comme ça que tu t'habillais quand tu étais un vrai petit garçon.

— Comme je ne suis plus qu'un esprit pur désormais, je me suis dit que j'allais me donner l'apparence du dieu slave de la sagesse.

Mitya attrape la hache et le bouclier dans les airs et attend. Quand personne ne dit quoi que ce soit, il précise d'un air clairement déçu :

— Radagast.

Je ne peux m'empêcher de chercher des informations sur ce dieu.

— D'après ce que je viens de lire, Radagast était un dieu de l'hospitalité, dit Muhomor, plus rapide que moi. D'où la partie 'Rad' qui veut dire 'heureux' en russe et 'gast' pour 'invité'.

— Il est également très probable qu'un tel dieu n'ait pas existé, ajoute Alan, en tout cas d'après ce que je vois sur la page Wikipédia russe. Radagast pourrait avoir été le nom d'une ville qu'un historien antique aurait accidentellement transformée en nom de divinité.

— Et surtout, dit Ada en souriant enfin, Radagast était le nom du sorcier dans les films du *Hobbit*, celui qui vivait avec un tas d'animaux dans la forêt. D'un autre côté, je crois bien voir une ressemblance.

Elle affiche un écran avec une image du vieux fou en question.

L'avatar de Mitya scintille un instant et juste après, il se tient debout dans sa tenue habituelle : un jean et une veste à capuche.

— Je ne m'attendais pas à ce que vous vous moquiez autant de moi le jour de ma mort.

— Sérieusement maintenant, dis-je en regardant mon ami plus ou moins mort, tu vas être légalement mort. Qu'est-ce que cela signifie pour ta fortune ? Pour ton statut dans la société humaine ?

— C'est amusant que tu en parles.

Il se redresse un peu.

— Je suis en train d'en discuter avec Me Kadvosky

en ce moment même. Attendez, je vais le faire venir dans cette pièce.

Un homme aux traits nobles évoquant un aigle apparaît. C'est un avatar que nous reconnaissons tous comme le préféré de Nathaniel Kadvosky, récemment nommé avocat en chef d'Humain++. L'avatar respire un tel sérieux que personne n'ose faire remarquer que dans le monde réel, il ressemble plutôt à un moineau plumé.

— Il s'agit d'un cas historique, dit Kadvosky sans même nous saluer. Les juges de la Cour suprême auraient une érection s'ils entendaient parler de ça – enfin, ceux qui en sont encore capable.

— Ce ne sera pas si difficile de monter le dossier.

Mitya parle comme s'il continuait la conversation qu'ils avaient commencée plus tôt.

— Je n'ai pas de testament…

— Ni d'enfants ou de proches, ajoute l'avocat. Personne ne bénéficie de la déclaration de ta mort, en dehors peut-être de tes associés.

Il nous regarde d'un air grave.

Mitya est visiblement attristé par son absence de famille. Ses parents ont été assassinés il y a un certain temps, et il n'a pas très bien vécu cette perte. C'était peut-être le déclencheur d'une obsession qui l'a conduit à chercher comment rester en vie après la mort.

Afin de le sortir de son cafard momentané, je dis avec autant d'assurance que possible :

— En ce qui me concerne, Mitya n'est pas mort. Je ne remettrai pas en cause sa part dans l'entreprise.

— Pareil pour moi, dit Ada.

Muhomor hoche la tête.

— Il est aussi ringard maintenant qu'il l'a toujours été. Je ne le déclarerai pas mort, c'est certain.

— Pas d'héritiers, donc, résume Kadvosky. C'est bien, mais ce seul fait ne nous fera pas gagner. Ce qui aidera, c'est votre idée de présenter ceci comme un handicap. Il y a un homme en Floride qui a perdu la moitié de son cerveau dans un accident de voiture, mais grâce aux cerveaucytes, il fonctionne normalement, et personne ne remet en cause son identité en tant que personne vivante. Il existe des personnes quadriplégiques qui se déplacent avec des jambes Humain++ et mangent avec des bras Humain++, personne ne remet non plus en question leur statut d'êtres vivants.

— Oui, nous pourrions inventer un nouveau terme : quinquaplégique, ou septemplégique, dit Mitya.

— Je remarque que tu as sauté le terme pour six, glousse Muhomor.

Il regarde attentivement nos visages sombres, puis il ajoute, sur la défensive :

— Car dans ce cas, le terme serait sexplégique.

— S'il y a quelqu'un ici de sexplégique, c'est toi, dit Ada à Muhomor.

Je parie qu'il lui faut toute sa volonté pour ne pas le taper à l'arrière de la tête, ce qu'elle s'autorise dans la réalité virtuelle, car il ne s'agit pas de violence réelle.

— Le terme importe peu, dit Kadvosky et je suis impressionné par sa capacité à ignorer la présence de Muhomor. Nous pouvons utiliser le terme que choisira le département des relations publiques pour sa meilleure résonance auprès du public.

— Mais qu'en est-il de la question de l'identité ? demande Alan. Je ne crois pas que nous puissions abandonner si vite la question de l'héritage.

Ada et moi échangeons des regards très fiers. Kadvosky semble en retard sur le train de pensée d'Alan.

— Que veux-tu dire ? demande l'avocat.

— Connaissant Mitya, il cherche sans doute déjà une façon de se copier lui-même, dit Alan.

Lorsque Mitya sourit d'un air espiègle, mon fils ajoute :

— C'est ce qu'il se passe avec les serveurs dans l'Ohio, n'est-ce pas ?

— Non. Les serveurs de l'Ohio ont encaissé le fonctionnement de ce qui était autrefois mon cerveau biologique. Tous nos serveurs fonctionnent au maximum de leur capacité maintenant, c'est pourquoi je ne m'occuperais pas de créer des copies de moi pendant un moment.

Alan regarde à nouveau Kadvosky.

— Il faut prévoir quoi faire quand il se clonera. Qui détiendra son argent à ce moment-là ?

— Malgré les clones, tu garderas un seul vote pendant les réunions du Club des cerveaucytes, dit Muhomor en croisant les bras sur sa poitrine.

— Je peux rester tout seul pendant un moment, répond Mitya, légèrement déçu. Ou bien je peux concevoir une nouvelle modalité de l'esprit où mes clones et moi deviendrions une sorte d'esprit de ruche. Sur le long terme, oui, il faudra travailler là-dessus… mais pas maintenant. Je suis certain qu'une nouvelle copie de moi me prendrait des ressources, un peu comme un enfant en prend à ses par...

— Pourquoi ne pas nous concentrer sur le problème immédiat de ta réalité corporelle ?

Kadvosky veut ajuster ses lunettes avant de se souvenir qu'il n'en porte pas dans la réalité virtuelle.

— Je ne crois pas que la Cour suprême trouve le sort de tes copies aussi intéressant que le statut de ton identité actuelle, même si personnellement, je trouve les implications fascinantes et que j'approfondirai cette discussion avec plaisir.

— Quel est le pire scénario ? demande Mitya avec un sérieux inhabituel. La loi risque-t-elle de décider que je suis un logiciel qui peut simplement être effacé ?

— Pas besoin d'être aussi dramatique, répond Kadvosky. Dans le pire des cas, ton statut légal serait proche de celui d'Einstein. Avant de laisser les IA conduire des voitures et des drones, nous leur avons attribué les mêmes droits légaux que les sociétés. En d'autres mots, tu pourras toujours posséder des choses, être poursuivi en justice et poursuivre d'autres gens en justice. Tu pourras également donner de l'argent à des campagnes politiques, etc.

— Mais les sociétés ne peuvent pas se marier, dit Mitya.

Je ne peux pas résister.

— Si tu trouves ton âme sœur, tu pourras faire une fusion.

Kadvosky me jette un regard noir.

— J'ai beaucoup de travail. Je vais vous laisser continuer cette conversation sans moi. Continuez à vous dire que l'amputation du cerveau ne signifie pas la mort.

Sans attendre de réponse – ou craignant peut-être une réponse –, Kadvosky disparaît subitement de la pièce virtuelle d'une façon que la plupart des utilisateurs de RV trouveraient très impolie. Quitter la pièce par la porte virtuelle est en train de devenir la norme.

Alan répond à l'air accablé de Mitya par un regard inquiet.

— Suis-je le seul à voir le bon côté de tout ceci ? Tu n'auras pas besoin de nourriture ou d'utiliser les toilettes. Tu peux faire fonctionner des simulations d'essais médicamenteux sur ton cerveau simulé sans effet secondaire dangereux. Tu peux booster ton esprit à un degré que nous ne pouvons même pas imaginer. Tu peux…

— Jeune homme, dit Ada à Alan de sa voix maternelle sévère, les mains sur les hanches, n'envisage même pas d'abandonner ton corps biologique, il faudra me passer sur le…

L'avatar de Joe frappe la table de conférence avec

une telle force que le verre virtuel explose et que la table se casse en morceaux.

— Assez de ces conneries, dit-il en serrant les dents. Il est temps que vous appliquiez vos cerveaux soi-disant améliorés à la tentative d'assassinat contre vous.

CHAPITRE SEPT

Ada et moi échangeons des regards coupables. Joe a raison. Quelqu'un a préparé une attaque coordonnée contre nous, une attaque éparpillée dans le monde entier.

— J'ai déjà fait quelques enquêtes, dit Mitya, sur la défensive. Mon processus de pensée est au moins le double de ce qu'il était quand j'étais ralenti par un cerveau biolo...

— Pas de hors sujet, mon vieux, dis-je en remarquant les yeux d'Alan s'illuminer d'avarice lorsqu'il apprend ce détail concernant le nouvel état de Mitya.

— Très bien.

Mitya fait apparaître des écrans avec les visages des quatre poseurs de bombes et lit la biographie du kamikaze du Bahreïn.

— Voici Hamad Marhoon. C'est un programmeur pour le groupe bancaire Al Baraka Banking Group.

C'est le premier sur lequel j'ai mené une enquête très...

— Discrimination raciale, grommelle Ada. Super.

— Si c'était de la discrimination, ça ne serait pas très étonnant.

Mitya cherche mon soutien, car j'étais à Manhattan ce 11 septembre. Lorsque je ne le soutiens pas à temps, il ajoute :

— Il ne me semble pas que ce soit en rapport avec le Jihad, ou quel que soit le terme politiquement correct pour ce type de terrorisme.

— Je suis d'accord, intervient Muhomor. Le Bahreïn est un pays mod...

Je hoche la tête.

— D'accord, et l'implication des autres gens rend cela assez improbable.

Je savais déjà quelques éléments grâce à l'application de reconnaissance faciale qui fonctionne toujours dans ma tête, mais je n'avais pas encore eu le temps de l'analyser.

Mitya montre l'homme suivant.

— Voici Vurnon Corsen. C'est un natif de Curaçao qui s'occupe de la sécurité et de l'informatique pour Campo Alegre, une maison de prostitution légale. C'est un catholique et père de quatre enfants. Rien dans son profil n'indique pourquoi il voudrait tous nous tuer, et j'ai du mal à imaginer quelqu'un le recruter pour être kamikaze, quelle que soit la cause, mais surtout pas pour un groupe islamiste radical. Garcelle Derulo est encore moins suspect, c'est un haïtien qui a travaillé en tant qu'infirmier pour les croisières Royal Caribbean. Cet homme était un saint : il a travaillé presque une semaine en continu, gratuitement, afin d'aider les victimes du tremblement de terre récent. Ils en ont parlé dans les journaux.

— Je viens de vérifier les dossiers de la NSA, dit Muhomor. Aucune de ces personnes ne se trouvait sur des listes de terroristes. Je vérifie les sources russes maintenant.

— En parlant de Russie, voici Ermolai Ruzatov, et je crois que c'est notre meilleur indice.

Mitya désigne le visage pâle du troisième kamikaze.

Je me rends compte que j'ai évité cette biographie, car le visage de l'homme m'évoque des émotions conflictuelles. D'un côté, il a presque tué Ada, alors il a eu ce qu'il méritait. Je le tuerais encore une fois si cela pouvait la sauver. D'un autre côté, j'ai arraché le cœur de cet homme de sa poitrine, ce qui n'est pas quelque chose dont je m'imaginais capable, même si la situation l'exigeait.

Ruzatov est un ingénieur d'assurance qualité pour Gazprom, lit Mitya. Il n'a jamais été religieux, n'a pas de famille vivante et seulement quelques amis en dehors du travail.

— Il n'appartient pas non plus à des groupes terroristes.

Muhomor affiche une biographie en russe, qu'il a dû obtenir de ses 'sources russes' dont nous préférons ne rien savoir.

Ruzatov semble plutôt ennuyeux, en ce qui

concerne les intérêts du gouvernement russe. Il n'a jamais critiqué le régime actuel ni fait quoi que ce soit qui attire l'attention.

— Pourquoi ce Ruzatov est-il venu à notre conférence ? m'enquis-je. Il est de Vladivostok. Il n'aurait aucun souci pour obtenir des cerveaucytes là-bas.

Muhomor prend un air satisfait.

— Ils avaient tous des cerveaucytes. Chacun des kamikazes. Mais ça et leur fascination pour la technologie en général sont les seules choses qui les relient. Et ils partagent cette fascination avec des milliards d'autres gens.

Ada se frotte les tempes.

— Je ne vais pas demander comment tu sais qu'ils avaient des cerveaucytes.

Nous sommes fiers de la confidentialité que nous fournissons à nos utilisateurs, alors le fait que Muhomor puisse obtenir si vite cette information n'est pas quelque chose que nous aimerions révéler au public.

— Ne sois pas si paranoïaque, dit-il. J'ai simplement extrapolé leur statut d'utilisateur d'après leur façon d'utiliser des technologies plus faciles à pirater.

— Alors, dis-je avant qu'Ada puisse avoir une crise morale, se sont-ils envoyé des mails ? Se sont-ils appelés ? Se sont-ils rencontrés en personne ?

— Non. Du moins, pas avant d'obtenir les cerveaucytes. Après, c'est plus difficile à dire. Tout envoi est crypté par Tema.

— Et les bombes ? dis-je en regardant Joe. Il y a toujours des façons de retrouver leur trace.

— J'y travaille, répond mon cousin. Mais les polices locales ne sont pas très serviables. Est-ce que l'un de vous quatre s'est intéressé au mouvement Luddite ?

Muhomor semble pensif pendant un instant, sans doute parce qu'il consulte ses ressources prodigieuses.

— Ruzatov avait un collègue qui s'appelait Eugene Blinov et qui fait partie des Verts. C'est le lien le plus proche que je trouve. Mais les Verts Russes ne s'intéressent pas beaucoup à Humain++.

— Pourquoi, Joe ? dis-je en me souvenant des manifestants devant le musée lors de l'anniversaire d'Alan. Crois-tu que le RHO ou quelqu'un du genre est à l'origine de tout ceci ?

— Je ne sais pas.

Joe donne un coup de pied dans un gros morceau de verre virtuel qui se fracasse contre le mur.

— Mais je vais le découvrir très vite.

— C'est plausible, dit Mitya. L'Unabomber était opposé à la technologie et son manifeste ressemble aux conneries qu'on peut entendre de la part du RHO.

— Je m'occupe du RHO, rétorque Joe d'un ton menaçant à peine caché.

— Ne blesse personne, l'avertit Ada.

— Pas sans preuves, clarifié-je.

Ada me jette un regard noir.

— Ce serait bien si j'avais de l'aide pour enquêter en Russie, dit Joe sans honorer nos commentaires d'une réponse.

— Je ne vais pas en Russie, disons Muhomor et moi en même temps.

Muhomor est recherché là-bas et moi, j'ai encore des cauchemars à cause de ce qu'il s'est passé la dernière fois que j'étais dans ce pays.

— Oncle Joe ne veut pas que tu viennes, intervient Alan. Il aurait du mal à te protéger là-bas. Il veut sans doute utiliser un de nos robots... est-ce que je peux l'aider ?

Joe jette un regard à Muhomor et moi qui semble dire : comment se fait-il qu'un gamin de quatre ans soit à ce point plus intelligent que vous deux ?

— Très bonne idée, dit Mitya. Moi aussi, je peux vous aider. La seule difficulté, c'est de trouver des corps d'avatars. À cause des lois à leur encontre, il y en a très peu qui opèrent en Russie et aucun à Vladivostok en ce moment. Je devrais arriver dans quelques heures, cependant.

— Commence par ça, dis-je. Nous, nous chercherons d'autres possibilités et explorerons d'autres angles.

Tout le monde s'affaire et lorsque les choses se calment dans la salle de réalité virtuelle, je reçois un message télépathique privé d'Ada :

— S'il te plaît, rejoins-moi dans la Chambre.

La Chambre est un euphémisme pour la pièce de sexe virtuel qu'Ada et moi utilisons pour les rencontres intimes lorsque nous ne sommes pas à proximité l'un de l'autre. Notre appartement de Manhattan possède également une pièce non virtuelle consacrée uniquement au sexe, et séparée de notre chambre.

Dès que j'y pense, je me retrouve là-bas. Par habitude, je gonfle mes muscles d'une façon que j'espère agréable pour Ada et j'enfile une tenue qu'elle a conçue afin que je la porte ici – une tenue dans laquelle je ne voudrais surtout pas que l'on me voie dans le monde réel.

Dès que je vois l'expression sur le visage de ma femme, je me rends compte qu'il ne s'agira pas d'une séance dont nous avons l'habitude dans cette pièce. Ses yeux sont gonflés, et de profondes rides d'inquiétude barrent son front. Il s'agit de détails incongrus au milieu des sex toys, des balançoires, des miroirs, des portants de lingerie, des litres d'huiles parfumées et de personnages de réalité virtuelle ultra réalistes aux regards vides et à des degrés variables de nudité attirante.

Voir Ada de cette façon me donne immédiatement envie d'être devant elle en personne. Mais il me reste encore quelques heures de vol avant d'atteindre New York, et son vol à elle est encore plus long.

— J'ai cru que j'allais te perdre.

Ses mains tremblent visiblement lorsque je prends ses petites paumes froides dans les miennes.

— C'est bon, bébé, dis-je en essayant de paraître aussi rassurant que possible. Tu es coincée avec moi pour toujours.

Un léger sourire soulève ses lèvres. Je continue sur ma lancée et je lui fais un gros câlin. L'avantage du câlin, c'est qu'elle ne peut pas voir mon visage, car je ne pense pas avoir l'air très rassurant. Maintenant que nous avons dépassé la bataille et le choc de la mort de Mitya, je m'autorise à envisager l'horrible possibilité de la mort d'Ada, et cette idée stupide me remplit d'un océan de crainte.

Luttant contre le raz-de-marée, je m'écarte et je la regarde.

— Quelle que soit la personne ayant causé ceci, je vais m'assurer que…

Elle pose un doigt sur mes lèvres, puis elle le glisse dans mon cou et sur mon torse. Ensuite, elle monte sur la pointe des pieds et nos bouches se mêlent, le baiser étant plus urgent que d'habitude, presque primaire.

— Je veux enfin tester l'application d'Union, me dit-elle par télépathie.

Les nuances émotionnelles de ses messages en Zik sont toujours assez tristes.

— S'il te plaît ?

L'application est une idée à laquelle elle a pensé pour la première fois il y a plusieurs années, mais elle s'est avérée plus difficile à mettre en place qu'elle ne l'avait cru. L'idée est d'utiliser les cerveaucytes pour joindre deux esprits ou plus. L'union, ou quel que soit le terme approprié, est un processus extrêmement complexe. Les aspects les plus simples comprennent une lourde simulation de neurones miroirs pour les deux personnes. Les deux participants font l'expérience des souvenirs et des émotions de l'autre en partageant une grande partie des zones cérébrales non biologiques, en partie pour échanger des données sensorielles et en partie afin de traiter les données neurologiques ensemble. L'idée de base est de faire l'expérience du monde comme Ada et inversement.

Il y a un mois, Ada a enfin décidé qu'elle était suffisamment satisfaite de l'application pour la tester sur nos rats. Les rats, particulièrement M. Spock et Uhura, ont beaucoup apprécié l'expérience et ils font désormais tourner l'application en continu. En conséquence, M. Spock est devenu un peu plus doux. Malheureusement, les rats ne sont pas encore assez intelligents pour expliquer correctement ce que l'application d'Union leur fait ressentir, au-delà de descriptions courtes comme celle de Kirk : 'Je me sens mieux', de McCoy : 'Je ne me sens jamais seul', de Scotty : 'C'est plus amusant que le Monde des Rats d'Alan – et j'aime le Monde des Rats', d'Uhura : 'Ça me rend plus heureuse' ou la version légèrement moins énigmatique de M. Spock : 'Cela me fait encore plus aimer Uhura'. Pour moi, l'idée d'avoir Ada dans ma tête est effrayante. Malgré ma thérapie avec Einstein, j'ai peur que ce qu'elle pourrait y découvrir la fasse fuir.

Lorsque nos lèvres se décollent, je réponds en chuchotant :

— Ce n'est pas juste de me le demander aujourd'hui. Pourquoi ne pas faire cette position en zéro gravité ?

Je commence le mouvement afin de désactiver la gravité dans la pièce, mais elle m'arrête en posant sa main sur la mienne.

— J'ai vraiment besoin de ça.

Elle parle toujours virtuellement.

— Cela mènera notre relation à l'étape suivante, je le sais, et je veux le faire parce que la vie est imprévisible, et…

— C'est d'accord.

Je me perds encore une fois dans ses yeux ambrés, content qu'elle n'ait pas changé leur couleur aujourd'hui.

— Si c'est si important pour toi, je vais le faire.

Je m'empêche d'ajouter quelque chose du genre 'On aurait fini par le faire, de toute façon'. J'ai appris il y a longtemps que je ne peux refuser quoi que ce soit à Ada pendant longtemps, et c'est un processus plein de culpabilité et d'autres choses désagréables et subtiles. Il y a un proverbe russe qui dit que le mari est la tête et la femme le cou. Cela résume bien notre relation : je tourne là où Ada veut que je tourne, et je vois ce qu'elle veut que je voie. Cela ne signifie pas que je me considère comme étant à la tête de notre famille. Ada est à la fois la tête et le cou dans notre foyer, alors que moi je suis quelque chose comme la vésicule biliaire.

Une nouvelle icône géante apparaît dans la pièce et je me pousse à activer l'application d'Union. Si je la considère à travers les yeux d'Ada, ceci est une façon de devenir plus proches. En voyant les choses ainsi, tout cela semble bien moins effrayant. En outre, Ada sait déjà ce que j'ai fait il y a cinq ans en Russie et quelques mois plus tard aux États-Unis. Elle a également vu ce que j'ai fait plus tôt dans la journée. Avec un peu de chance, elle ne m'en voudra pas de mes souvenirs. Et elle verra ce que je ressens pour elle, ce qui doit bien valoir quelque chose. Nous ne nous disons pas le mot avec un grand A autant que d'autres couples, alors cela pourrait la rassurer.

Peut-être est-ce du chantage, ou bien une motivation supplémentaire pour que je lance l'application, mais Ada fait disparaître les vêtements de son corps grâce à la magie de la réalité virtuelle.

Je me débarrasse instantanément des miens.

— C'est ainsi que je l'ai toujours imaginé, explique-t-elle en s'avançant vers moi.

Je n'avoue pas mes doutes et je cède à l'appel de la biologie. Lorsque le plaisir commence, je lance l'application d'Union et je ferme les yeux.

CHAPITRE HUIT

LES CERVEAUCYTES NOUS PERMETTENT DE FAIRE DES expériences psychédéliques en toute sécurité et Mitya s'est donné pour mission personnelle de nous faire halluciner avec des applications de type LSD de plus en plus puissantes. Mais aucune des applications de Mitya, aucune drogue réelle, ni même l'horrible cocktail de sérum de vérité utilisé sur moi il y a quatre ans et demi n'auraient pu me préparer à cet assaut sur mon sens de la réalité.

Tous mes sens semblent être entièrement croisés, bien que ce ne soit pas tout à fait correct. Ce qu'il se passe vraiment, c'est que j'essaie de ressentir à travers les yeux, la peau, les oreilles, le nez et la bouche d'Ada pendant que dans une étrange boucle récursive, je ressens également ce que ça lui fait de ressentir mes propres sens. C'est comme de placer un miroir devant un autre miroir. Nous nous perdons tous deux dans nos expériences de l'expérience de l'autre, jusqu'à l'infinité, jusqu'à simplement oublier qu'il y a une différence entre Ada et Mike – ce que je pense être l'un des objectifs.

Il devient rapidement évident que le sexe n'est pas la meilleure façon de faire l'expérience de cette application à cause de la surcharge sensorielle qui accompagne l'intimité. Une part de moi qui est davantage Ada que Mike n'est pas d'accord et pense que nous serions tout aussi submergés pendant une séance de tricot ou un jeu de solitaire.

Les frontières entre l'être qui est Mike et l'entité glorieuse qui est Ada deviennent de plus en plus floues à mesure que le temps passe, pourtant j'ai encore l'impression d'être moi-même. Même si j'ai l'habitude d'être à plusieurs endroits à la fois, ce qu'il se passe maintenant semble tout à fait différent. D'une façon étrange, je me sens davantage dans l'instant à plusieurs endroits à la fois, plus vivant à plusieurs endroits, et encore une fois paradoxalement, je me sens davantage moi-même alors que je suis uni à quelqu'un d'autre. Je ne peux m'empêcher de penser que c'est ainsi que je suis censé être, que c'est le moi réel. Enfin libre. Enfin chez moi.

Pendant que mon esprit s'ajuste aux montagnes russes de la nouveauté, je commence à me voir à travers les yeux d'Ada. Je sens ce qu'elle ressent pour moi et je sens ce qu'elle ressent pendant que nous faisons l'amour, ici dans la salle des réalités virtuelles. Je savais qu'elle m'aimait, mais parce qu'elle n'aime pas abuser des mots pour exprimer ses sentiments, je doute parfois. Je ne douterais jamais plus. Ada m'aime avec une intensité dont je ne suis sans doute pas capable moi-même, mais je dois avoir tort, car elle gonfle de contentement lorsqu'elle fait l'expérience de ce que je ressens pour elle.

On dit que lorsqu'un couple vit ensemble, il devient comme des pierres polies par la rivière. Toutes les différences et les problèmes s'érodent. Je ne sais pas si cette métaphore est vraie, mais dans cette salle virtuelle, en un instant, nous comprenons et nous dépassons les minuscules défauts que nous avons remarqués l'un chez l'autre. Nous pardonnons tous les petits torts en voyant le monde à travers les yeux de l'autre. Nous sommes plus unis qu'un couple qui aurait vécu ensemble pendant toute une vie.

C'est alors que commence la partie la plus étrange. Ma conscience est envahie d'une vague de souvenirs d'Ada. Je me souviens d'un jour agréable à Central Park quand elle marchait sur un joli pont et qu'elle pensait à son père bon à rien qui avait abandonné sa mère et n'avait plus jamais donné signe de vie. Ces émotions conflictuelles me semblent familières et je me rends compte que j'ai eu des pensées presque identiques au sujet de mon propre père, un homme dont je revis encore la mort avec une culpabilité intense. Je me souviens d'Ada assise à l'hôpital, l'amour pour sa mère gonflant sa poitrine et, je me souviens de moi dans des circonstances similaires après l'accident de ma mère.

Tous les souvenirs ne nous rapprochent pas. Certains souvenirs sont presque des opposés : Ada qui s'inquiétait de perdre sa virginité à l'adolescence, pendant que j'avais peur de ne jamais avoir l'opportunité de perdre la mienne. Certains me sont complètement étrangers, comme l'épreuve vécue par Ada lorsqu'elle a perdu sa mère d'un cancer.

Des larmes coulent sur mon visage, à la fois dans la réalité virtuelle et dans le monde réel, lorsque je revis ces épreuves. La douleur qu'elle a ressentie ne ressemble à rien dont j'ai pu faire l'expérience, ce qui me fait presque paniquer.

Cependant, les souvenirs tristes sont bientôt terminés et d'autres, plus heureux, passent au premier plan. Je suis témoin de la découverte de la programmation par Ada, de son premier amour. Je me rappelle son premier baiser dans une colonie de vacances en forêt et son premier béguin pour un jeune professeur en cours d'introduction à Java. Je me souviens de ce qu'elle a ressenti la première fois que nous avons couché ensemble, et quand elle a dit ses vœux à notre mariage hawaïen… et la première fois qu'elle a tenu Alan, qui pleurait dans ses bras. Je comprends qu'Ada est davantage définie par ses expériences heureuses et j'espère qu'elle découvrira que la même chose est vraie pour moi, bien que ce ne soit probablement pas le cas.

S'il était possible de se sentir évoluer vers quelqu'un de meilleur, voici ce que cela ferait. Il n'y a pas de jalousie lorsque je me souviens des hommes et de la femme du passé d'Ada. Je pourrais les prendre dans mes bras et les remercier si je les rencontrais maintenant. J'ai du mal à croire ma réaction. Je comprends également l'aversion d'Ada pour la violence, ayant ressenti sa conviction que la vie est précieuse et que même la pire personne au monde mérite l'amour et la gentillesse.

Ada a essayé de me faire méditer et j'ai ainsi appris quelques éléments du bouddhisme. Maintenant, en utilisant l'application d'Union, j'ai l'impression d'avoir atteint un éveil spirituel, ou bien ce que j'en imagine, même si j'ai sans doute eu une vision très réduite de cette expression.

Pour voir, j'ouvre mes yeux dans le monde réel. L'avion est toujours dans les airs et lorsque j'essaie de faire mon introspection, je me sens normal. Je me sens comme un individu, jusqu'à ce que j'essaie de me sentir uni à Ada. Alors, la sensation d'éveil spirituel revient en force.

J'ouvre les yeux dans la salle virtuelle et je vois le corps nu d'Ada réfléchi dans tous les miroirs. Nous sommes toujours joints de cette façon, notre transpiration virtuelle brillant sur nos corps éphémères.

Quelque chose de nouveau devient possible et cela requiert mon attention. À mesure que l'intensité de l'Union diminue, je me rends compte que nous pouvons penser comme une seule personne, au moins pendant un instant. Sans originalité, nous songeons tous les deux : 'Nous pensons, donc nous sommes'.

— Waouh, réponds-je. Notre esprit de ruche est philosophe.

— Incroyable, acquiesce-t-elle. Je sais qu'aucun de nous n'a eu cette pensée, pourtant nous l'avons pensé.

— J'ai besoin d'une façon de faire référence à moi-même, pense l'esprit de ruche par lui-même, ou elle-même, ou eux-mêmes.

Je suggère :

— Pourquoi pas Les Cohen ?

— Les Cohen serait plus logique si nous pratiquions l'Union avec ton oncle, ton cousin et ta mère, rétorque-t-il. Mais d'accord, ça fera l'affaire.

Bizarrement, un rappel du reste de la famille pendant le sexe ne semble pas dégoûtant ou même étrange. Cela paraît complètement neutre, comme de penser à des nuages. Cela fait peut-être partie de notre état évolué, ou bien c'est parce que le sexe est la dernière chose que nous avons en tête en ce moment, alors même que nous continuons à faire l'amour.

— Est-ce possible d'unir plus de deux personnes de cette façon ? m'enquis-je. Je veux dire, dans l'application d'Union, pas…

— Plus il y a de personnes, plus nous deviendrons complets, répond l'être nommé Les Cohen.

— En plus des personnes, nous pourrions inclure d'autres êtres, comme M. Spock, ajoute Ada. Mais peut-être quand nous aurons terminé.

Je n'ai pas l'occasion de faire des plaisanteries sur la bestialité, car nous approchons du point culminant de la partie physique – enfin, virtuellement physique – de notre festival sexuel et il est devenu impossible de parler, même par télépathie. Je prie afin que personne ne me regarde en ce moment même dans l'avion, ou si c'est le cas, j'espère que personne ne filme mes expressions de visage ou considère mes réactions comme une forme de harcèlement sexuel.

Même si je me suis habitué aux sens d'Ada, maintenant qu'elle est si proche de l'orgasme, je commence à me sentir submergé. Ce que je ressens se mêle à ce qu'elle ressent et je suis impatient d'apprendre ce que réserve cette partie de son point de vue.

Elle fait alors une manœuvre possible seulement en réalité virtuelle, bien qu'elle ait prétendu avoir l'intention de faire des exercices Kegel pour le faire dans le monde réel. Ma réaction ne se fait pas attendre et pendant un moment, j'oublie l'esprit de ruche nommé Les Cohen et même mon propre nom.

À un moment donné du développement des cerveaucytes – peut-être autour du septième boost cérébral, ou bien le huitième –, nous avons répliqué dans le cloud des parties du cerveau responsables des orgasmes, nous donnant une capacité bien plus grande pour l'appréciation de cette expérience déjà miraculeuse. Cependant, avec l'application d'Union, je ressens les réactions d'Ada ainsi que mes propres réactions améliorées. Nos esprits se mêlent en un bonheur pur sans frontières ni limites et une intensité mille fois plus puissante que tout ce que nous avons pu vivre.

Au bout de ce qu'il me semble être une centaine d'années de bonheur plus tard, je reprends mon souffle et je songe à la difficulté de s'essouffler quand des respirocytes font le travail des globules rouges. D'un autre côté, je viens de m'essouffler dans la réalité virtuelle, alors l'efficacité respiratoire n'est manifestement pas le facteur principal.

— Pas ma meilleure idée, chuchote Ada dès qu'elle est capable de refaire des phrases cohérentes.

Elle fait apparaître une cigarette virtuelle, plus en tant qu'accessoire humoristique que parce qu'elle en éprouve un besoin physique.

— L'application d'Union toute seule aurait suffi.

— C'est peut-être une de tes meilleures idées, dis-je d'une voix encore rauque. Veux-tu que je ferme l'appli ?

— Je pense, murmure-t-elle. Même si cela fera disparaître Les Cohen.

— Nous réutiliserons ceci, dis-je. Les Cohen reviendront.

— Je suis contente que cette partie de l'application ait fonctionné, dit-elle avec un enthousiasme notable.

Je regarde ma merveilleuse femme avec une fierté qui frôle l'adoration.

— Tu as utilisé nos zones de cerveau libres, hein ?

Ses yeux brillent, espiègles.

— C'est une façon très primitive de voir les choses, mais c'est à peu près ça. J'ai utilisé Einstein afin qu'il fournisse cette application avec une plate-forme permettant l'auto organisation de nos ressources inutilisées. Manifestement, cela a fonctionné.

— Fascinant, affirment Les Cohen. Nous sommes intrigués à l'idée d'apporter plus d'esprit en nous.

— Bonne idée, mais pas maintenant.

Ada souffle la fumée de sa cigarette. Au lieu des fumées toxiques habituelles, le nuage possède une qualité douce et vaporeuse, avec une odeur de thé à la bergamote et d'une tranche de citron vert. Cela en a sans doute aussi le goût, car c'est la boisson préférée d'Ada le matin.

— Que penses-tu de mettre de côté les expériences de l'application d'Union tant que nous n'avons pas découvert qui essaie de nous tuer ?

— Je suis d'accord, dis-je. Les Cohen devront attendre également.

— Nous ne craignons pas l'absence d'existence, répondent les Cohen.

— Vous existerez, dit Ada. Vous êtes nous. Tant que nous existons, vous existez également.

— Le temps que vous mettrez à vous Unir ne semblera qu'un instant pour nous, disent mystérieusement Les Cohen.

— Sur ces bons mots, j'éteins l'application.

Je joins le geste mental à la parole.

Je ressens immédiatement une sensation de perte. L'être formé par Les Cohen a disparu sans laisser de trace. Jusqu'à sa disparition, je n'avais pas remarqué que cela faisait partie de moi. D'après le visage peiné d'Ada, je vois qu'elle vit quelque chose de similaire.

— L'application est-elle addictive ?

— Nous devons simplement nous réajuster au fait d'être tout seul, répond-elle doucement. Mais je comprends maintenant pourquoi nos rats font toujours fonctionner cette application.

— Moi aussi. Je me demande à quoi ressemble leur version des Cohen.

— Leur application d'Union ne possède pas cette fonction. À vrai dire, je me demande si c'est une bonne idée d'avoir cela. Que se passerait-il si nous procédions à une Union avec plus de mille personnes en même temps ?

— Car Les Cohen seraient trop intelligents pour être contrôlés ou compris ?

Je bâille démonstrativement. Je suis toujours durement frappé par le bonheur post-coïtal, que le coït soit réel ou virtuel.

— Exactement, dit-elle. Nous devrions en parler aux autres lors de notre prochaine réunion des cerveaucytes.

— Effectivement. Pour l'instant, que leur disons-nous sur cette application ?

— Rien, si ça ne t'ennuie pas. Laisse-moi me préparer à leur en parler comme il faut.

— D'accord, dis-je sans parvenir à empêcher un autre bâillement. Pouvons-nous dormir ?

— Nos amis pensent sûrement que nous nous sommes endormis de toute façon, dit-elle à travers un autre nuage de fumée délicieuse. Alors oui, pourquoi pas ? C'est peut-être une bonne idée.

— Il me reste assez de temps de vol pour une bonne sieste.

Je bâille avec tellement d'enthousiasme qu'elle bâille également.

— De mon côté, j'ai le temps de me reposer correctement, dit-elle après un autre bâillement contagieux. Allons juste voir les autres avant de nous endormir.

Nous rejoignons la salle de conférence virtuelle et nous apprenons qu'il ne s'est rien produit d'intéressant pendant que nous étions ailleurs, en train de découvrir un nouvel état de conscience.

— C'est l'heure de la sieste, dis-je dans la salle virtuelle en luttant pour rester éveillée.

— Nous te réveillerons si nécessaire, dit Joe, impassible.

— Je n'en doute pas, réponds-je en marmonnant.

Cela ne pose aucun problème à Joe s'il doit demander à ses employés de me gifler afin de me réveiller.

J'interromps toutes les autres tâches que je faisais, maintenant fermement mon esprit dans mon environnement réel, et mes pensées reviennent au changement de mon mariage. Maintenant que j'ai vu le monde à travers les yeux d'Ada, je ne crois pas pouvoir me disputer encore avec elle – non pas que cela nous arrivait souvent. Je dois aussi admettre que même si j'aimais Ada avant l'application d'Union, mes sentiments sont maintenant presque effroyablement intenses. La comprendre pleinement m'a fait voir à quel point son esprit est sacré, sublime. C'est comme si

Ada était une réelle part de moi-même, irrévocablement mêlée à moi.

Je serai sûrement un meilleur mari qu'avant. Peut-être même un meilleur être humain.

Un autre bâillement fait craquer ma mâchoire et interrompt mon auto glorification, alors je décide de dormir. D'habitude, j'utilise une application conçue pour m'aider à m'endormir, mais je n'en ai pas besoin aujourd'hui. À la place, je lance simplement une application utilitaire nommée Ne Pas Déranger, qui désactive la vue et l'ouïe pour la durée que je veux – cinq heures dans ce cas précis.

Dès qu'elle a démarré, Ne Pas Déranger crée l'impression d'être dans un tunnel profondément sous terre. Mes paupières ne sont pas touchées par le moindre photon et pas une fraction de décibels ne titille mes tympans. J'ouvre les yeux, car je trouve encore amusant de voir que l'application plonge l'espace autour de moi dans l'obscurité même quand j'ai les yeux grands ouverts. Puis je referme les yeux et je me laisse tomber comme une pierre dans le sommeil.

CHAPITRE NEUF

LE COULOIR DE MIROIRS S'ÉTIRE À PERTE DE VUE. UNE caméra dans un drone au-dessus de ma tête me montre que cet endroit a couvert le monde entier, d'un horizon à l'autre.

Je cours, respirant à peine, mon pouls se situant dans la zone en anaérobie. Lorsque le lieu essaie d'être un labyrinthe et place un miroir sur mon chemin, je fracasse la surface gênante d'un coup de pied bien placé. Mon objectif semble être d'éviter de me voir dans tous les reflets, alors je recommence encore et encore à mesure que d'autres miroirs apparaissent.

Lorsque je frappe le dixième miroir, une douleur explose dans ma jambe, mais le fichu verre ne se craquelle même pas. La douleur brise ma concentration et j'aperçois le reflet qui me regarde... et je le regrette immédiatement. Le regard sinistre de Joe fait sembler sa froideur habituelle chaleureuse et tendre en comparaison.

Tout mon corps se fige de panique alors que le visage de Joe me fixe avec différentes nuances de colère depuis l'infinité de miroirs. Un cri s'échappe de ma bouche, vibrant si violemment dans l'air que les miroirs autour de moi ondulent et explosent en une réaction en chaîne.

Je suis au bord d'une grande épiphanie lorsque l'image dans le miroir qui refusait de se briser se transforme.

Tout d'abord, la coupe de cheveux militaire de Joe fait apparaître des touffes de cheveux blancs qui s'étalent comme un halo autour de sa tête. Ensuite, ses traits s'adoucissent en un sourire ridé. Le visage célèbre d'Einstein me regarde bientôt, les yeux brillants de sagesse et d'amusement.

— Il s'agit d'un rêve, dis-je à Einstein, ma réaction de fuite ou combat se calmant déjà.

— Nous avons parlé de celui-ci en thérapie, dit la voix à l'accent allemand de l'IA.

Comme d'habitude, dans le contexte de la psychologie, son accent me fait beaucoup penser à Freud.

— Vous n'êtes pas en train de devenir un monstre.

— Prends-en note afin de m'en reparler quand je serai éveillé. Pour l'instant, je veux réessayer les rêves lucides.

Einstein hoche la tête et disparaît. Au bout d'un moment de concentration, je m'élève vers le drone volant toujours dans le ciel vide réfléchi par les miroirs.

CHAPITRE DIX

Je me réveille en sursaut et je vois le visage de Gogi trop près du mien. Étant donné que je peux entendre le moteur d'une voiture et voir mon ami, le cycle de Ne Pas Déranger doit être complet.

J'ai la joue qui brûle. Il a dû essayer de m'éveiller en me giflant, une des rares façons de contourner l'application, mais c'était inutile dans ce cas précis, puisque la mienne n'était plus en fonctionnement.

— Vous êtes resté sans connaissance pendant cinq heures, dit Einstein. Vous avez eu une minute de sommeil paradoxal, et j'estime que votre dette de sommeil est toujours d'une nuit complète de huit heures, ce que je vous conseille de rattraper dès que possible.

Mitya a incorporé des signaux émotionnels et des informations contextuelles dans sa dernière version d'Einstein, et la voix de l'IA paraît soucieuse et consolatrice, ce qui m'irrite.

— Il est actuellement dix-neuf heures trente-six.

Je suis jaloux d'Ada, qui dort encore grâce à son vol plus long. En me frottant les yeux, je me demande si je peux donner l'ordre à Gogi de me laisser dormir, mais je décide de ne pas le faire, car j'ai très peu de chances de pouvoir dormir correctement pendant le court trajet. En outre, étant donné l'heure de la journée, il vaut mieux que je souffre pendant quelques heures et puis que je dorme quand il fera nuit. Pour l'instant, je préfère prendre des nouvelles de mon ami.

— Si j'avais un rouble chaque fois que je te portais de l'avion jusqu'à la voiture, je pourrais prendre ma retraite, dit Gogi dont le sourire est visible sous sa moustache stalinienne.

— Tu peux déjà prendre ta retraite, réponds-je d'une voix groggy, mécontent que l'application Ne Pas Déranger m'ait fait rater l'atterrissage.

— Tu possèdes une partie d'Humain++.

Son visage devient sérieux.

— Alors comme ça, vous essayez de vous faire tuer quand c'est à mon tour de faire du baby-sitting ?

— La prochaine fois, j'essaierai de me faire exploser en ta présence.

Toute trace de sommeil disparaît de mon esprit. Comprenant que je défoule ma négativité sur la mauvaise personne, j'ajoute d'un ton conciliant :

— Tu peux nous aider à trouver et à gérer les responsables. Comment te débrouilles-tu pour contrôler les robots ?

— Le gamin m'a entraîné, dit Gogi.

Un des robots dans Zapo X – si c'est bien le véhicule dans lequel nous nous trouvons – me fait un salut.

Je fais un résumé des événements à Gogi pendant qu'une part de moi rejoint la salle de réalité virtuelle pour voir où en est l'enquête.

— J'ai trouvé quatre robots, dit Mitya. Ton cousin en utilise déjà un pour parler avec le collègue Vert du poseur de bombes.

Il montre un écran du doigt, sur lequel des gens émerveillés regardent la carcasse robotique de Joe traverser les rues de Russie.

— Bon travail, lui dis-je. Gogi vient de proposer d'en contrôler un, tout comme moi.

— Le mieux, ce serait que tu en prennes un pour aller parler avec la mère du poseur de bombes.

Il regarde l'avatar virtuel de Joe avec méfiance.

— Il se pourrait que cette tâche requière un peu de finesse.

Ce qu'il ne dit pas, c'est que Joe et Gogi n'auraient aucun scrupule à torturer la pauvre femme, qui ne sait pas encore qu'elle a perdu son fils, d'ailleurs. Même avant de mêler mon esprit à celui d'Ada, je croyais fermement que les péchés des parents ne sont pas transmis à leurs enfants et vice versa. Avec mon regard post-Union, je veux aider cette femme au lieu de l'interroger. Le seul problème, c'est que c'est moi qui ai tué son fils. Cela pourrait être difficile de la confronter, même si je mérite sans doute l'inconfort que je ressentirai.

— Je vais essayer de localiser son père, ajoute Mitya et il affiche un autre écran montrant un robot qui commence également à bouger. Le père est un ivrogne et la mère l'a quitté depuis longtemps. Mais qui sait ? Peut-être que ce Ruzatov est resté en bons termes avec son père.

Je prends possession du robot qui m'est destiné, un modèle plus vieux qui m'évoque le mélange d'un micro-ondes avec un Cylon de *Battlestar Galactica* de 1978. J'entre l'adresse de la mère dans l'application GPS et je commence à cliqueter le long de la rue. L'interface GPS est la même que celle des cerveaucytes que nous avons distribués il y a quelques années.

Pendant que je marche dans les rues de Russie, je suis pris de déjà-vu. Même si ma ville natale de Krasnodar se trouve à presque dix mille kilomètres de Vladivostok – une distance uniquement possible en Russie – je pourrais aussi bien marcher dans les rues de mon enfance. C'est ce qui arrive lorsque l'on recycle les motifs architecturaux à la façon des Soviétiques : en comparaison, les emporte-pièce semblent originaux. En Amérique, certains des logements construits par les gouvernements, tels que les projets de New York, évoquent ce genre de sentiment. Cependant, cette part de Vladivostok est bien plus grise et froide.

Pour éviter de déprimer, je regarde avec mes yeux réels à travers la vitre de la limousine et je vois les rues du centre-ville de Manhattan. Comparé à Vladivostok, il s'agit d'un autre monde. Bizarrement, quand je change de point de vue, j'ai l'impression de voyager dans le futur, puis de revenir au passé… et je parle d'années, pas seulement du changement entre le jour et la nuit à cause de la différence de quatorze heures. Bien sûr, la comparaison est injuste. Moscou ressemble beaucoup à New York en ce qui concerne l'adoption de nouvelles technologies et ce serait un match plus juste. Comparer une rue arriérée de Vladivostok au centre-ville de Manhattan, c'est comme comparer New York à Nullepartville.

Les New-Yorkais ont adopté chacune des innovations d'Humain++ et ils en veulent toujours davantage. Même si c'est après l'heure de fermeture de la plupart des bureaux, des navettes robotisées parcourent toujours les rues, ce qui est une grande amélioration pour les gens qui vivent au milieu de nulle part, mais dont le travail nécessite leur présence physique. Personne n'est étonné par leurs silhouettes métalliques, et il est clair que le futur ressemblera beaucoup au film *Clones* – mais sans les problèmes de société, je l'espère. Pour chaque porteur robotique, des milliers de personnes utilisent la réalité virtuelle pour travailler à distance. Toutes les grandes entreprises encouragent cette forme de téléprésence, qui leur permet d'engager les meilleurs où qu'ils se trouvent dans le monde. En outre, l'espace virtuel est beaucoup moins coûteux que des bureaux dans le monde réel, en particulier pour les entreprises basées à Manhattan.

Bien sûr, la présence de la réalité virtuelle affecte plus que la façon dont travaillent les gens. Les touristes utilisent à la fois la réalité virtuelle et augmentée, les regards vides pendant qu'ils se connectent à des visites guidées conçues pour se déclencher près des attractions populaires. Les résidents sont tout aussi affectés par les nouvelles technologies. Au lieu de garder le nez collé sur leur Smartphone et d'autres appareils, tout le monde est 'dans sa tête'. Ceux qui peuvent se permettre les services premium des cerveaucytes peuvent faire d'autres travaux pendant qu'ils marchent, et ils regardent de nouveaux films entièrement interactifs qui ont davantage en commun avec les jeux vidéo qu'avec les films anciens. Ceux qui utilisent les loisirs gratuits vont s'asseoir dans des voitures et dans les transports en public en faisant la même chose.

Les voitures, tout comme les nôtres, sont toutes électriques, silencieuses et autonomes. La majorité est gérée par Einstein. Pour la première fois depuis plus d'un siècle, il n'y a pas vraiment de bouchons à Manhattan. L'air est aussi pur que dans les zones rurales, et même la pollution auditive a baissé, en partie grâce à la communication télépathique permise par les cerveaucytes qui redéfinit rapidement la façon dont les gens interagissent.

Le calme relatif de la rue est de courte durée, cependant, car lorsque nous arrivons à la quarante-deuxième rue, nous voyons une foule de manifestants. Leurs cris sont difficiles à distinguer, mais des affiches du type Les cerveaucytes volent votre âme et L'humanité est perdue confirment qu'il s'agit encore d'une autre démonstration par le RHO ou un groupe similaire.

— Est-ce une coïncidence ? dis-je dans la salle de réalité virtuelle. Ou bien devons-nous changer d'itinéraire ?

— Il faut changer d'itinéraire dans tous les cas, répond immédiatement Mitya. Je viens de calculer le trajet jusqu'à ton appartement, et votre itinéraire actuel est le plus lent.

— Vas-tu devenir notre remplacement d'Einstein ?

— Je m'intègre beaucoup mieux avec Einstein maintenant, dit Mitya. Il est maintenant clair que le cerveau biologique est une sorte de goulot d'étranglement. Je réfléchis déjà beaucoup, beaucoup plus vite et je commence tout juste à modifier mes capacités.

— Nous marchons dans cette foule, dit Joe sans la moindre trace d'intérêt pour les nouvelles fascinantes de la condition de Mitya. Personne ne porte de bombe.

Il doit utiliser un engin renifleur, un machin conçu par l'un des ingénieurs améliorés du département de recherche et développement d'Humain++. Les renifleurs sont bien plus fiables qu'un chien et, pour citer Ada, 'ne nécessitent pas d'esclavage canin'.

J'autorise Einstein à prendre le chemin recommandé par Mitya et je demande :

— Si Joe se trouve dans cette foule et que Gogi est dans la voiture, qui veille sur Alan ?

— Je suis avec Dominic, père, répond Alan d'un ton bougon. Et Jacob et plein d'autres.

— Alan, tu es assez intelligent pour savoir que la sécurité est nécessaire, dis-je en songeant que cela vaut mieux que 'attention au ton que tu utilises, jeune homme' qui était mon premier instinct. Et puis, tu aimes bien Dominic.

Son regard grognon est étrange sur le visage adulte de son avatar.

— Oui, oui. Dépêche de rentrer.

Même si je ne le dis pas à voix haute, car je ne veux pas vexer Gogi et Joe, Dominic est peut-être la personne la plus qualifiée pour veiller sur Alan, et pas seulement à cause de leur amitié. Professeur des écoles quand il avait la vingtaine, Dominic s'est enrôlé dans l'armée après le neuf septembre et a fini par faire partie des forces spéciales. C'est ainsi qu'il a croisé le chemin de Joe, mais leurs personnalités n'auraient pas pu être plus différentes. Dominic est extrêmement intègre. Une explosion l'a plongé dans le coma, dont il est sorti il y a deux ans, mais la blessure au cerveau qu'il a reçu a laissé son corps dans un état paralysé, incapable de bouger ses muscles. Contrairement à certaines personnes dans cet état, il n'avait même pas la capacité de cligner des paupières pour répondre oui ou non à des questions.

Les cerveaucytes ont rendu une forme de vue à Dominic, ainsi qu'une façon de communiquer et un exosquelette qui lui permet de se déplacer. En tout cas, jusqu'à ce que Dahan, notre directeur de Nanotech, trouve une solution encore meilleure permettant à des nano machines de réparer les dégâts subis. Un bras bionique de pointe a remplacé celui que Dominic a perdu dans l'explosion et il prétend être désormais incapable de faire la différence entre son bras gauche et son bras droit.

En grande partie à cause de ce qu'il a récupéré grâce à notre aide, Dominic est sans doute la personne la plus reconnaissante et loyale à travailler pour nous. J'ai appris à avoir presque autant confiance en lui qu'en mes amis proches et ma famille.

Presque prêt à arrêter de m'inquiéter pour mon enfant, je me rappelle qu'Alan a dit que Jacob le gardait aussi. Jacob est extrêmement compétent. Ses réactions rapides ont sauvé la vie de Muhomor à l'hôpital il y a quatre ans et demi, et depuis, il a gravi les échelons de notre sécurité.

— J'ai construit un monde de réalité virtuelle pour Dominic, se vante Alan en privé. Il fait des merveilles contre son syndrome de stress post-traumatique, et je pense qu'il sera bientôt capable de marcher vers des voitures sans ressentir de panique.

— Fais-le-moi savoir quand tes mondes de réalité virtuelle thérapeutique seront prêts à être transformés en produits, lui dis-je. Ils m'aident aussi. En ce moment, je marche en Russie et je ne ressens pas de crainte.

La vérité, c'est que je ressens quelques émotions négatives en marchant dans les rues matinales de Vladivostok, mais ce n'est pas à cause des restes irrationnels de mes mésaventures en Russie. Je m'inquiète parce qu'une foule marche d'un air menaçant vers moi. Les manifestants américains peuvent paraître très fâchés, mais ces Russes semblent encore plus effrayants dans leurs mouvements sans émotion.

Je fais traverser la rue à mon robot et le groupe traverse la rue en même temps, confirmant qu'ils ont l'intention de faire quelque chose de sinistre.

Je tourne ma tête robotique et je vois un autre groupe plus petit de personnes qui me suit.

— Joe, dis-je en remplissant mon message télépathique d'appréhension. Regarde ce que voit mon robot.

La réponse télépathique de Jo est calme, mais inquiétante :

— Il n'y a pas que toi.

Il a raison. Dans la salle de réalité virtuelle, les écrans de tout le monde montrent leur robot poursuivi par des gens ressemblant beaucoup au groupe qui s'approche de moi.

— Nous nous trouvons dans des parties différentes d'un grand pays, dis-je, perplexe.

Mitya semble tout aussi étonné.

— Oui, je sais.

— Ces gens ne semblent même pas se connaître, indique Alan en montrant un grand écran où il a affiché des centaines de profils de reconnaissance faciale.

— S'ils détruisent les robots, il faudra plusieurs jours pour s'en procurer d'autres, dit Mitya.

Sa foule de gens semble encore plus sinistre que la

mienne : ils font penser aux villageois s'approchant de Frankenstein avec leurs fourches.

Muhomor effraie quelques chats faméliques en coupant par une ruelle sur le côté afin d'échapper à ses poursuivants.

— Cette attaque doit être soutenue par le gouvernement. Les Russes nous détestent toujours parce que nous avons développé Tema. Il s'agit peut-être de leur vengeance ?

Je suis en partie d'accord avec l'analyse de Muhomor. Ce n'est pas seulement la Russie : tous les gouvernements regrettent l'existence de la cryptographie Tema. Toujours impossible à craquer, Tema relègue au passé la possibilité de surveiller les citoyens de son propre pays ou d'un autre. C'est une capacité qui manque beaucoup aux gouvernements du monde. Certains pays ont essayé de rendre Tema illégale, mais une fois que nous avons rendu les algorithmes, la théorie et même le logiciel open source, interdire ce système est devenu comme essayer d'interdire le théorème de Pythagore.

— J'ai du mal à imaginer que ces gens travaillent pour le gouvernement, intervient Alan au moment où je jette un autre regard inquiet aux poursuivants de mon robot. La plupart sont des alcooliques et parviennent à peine à garder un travail merdique.

— Hé, attention à ta façon de parler, lui dis-je en privé en faisant de mon mieux pour imprégner mon message Zik de désapprobation paternelle. Mais tu as raison, ils ne semblent pas très impressionnants.

— Au moins, nous avons trouvé quelque chose qu'ils ont en commun, dit Mitya. Parce que le gosse a raison. Beaucoup de ces gens ont séjourné dans des hôpitaux après une intoxication à l'alcool. Je suppose que la Russie s'est débarrassée des *vytrezvitel*.

— *Vytrezvitel* est un centre de désintoxication où les flics emmènent les gens ivres pour les faire dégriser, dis-je à Alan. Le fait que l'Union soviétique ait eu besoin de ce genre d'établissement est révélateur de la culture de l'époque.

— Ruzatov était-il alcoolique ? demande-t-il. Quoique même s'il l'était, je ne vois pas en quoi cela éclaire la situation.

— Il buvait de temps en temps, mais des quantités normales.

Le robot de Mitya évite une brique rouge qui vole vers sa tête et marche plus vite.

— Pour un Russe, en tout cas.

— Il a été admis à l'hôpital, dit Muhomor en trouvant des gens qui attendent son robot au bout de l'allée, faisant donc demi-tour. Il y a une semaine.

— Son niveau d'alcool dans le sang était de 1 g, ajoute Alan.

Cette fois, le robot de Mitya évite une bouteille cassée.

— Comme je l'ai dit, ce chiffre est normal pour un Russe.

— Il avait un traumatisme crânien, dit Muhomor. Peut-être a-t-il participé à une bagarre ?

— En parlant de bagarre, dit Alan, vous devriez tous

vous concentrer sur les problèmes dans le monde réel. Nous pouvons mettre la réunion en pause pour l'instant.

Il a raison. Même si nous pouvons tous suivre une conversation en réalité virtuelle et nous occuper de nos attaquants, il vaut mieux se concentrer, d'autant plus si l'on considère ce qu'a dit Mitya au sujet de la difficulté d'obtenir de nouveaux robots.

Je fixe le goudron craquelé de la route. Le premier groupe de poursuivants ne se trouve qu'à trente centimètres. En utilisant l'odorat du robot, je confirme l'odeur de mauvaise vodka dans la respiration de l'homme le plus proche.

— Je ne veux blesser personne, mais j'ai besoin de ce robot, alors je ne vous laisserai pas le casser, dis-je en russe à travers la bouche du robot.

— Monstre, crie l'ivrogne le plus proche d'une étrange voix de fausset. Tu vas regretter tes pêchés.

Comme encouragés, les deux groupes m'entourent et se referment sur moi. Mon cœur dans le monde réel oublie la différence entre le corps physique et le corps robotique, car il tambourine contre ma poitrine comme un moteur hydraulique après une surtension.

CHAPITRE ONZE

Lorsque le premier homme frappe mon visage métallique, je me rends compte que la situation n'est peut-être pas si terrible que nous le craignons. Le type a le poing en sang, alors que le diagnostic de mon robot ne montre aucun effet négatif. Je suis stupéfait lorsque le type me frappe encore, ses os craquant contre le châssis du torse. Je ne vois pas de douleur sur son visage, juste une détermination à me frapper de manière répétée.

— Il doit être ivre en ce moment, dis-je dans la réalité virtuelle lorsque le même homme donne un coup de tête au métal, son nez faisant gicler du sang éclaboussant la caméra me servant d'yeux.

— Attention à celui avec le pied-de-biche, crie Alan.

Je me baisse instinctivement et le métal de l'arme improvisée rebondit sur le haut de mon crâne métallique.

— Einstein, enclenche le mode combat, dis-je mentalement. Ajuste-le à ce corps robotique.

— C'est fait, répond Einstein. Veux-tu également allumer le Réducteur d'émotions ?

— Gardons cela pour une situation bien pire.

Le mode combat – ou MC, comme nous l'abrégeons parfois – est une chose sur laquelle je travaille depuis que j'aime maîtriser les arts martiaux qui font maintenant partie de mon style de combat personnel, n'ayant pas encore de nom. C'est un mélange de mes capacités acquises et de technologie : une façon d'utiliser les prises de décision supraluminiques permises par les cerveaucytes en situation de combat. Le Réducteur d'émotions – que nous n'abrégeons jamais en RE – est un module complémentaire du MB. Il s'agit d'une fonction optionnelle qui s'approche de ce qu'il se passe – ou ne se passe pas – dans l'esprit de Joe lorsqu'il se bat. Les régions du cerveau responsables de l'empathie font une pause, afin que les utilisateurs puissent blesser et tuer sans remords. C'est une application tellement effrayante que je n'ai jamais parlé de son existence à Ada. Même si d'une certaine façon, le fait que j'aie besoin d'une telle application prouve que je suis une bonne personne, n'est-ce pas ?

Le mode combat commence par surligner les trajectoires de tous les poings, briques, pieds-de-biche et pieds dans ma réalité augmentée. Il superpose alors une silhouette représentant les différents coups et gestes d'évitement que je peux faire. Chaque choix offensif et défensif est basé sur mes propres régions du cerveau et donc amélioré par d'innombrables heures de combat avec Gogi, Joe et les meilleurs sensei que l'on peut se payer.

Ce qui est compliqué, et c'est la raison pour laquelle je choisis de ne pas utiliser le module de réduction d'émotions dans ce combat, c'est que je ne veux pas trop blesser ces gens. Après tout, ils ne menacent pas mon existence. Finalement, la seule chose dont ils sont coupables, c'est d'essayer d'endommager une propriété de l'entreprise, même si elle est importante. Je n'ai même pas de preuve qu'ils agissent en lien avec les poseurs de bombes, bien que cela semble probable.

En un clin d'œil, je choisis l'option d'Action 50 et j'autorise le corps du robot à bouger. Comme prévu, un poing rate ma tête et s'écrase sur l'épaule d'un ivrogne derrière moi. Un coup de pied touche sa cible, mais d'une façon qui ne me fait sentir qu'une vibration minime dans le côté gauche du robot. Le propriétaire du pied a sans doute un orteil cassé.

— Ils ne tiennent compte d'aucun dommage corporel.

L'idée privée frénétique de Mitya exprime quelque chose qui me ronge depuis quelques secondes.

— Comme les poseurs de bombes, ces idiots sont complètement dédiés à leur cause… ou fous.

— Non pas qu'il y ait une différence, marmonne Alan.

Je ne réponds pas, car mes oreilles robotiques résonnent à cause d'un coup de feu qui me surprend totalement. Quand j'avais scanné la foule plus tôt, je n'avais remarqué personne avec une arme.

La balle frappe le côté droit de ma tête métallique et je suis content de ne sentir qu'une fraction de la douleur que j'aurais sentie si c'était arrivé à mon corps véritable. Malgré tout, c'est aussi terrible que la séance d'entraînement de la semaine précédente, lorsque Jacob avait réussi à me toucher à la mâchoire.

Le mode combat reçoit de l'aide d'Einstein pour les trajectoires balistiques, et j'obtiens rapidement la localisation du tireur qui est surlignée dans ma vision, ainsi que les mouvements que je dois faire pour l'atteindre. Je commence à exécuter la manœuvre suggérée, même si cela me coûte un coup de pied de biche. Le métal cabosse mon épaule robotique, mais je parviens à attraper et à écraser le pistolet en même temps que la main du type.

Malheureusement, le mode combat n'est bon que pour anticiper les comportements rationnels. Il ne peut pas prévoir l'ivrogne à qui il manque des dents qui se laisse tomber volontairement sous mes pieds pendant qu'un assaillant derrière moi me tacle avec l'intensité d'un joueur de foot américain ayant pris de la cocaïne. Les deux hommes finiront sans doute à l'hôpital, mais ils accomplissent ce qu'ils ont prévu de faire, car je commence à tomber. Agitant par réflexe mes bras métalliques, je parviens à faire tomber deux autres personnes en même temps que moi.

Les attaquants me donnent des coups de pied sauvages et même si la majorité des coups touche mon corps métallique, certains d'entre eux frappent leurs alliés tombés, a priori par erreur. Encore une fois, ces gens se causent plus de dégâts à eux-mêmes qu'au robot, particulièrement si l'on compte tous les orteils qu'ils sont en train de casser en ce moment.

Quelqu'un fait atterrir un coup de pied chanceux qui me frappe à la jointure de mon cou en métal, causant un gros bruit métallique. Encouragé par le bruit, quelqu'un abat une brique rouge au même endroit, et le système de diagnostic se plaint de dégâts structurels.

Je lutte pour me lever, mais quelques hommes solides s'accrochent à mes jambes robotiques, alors je ne parviens à faire qu'une demi-roulade sur le sol. J'utilise mes bras pour rejeter certains des attaquants les plus proches. Je commence manifestement à oublier mon désir de ne pas blesser les gens pour un robot, car je casse une douzaine d'os et je déboîte quelques épaules.

Indifférents aux dégâts que je cause, les ivrognes continuent à me frapper. Ils m'évoquent un homme affamé avec une boîte de thon, mais pas d'ouvre-boîte. Lentement et méthodiquement, ils commencent à endommager mon corps métallique, sans se laisser décourager par ce que cela leur coûte. Un homme fou mord dans ma caméra y perdant quelques dents tout en détachant suffisamment le capteur afin que le coup de pied de quelqu'un d'autre le rende aveugle.

Je ne mets pas longtemps à localiser une caméra de sécurité chez un marchand de vin près de là, mais le point de vue me permet uniquement de voir la suite du massacre du robot.

— Mon robot est mort, dit Mitya. Celui de Joe bientôt aussi.

— Ce n'est guère mieux de mon côté, se plaint Muhomor.

Je retire mon esprit de ce qu'il reste du corps du robot.

— Pareil.

Je regarde les angles de vue de tout le monde. Joe est le seul dont le robot est encore à moitié fonctionnel, et seulement parce qu'il n'a pas hésité à tuer les ivrognes. Complètement couvert de sang et de matière cérébrale, son robot glisse sur des restes humains et finit par tomber. Les ivrognes encore en vie frappent alors la pauvre machine avec les membres arrachés de leurs camarades, prouvant sans le moindre doute qu'ils sont au moins aussi fous que les gens prêts à se faire exploser plus tôt dans la journée.

Deux autres vagues d'assaillants tuent la dernière étincelle du robot de Joe.

Lorsque je reviens dans la salle de réalité virtuelle, Joe a encore cassé la table en verre et personne n'a fait fonctionner l'application pour la réparer, car il semble prêt à la casser encore une fois, éventuellement rien qu'avec son regard.

J'observe un par un les visages sombres.

— On dirait que quelqu'un ne voulait vraiment pas que nous enquêtions en Russie.

— Je n'éliminerai pas un groupe qui déteste la

technologie, dit Alan dont l'avatar adulte semble plus petit, presque frêle. La sauvagerie qu'ils ont montrée envers les robots me fait penser à des fanatiques.

— Nous aurons bientôt quelqu'un qui pourra en parler, affirme Joe avec des yeux qui me donnent l'impression que son avatar est sur le point de se transformer en lézard.

— Tout cela n'a aucun sens, dit Mitya. Ces ivrognes n'auraient pas les ressources pour localiser chacun de nos robots, peu importe à quel point ils détestent les machines.

— Pouvons-nous engager des gens qui vivent en Russie pour enquêter ? m'enquis-je en regardant Joe d'un air inquiet. Gogi dispose de ses Géorgiens.

— Tous morts.

Joe serre si fort le poing que je m'attends à ce qu'il y ait du sang qui coule de sa paume.

— Tous nos contacts russes ont disparu. Et ceci – il affiche l'image d'une explosion – est ce qui reste du bureau Humain++ à Moscou.

Nous regardons les ruines en silence. J'ai des difficultés à avaler l'horreur de cette explosion. Il y avait au moins un millier d'employés dans le bâtiment de Moscou, y compris une douzaine de personnes avec lesquels je travaillais de façon hebdomadaire et une équipe de management que j'ai personnellement embauchée.

Dans le monde réel, je sens venir la nausée et je scanne frénétiquement les environs de mon corps physique. Zapo X s'engage dans le parking de ma maison et Gogi regarde mon visage vert avec une détermination solennelle. Il est manifestement au courant des événements, y compris de la mort de ses camarades géorgiens.

Je demande à Einstein d'arrêter la voiture afin d'ouvrir la porte et de salir le trottoir immaculé. Ce faisant, je note mentalement de donner un énorme pourboire au gardien.

Me sentant légèrement mieux, je ferme la portière, j'attends que la voiture se gare dans le parking et je parle à la fois dans la réalité virtuelle et à voix haute :

— Nous devons être sur la défensive. Je veux qu'Alan et Ada se rendent au bunker que nous avons acheté dans le New Jersey. Je pense que nous devrions tous y aller. Nous devons également évacuer toutes les personnes des bâtiments Humain++ et envoyer un e-mail de masse à tout le monde pour qu'ils travaillent chez eux demain.

Mitya et Muhomor hochent la tête, mais Joe se contente de me fixer.

— Détournez les avions qui arrivent vers l'aéroport le plus proche du bunker, dis-je. Joe, peux-tu demander à ton employé dans l'avion d'Ada de la réveiller afin que nous puissions lui dire ce qu'il se passe ?

Dans le monde réel, Gogi fronce les sourcils.

— Nous n'allons pas simplement fuir avec la queue entre les jambes.

— Je ne propose pas d'arrêter l'enquête, dis-je. Je veux seulement que nous prenions des précautions de sécurité, que nous nous regroup...

— Et que nous frappions avec tout ce que nous avons, disent en chœur Gogi et Joe, l'un dans la réalité virtuelle et l'autre dans la voiture.

Nous sortons de la voiture et Gogi me guide jusqu'aux escaliers lorsqu'un crissement de pneus résonne dans le parking.

Mon pistolet est dans ma main avant même que je forme la décision consciente de le sortir, et Gogi et moi sautons derrière les voitures garées les plus proches, prêts au combat.

CHAPITRE DOUZE

AVANT QUE L'UN D'ENTRE NOUS AIT L'OCCASION DE tirer sur quoi que ce soit, je reconnais la vieille – et maintenant obsolète – Ford Mustang à conduite manuelle, qui doit coûter une fortune à Joe en essence et contraventions. Une fois que l'électricité est devenue presque gratuite, la production de pétrole a chuté et les prix sont montés en flèche, comme d'habitude pour un produit de luxe.

Je baisse mon pistolet.

Joe sort, marche à grands pas jusqu'à son siège arrière et y attrape quelque chose. Je m'attends à beaucoup de choses, mais pas à une petite femme pulpeuse et apparemment sans connaissance.

— Qui est-ce ? dis-je d'un ton de voix sévère que je n'ai encore jamais utilisé avec mon cousin.

Des scénarios raisonnables, tels que 'une amie ivre' ne me passent même pas par l'esprit.

Joe ignore ma question, marche vers Zapo X et

dépose la femme à l'intérieur. Je trouve la façon dont il la porte et la pose doucement assez inquiétante, comme s'il avait peur qu'elle se casse trop tôt.

— D'après la reconnaissance faciale, me dit Ada en privé, il s'agit de Tatum Crawford. C'est la chef de facto du groupe des Real Humans Only.

— Tu es réveillé.

Je confirme ce qu'Ada m'a dit avec ma propre reconnaissance faciale. En effet, le visage arrondi et très symétrique appartient à la chef du RHO.

— Je me suis réveillée dans un cauchemar, dit Ada. Ils m'ont raconté pour la Russie… et maintenant ça.

— Je suppose que nous savons maintenant pourquoi Joe s'est rendu à la manifestation, réponds-je par télépathie.

À voix haute, je dis :

— Joe, je croyais qu'il était entendu qu'Humain++ ne faisait pas dans les kidnappings.

Il ne daigne pas répondre. Il remonte la manche de la femme et sort une seringue. Après une hésitation à peine perceptible, il enfonce l'aiguille dans la peau claire exposée, appuie sur le piston, ressort l'aiguille et ferme la portière. Il se tourne alors et doit donner un ordre à Einstein, car la vitre arrière de Zapo X descend.

— C'est gentil, dit Ada. Il ne veut pas que sa prisonnière suffoque.

Je rejoins son sarcasme par des sous courants télépathiques :

— Un véritable philanthrope.

— Pour sa défense, chuchote Gogi lorsque Joe n'est

plus à portée de voix, ces gens se trouvent en haut de notre liste de suspects, alors parler à leur chef pourrait être exactement ce dont nous avons besoin.

— Joe, dis-je en le suivant. Tu ne peux pas faire une chose pareille sans nous avertir.

— Elle est juste notre invitée, dit-il lorsque je le rejoins près de l'ascenseur. Si ceci n'a aucun rapport avec le RHO, tu peux la laisser partir.

Je jette un coup d'œil à ses gardes près de l'ascenseur, mais ils ne semblent pas écouter.

Frustré, j'appuie sur le bouton de l'ascenseur.

— Ce n'est pas si simple. Elle va porter plainte et nous crucifier dans les médias. En outre, dès que tu la laisseras se réveiller, elle utilisera ses cerveaucytes pour prévenir les autorités.

— Sa page Wikipédia affirme qu'elle ne possède pas de cerveaucytes, dit Mitya à tout le monde dans la réalité virtuelle. Ces gens du RHO sont fous.

Lorsqu'Ada concentre son mécontentement sur lui, il ajoute :

— Non pas que j'approuve son enlèvement, bien sûr.

Le regard glacial de Joe hérisse les poils de ma nuque. J'ai peut-être surestimé la conscience que son boost cérébral lui a accordée.

— J'espère que tu ne viens pas de le convaincre de tuer cette pauvre fille, remarque Ada en privé.

Ce n'est pas la première fois que son message télépathique reflète ma propre pensée.

— Occupons-nous d'un seul problème à la fois, dis-je plus calmement lorsque les portes s'ouvrent en grand sur l'appartement. Nous devons d'abord mettre notre famille en sécurité.

— Mishen'ka ! s'exclame maman depuis le salon. Dominic nous a parlé d'un petit tour dans le New Jersey.

Alan se trouve juste derrière sa grand-mère, le visage indéchiffrable.

— Salut, papa. Je suis prêt à partir.

— Monsieur, me dit Dominic par télépathie quand j'ai fait un câlin à ma mère et à mon fils.

Il peut parler à travers une boîte vocale spéciale dans son exosquelette, mais il préfère la communication mentale.

— Prenez tout ce dont vous avez besoin afin que nous puissions partir.

Joe regarde son employé d'un air approbateur. Comme le préfère Dominic, j'utilise la réalité augmentée afin de superposer son visage réel par un avatar virtuel qui ressemble exactement à ce qu'il était avant l'explosion. Les traits nobles de l'avatar semblent inquiets – et si Dominic est inquiet, nous autres simples mortels devrions nous pisser dessus.

— Et pour oncle Abe ? dis-je à Joe en regardant autour de moi, cherchant quoi emporter.

— Nous passerons le prendre en chemin.

Joe s'avance vers le gros coffre-fort où ses employés et lui rangent leurs armes et il commence ouvertement à retirer un grand arsenal de pistolets et de fusils.

Maman me jette un regard interrogateur, alors je lui

explique la situation en simplifiant, minimisant le danger autant que je le peux. La pression sanguine de ma mère est un vrai problème depuis quelque temps.

— C'est essentiellement une précaution, dis-je pour terminer. Je préfère le considérer comme un exercice d'évacuation. De cette façon, nous saurons quoi faire en cas de réelle urgence.

— Et maman ? demande Alan par télépathie, en faisant attention à ne pas inquiéter sa grand-mère.

— Toujours dans l'avion, mais lorsqu'elle atterrira, je serai là pour passer la prendre, dis-je.

— Pouvons-nous prendre les rats avec nous ? demande-t-il, toujours par télépathie.

Je lui fais un clin d'œil dans le monde réel.

— Bien sûr. Mais assure-toi que ta grand-mère ne les voie pas.

Alan demande à Dominic de l'aider 'avec quelque chose' et ils se dirigent vers la huitième chambre de l'appartement, aussi connue sous le nom de chambre des rats. Une pièce dont ma mère aime feindre l'inexistence, car M. Spock et les autres en ont fait leur maison.

Il me faut une minute seulement pour me préparer. C'est incroyable de voir le peu de possessions physiques dont une personne a besoin une fois qu'elle a les cerveaucytes dans la tête. Pendant encore dix minutes, je rassemble toutes les affaires exigées par Ada, même si je suis à quatre-vingt-dix pour cent certain que nos assistants ont déjà préparé ces objets pour le bunker – même le blender puissant d'Ada que j'ai surnommé la 'Tronçonneuse'.

Les tâches les plus urgentes étant accomplies, je traverse les couloirs qu'Ada et moi avons décorés ensemble. Le design ultramoderne avec les bleus et les gris et les appareils de domotique installés partout me font me sentir chez moi. Grâce aux millions de capteurs éparpillés dans l'appartement, 'me sentir chez moi' prend un tout autre sens, car je peux littéralement sentir l'appartement en ce qui concerne la température, l'éclairage, les niveaux d'eau et de chlore dans la piscine intérieure, le contenu du frigo et même la quantité de poussière sur le sol. J'espère que nous n'aurons pas à rester trop longtemps dans le bunker, car cet endroit va me manquer.

— Salut mon ami, dit M. Spock en Zik en montant le long de mon corps jusque dans ma poche. Puis-je monter sur toi ?

— La plupart posent la question avant de plonger dans ma poche, dis-je pour le taquiner. Mais bien sûr que tu le peux.

M. Spock me récompense par une séance de bruxisme, puis il me donne des nouvelles sur la cachette de sa famille servant à ne pas effrayer ma mère.

Le trajet jusqu'en bas est rapide. Une fois que j'ai fait monter Alan dans la voiture, je tiens la portière ouverte pour ma mère.

— Qui est cette fille ? demande-t-elle lorsque je m'assieds à la place qui serait celle du conducteur, si cette voiture avait besoin d'un conducteur. Est-ce qu'elle va bien ?

Je jette un regard noir à Joe. Lorsqu'il ignore la question, je dis :

— C'est l'amie de Joe, maman. Elle fait juste une sieste après un vol de nuit.

Ma mère examine la petite silhouette ronde de Tatum Crawford.

— Mmh. L'amie de Josya.

Elle semble goûter l'idée.

— Elle est jolie.

J'envisage de la corriger, mais je décide qu'il n'y a pas de mal à ce qu'elle pense que Tatum est la petite-amie de Joe. Cela implique deux fantasmes : que Tatum n'est pas kidnappé et que Joe est capable de sentiments permettant d'avoir des petites amies.

— Dans les montagnes du Caucase, d'où notre ami Gogi est originaire, dit Mitya dans la salle de RV, ils ont la coutume célèbre, mais barbare de kidnapper les épouses...

Je ne découvre pas la chute de l'histoire, car mon attention revient au monde réel lorsque les capteurs de l'appartement hurlent avec l'équivalent d'une douleur horrible pour les appareils intelligents. Le rugissement des capteurs de porte détruits suit rapidement les cris de dysfonctionnement des appareils ménagers, et des étincelles aveuglent toutes les caméras.

C'est une explosion : une explosion qui fait trembler le bâtiment avec une telle intensité que les alarmes des voitures du parking se mettent à hurler.

CHAPITRE TREIZE

N'ÉTANT PAS DANS LE BÂTIMENT, NOUS SOMMES EN VIE, alors je profite de cette chance et j'affiche la version la plus récente de l'application de Batmobile afin de voler le contrôle de Zapo X à Einstein. Les pneus crissent lorsque la limousine très personnalisée est catapultée dans les rues de Manhattan.

Utilisant les innombrables drones de livraison volant partout, j'analyse les dégâts et je le regrette immédiatement. Comme je le craignais, l'explosion vient de l'appartement. L'endroit est détruit. Nos fenêtres spécialement épaisses et résistantes aux ouragans tombent en pluie de petites pointes sur la rue.

Les gens dans la rue regardent les flammes avec la bouche ouverte, les visages pâles. De nombreux New-Yorkais, y compris moi-même, ont des souvenirs désagréables lorsqu'une explosion a lieu dans un bâtiment élevé.

La voix de ma mère tremble.

— Au moins, nous sommes tous sortis à temps.

Elle pose une main tremblotante sur mon épaule, comme si j'étais celui qui doit être consolé.

— Oui, papa, dit Alan en hochant la tête. Nous pouvons remplacer les affaires matérielles.

Ses paroles m'indiquent qu'il va bien – que ce soit un enfant ou pas, mon fils est plus mûr que de nombreux adultes – alors je mets mon choc de côté et je contacte Ada par télépathie.

— Comment vas-tu ?

Elle choisit d'apparaître sous la forme d'un avatar à côté d'Alan, les yeux très gonflés.

— Intellectuellement, je sais qu'il ne s'agit que de biens matériels. Mais j'ai quand même l'impression d'avoir perdu une partie de moi-même.

Je tourne sur Lexington Street pendant que nous roulons en silence.

Lorsque j'ai recruté quelques drones de livraison supplémentaires en soutien aérien, je remarque que tout le monde dans la voiture me demande en privé de regarder les journaux télévisés. C'est donc ce que je fais. Les médias sont déjà obsédés par l'explosion du centre-ville.

— Ma boîte mail et ma boîte vocale sont déjà remplies de questions du gouvernement et des médias, se plaint Mitya.

Je vérifie et je me rends compte qu'il m'arrive la même chose.

— Nous ne savons pas si nous pouvons faire confiance aux autorités, précise Jo. Ne dites à personne où nous sommes et surtout pas où nous allons.

— Dans ce cas, je ne prendrais pas les appels et je n'ouvrirais pas les mails, intervient Muhomor. Nous ne savons pas à quel point notre adversaire est sophistiqué.

Je tourne sur l'autoroute de West Side et j'accélère. Quand j'atteins le tunnel, j'ai accumulé quelques milliers de dollars de contraventions, sans parler des autres contraventions pour avoir manuellement pris le contrôle du système de navigation. Même s'il est hébergé dans nos data centers, Einstein a cafté sur moi comme il l'aurait fait pour n'importe quel autre conducteur.

Nous filons à travers le tunnel. Un avantage des voitures sans chauffeur est qu'il est facile de les contourner. Lorsqu'elles savent qu'un conducteur humain se trouve tout près, elles traitent cette voiture comme si elle avait la rage.

En conduisant, je parcours également le système de surveillance du bâtiment. Il me faut quelques secondes pour localiser le suspect, puisqu'il porte une ceinture explosive presque identique à celle des autres tentatives d'assassinat. J'obtiens une bonne photo de son visage et je lis le rapport du logiciel de reconnaissance faciale.

— Regardes-tu le journal ? demande Gogi à voix haute. Penses-tu toujours que nous n'avons pas besoin d'elle ?

Je regarde le journal et cela confirme ce que je viens

d'apprendre de la reconnaissance faciale : Lennox Dixon est un membre important du RHO. En fait, il y a des photos de lui et de Tatum partout dans les médias, alors j'apprends un autre détail : les autorités cherchent Tatum, ce qui pourrait encore compliquer davantage l'enlèvement de cette femme par Joe.

— D'abord une manifestation, puis des explosions, dit Muhomor. Le RHO n'a pas une bonne image en ce moment.

— J'espère juste qu'ils savent que nous avons leur chef.

Je m'engage sur la voie rapide de Brooklyn-Queens.

— Afin qu'ils arrêtent d'essayer de nous tuer.

— Même si le RHO est en cause, Joe n'avait aucun droit de faire ce qu'il a fait, argumente Ada.

— Nous nous occuperons de cela quand nous serons en sécurité, réponds-je en faisant attention à ne pas lui dire ma théorie selon laquelle le pire est encore à venir pour Tatum. Joe prévoit sans aucun doute de l'interroger en utilisant ses méthodes douteuses.

J'aperçois un véhicule d'urgence au loin et je fonce pour faire une manœuvre qui était populaire à New York avant les voitures sans chauffeur. Je rattrape le fourgon des urgences et je me place derrière afin de pouvoir profiter de leur priorité sur les autres véhicules.

Cependant, un élément me gêne – un élément lié aux informations que j'obtiens par les drones au-dessus de nous. Je ne suis pas encore certain de ce que je vois, mais j'ai appris à faire confiance à mon intuition après avoir été le seul qui ait remarqué la surveillance du gouvernement il y a quatre ans et demi.

Je m'adresse aux autres dans la salle de réalité virtuelle, car c'est là que se trouve le groupe qui réfléchit le plus vite.

— Dites, quelque chose cloche.

J'affiche les données des drones que je me suis appropriés et tout le monde ajoute les leurs... il s'avère qu'ils fournissaient tous un soutien aérien.

— Là et là, dit Alan. Nous allons avoir des problèmes.

Je reconnais son expression de visage : c'est celle qu'il a quand il est absorbé par un jeu vidéo.

Je consulte l'écran et je comprends ce que je trouvais étrange : nous ne sommes pas la seule voiture conduite manuellement sur la route. Un SUV vert contourne les voitures sans chauffeur d'une façon qui laisse peu de doutes quant à l'implication d'un être humain. Le pire, c'est le camion Peterbilt géant roulant sur la rampe d'accès au triple de la limite de vitesse autorisée.

— Le camion va vous empêcher d'accélérer.

Mitya nous montre un écran où il modélise notre situation. Cette prouesse doit être possible grâce à son nouvel esprit non biologique.

— Le SUV contient sans doute un kamikaze prêt à se faire exploser quand il vous rattrapera.

J'envoie un message frénétique.

— Joe, Gogi, rejoignez la RV.

Ils obéissent, nous rejoignant presque instantanément.

Mitya répète sa théorie et le visage sombre de Joe indique qu'il est d'accord avec cette prédiction.

L'équipe de sécurité de Joe dans la voiture apparaît dans la salle de RV. Muhomor hoche la tête en direction de Jacob : quand le grand homme lui a sauvé la vie, ils sont devenus amis. Dominic ressemble à une personne normale ici dans la réalité virtuelle, et c'est étrange de voir ses épaules se voûter. Son exosquelette n'a pas la capacité d'exprimer l'émotion dans le monde réel.

— Toi – Joe montre Dominic de la main – sécurise Alan, pendant que toi – il désigne Jacob – tu t'occupes de ma tante.

Il donne d'autres ordres et je suis content de voir qu'il me traite comme l'un des membres de sa sécurité. Je dois rester alerte et réagir à la situation. D'un autre côté, il n'a peut-être pas ordonné à quelqu'un de me garder en sécurité, car je suis assis tout seul à l'avant.

— Gogi et moi allons nous occuper du SUV, dit Joe.

Il regarde autour de lui comme s'il défiait quelqu'un de le contredire, mais personne n'ose le faire.

— Je devrais conduire, dit Mitya une fois que le plan d'action est décidé. Mon temps de réaction est au moins deux fois plus rapide que le tien.

Je frissonne en me souvenant de la dernière fois que Mitya a conduit dans une situation de vie ou de mort. Malgré tout, le temps de réaction est crucial ici, alors j'accepte en hésitant.

— Nous retournons dans le temps réel au bout de trois, dit Gogi en essuyant de la sueur dans sa moustache virtuelle. Un. Deux. Trois.

Contrairement aux gardes, je n'ai pas besoin du décompte pour me concentrer sur le monde réel. Je suis déjà là, vérifiant soigneusement ma ceinture de sécurité.

Jacob attache ma mère et je trouve même le temps de mettre une ceinture à la chef sans connaissance du RHO, même si c'est sans doute moins pour sa sécurité que pour garder le plaisir de la torturer plus tard. Pendant ce temps, Dominic prend Alan dans ses bras comme s'il essayait de lui faire un câlin. Étant donné que le corps de Dominic est essentiellement constitué de titane, Alan devrait être plus en sécurité que n'importe quel enfant dans un siège auto.

Joe et Gogi sont les seules personnes à défaire leur ceinture de sécurité. Je sais ce qu'ils sont sur le point de faire, alors j'ouvre les vitres à l'arrière de la voiture.

Ils bougent de façon synchronisée, comme des partenaires de danse. Ils sautent tous deux et glissent vers la vitre de leur côté. Tous les deux sortent leur pistolet au même moment. Leurs coups de feu simultanés se mêlent en un seul coup terrible pour les tympans, et les pneus du SUV explosent : l'habileté au tir de Joe et Gogi est améliorée par une application.

Malheureusement, le SUV semble avoir de nouveaux pneus conçus, ironiquement, par Humain++. Des étincelles volent lorsque le métal crisse sur le goudron, mais la voiture ne ralentit pas assez vite, pas si nous voulons rester assez loin d'un rayon d'explosion potentiel.

— J'accélère, dit Mitya. Je crois que c'est la seule option. Si le camion descend de la rampe devant Zapo, vous êtes foutus. Et en ce moment, nous n'avons pas les ressources pour faire fonctionner les esprits de tout le monde dans le cloud en plus du mien.

Dans la réalité virtuelle, je crie :

— Attends ! Nous allons être à côté de la rampe en même temps. Le camion pourra nous foncer droit dessus.

Soit Mitya ne m'entend pas, soit il s'en moque.

Zapo X fonce en avant.

CHAPITRE QUATORZE

Avant que je me remette du coup du lapin, Mitya fait une embardée sur la voix centrale. Croit-il que le camion aura du mal avec quelques mètres supplémentaires de distance ? Je me rends alors compte que cela place une voiture entre le camion et nous : une Toyota rouge vide et sans chauffeur qui travaille pour Uber.

— Il fallait que j'accélère, dit Mitya dans la RV pendant que nous regardons la progression lente de ce point de vue du camion sur la rampe. Si le conducteur du SUV est un autre kamikaze, aller plus vite est votre seule option.

— Le problème, c'est que le chauffeur du camion peut être un kamikaze, lui aussi.

— Je ne crois pas.

L'œil gauche de Mitya a un léger tic. Même sous forme digitale, il conserve cet indice révélateur. Son visage est calme, mais je ne le crois pas.

— Disons-le autrement. Si le chauffeur de camion a une bombe, vous êtes tous morts de toute façon.

Je me rends compte que lui et moi avons tous les deux raison.

— Joe, Gogi ! dis-je dans le monde réel. Asseyez-vous à vos places.

Le chauffeur de camion n'a pas de bombe, mais il n'en est pas moins suicidaire. Il a compris qu'il ne pouvait pas passer devant nous, alors il est en train d'accélérer et il a clairement l'intention de s'écraser contre la Toyota rouge qui nous sépare pour l'instant. Le camion doit penser que toucher la Toyota ne le ralentira pas suffisamment pour l'empêcher de nous atteindre. Mon pouls accélère quand je me dis qu'il pourrait avoir raison.

Au ralenti dans le monde réel, les voitures s'approchent centimètre par centimètre. Je me prépare, grimaçant en voyant que Gogi et Joe ne sont toujours pas assis à leur place.

En utilisant les serveurs quantiques, je modélise plusieurs fois les collisions à venir. Lorsque les résultats sont les mêmes à la troisième simulation, je crie dans la RV :

— Mitya, Muhomor, faites immobiliser cette ambulance devant nous. Nous allons en avoir besoin.

Cette mission importante accomplie, je ferme les yeux et je me prépare à l'impact dans le monde réel.

Le camion pulvérise presque la Toyota vide. Comme la modélisation l'a montré, il reste en effet assez d'élan pour heurter la Zapo avec force.

Bizarrement, mon cerveau amélioré prend d'abord conscience du bruit, un craquement comme si un géant aux dents en diamant avait décidé de mâcher le métal pare-balles de la Zapo avec la bouche grande ouverte. La secousse vient ensuite, et tout mon corps bondit en avant, les muscles de mon cou luttant pour garder ma tête attachée au reste. Des fracas de verre pleuvent dans le véhicule sans couper personne, grâce à la technologie brevetée du verre qui se casse sans bords coupants et qui coûte l'équivalent d'une voiture modeste à installer.

À travers les caméras des drones, je vois que Zapo a résisté à l'impact légèrement mieux que la modélisation l'avait prédit, même si le conducteur suicidaire a obtenu la mort qu'il désirait quand il a été catapulté à travers son pare-brise cassé. Lorsque je rembobine la vidéo, je le vois faire un salto par-dessus le toit de Zapo et atterrir en un tas d'os brisés et de sang.

Malheureusement, Gogi et Joe, qui n'étaient pas attachés, se comportent comme c'était prévu dans la modélisation. Comme pour continuer leur synchronisation, chaque homme vole la tête la première vers la paroi opposée et heurte son crâne avant de tomber mollement. Les seules différences entre eux sont le sang qui s'écoule de la blessure à la tête de Joe et l'angle étrange de la cheville de Gogi.

Je ne sais pas comment Mitya et Muhomor ont réussi, mais l'ambulance que nous avons suivie fait marche arrière.

Je me rends alors compte que je me détends trop

tôt. Survivre au camion nous laisse encore avec le SUV derrière nous, une voiture avec un kamikaze au volant.

Je hurle :

— Dominic, derrière nous !

Je ne crois pas avoir eu besoin d'encourager l'ancien soldat. Il pose doucement Alan sur les genoux de Jacob et passe à l'action avec une série de manœuvres qui me font comprendre pourquoi l'armée s'intéresse tellement à la technologie des exosquelettes qu'il contrôle maintenant. D'une poussée puissante de ses jambes, il bondit à travers la vitre arrière cassée, attrape son pistolet en vol et atterrit avec la douceur d'un prédateur félin. Il sprinte alors vers le SUV, sa main biologique tenant le pistolet et sa main bionique étendue avec la paume vers l'avant.

— Je n'arrive même pas à imaginer ce qu'il ressent maintenant, m'envoie Alan par message privé. Dominic a une profonde angoisse lorsqu'il s'agit de marcher vers des voitures, même si elles sont garées.

La balle de Dominic touche le conducteur en pleine tête, mais la voiture a encore assez d'élan pour rouler vers nous, malgré le métal des roues qui laisse de profonds sillons dans le goudron.

La paume de Dominic touche la grille du SUV. Si son bras avait été le mien, avec des os améliorés ou pas, il se serait brisé.

Mais son bras bionique dernier cri tient la voiture sans aucun problème et lui donne un air de super héros alors qu'il glisse en arrière dans son effort pour ralentir le SUV. Les semelles de ses pieds sont couvertes par le même titane que le reste de son corps, et les étincelles de ses pieds rivalisent avec celles produites par les roues de la voiture.

En l'espace d'une fraction de seconde, j'utilise encore une fois les serveurs quantiques afin de voir si le reste de son exosquelette empêche son torse d'être écrabouillé si le SUV s'écrase contre notre véhicule. La réponse est négative : il mourra sans doute s'il n'arrête pas la voiture. Je fais frénétiquement une autre simulation afin de savoir s'il s'arrêtera à temps.

Le dos de Dominic s'approche lentement. Avant que je puisse récupérer les résultats de mon calcul, il s'arrête, le pied droit à un millimètre du pneu arrière de Zapo.

Tout le monde dans la voiture se prépare au pire. Même si le chauffeur ne peut plus activer les bombes maintenant qu'il est mort, si ses alliés possèdent un système de déclenchement à distance, nous sommes sur le point de disparaître en fumée.

— Ils ne devraient pas avoir de déclenchement à distance, dit Mitya en RV, mais il est clair qu'il n'en est pas sûr. Ce n'était pas le cas dans leurs tentatives précédentes.

— Ils les ont peut-être adaptées, suggère Alan.

— Je parie qu'ils ont fait les bombes à l'avance, dit Ada d'un message Zik plein d'espoir. Cela les rend plus difficiles à adapter, sauf si le conducteur était très doué avec les engins explosifs.

— Prenez l'ambulance maintenant, dit Muhomor. N'attendez pas de le découvrir.

Dominic semble avoir la même idée, car il saute dans Zapo et il soulève Gogi comme une poupée de chiffon.

— L'exosquelette est maintenant une de mes créations préférées, dis-je dans la RV, admiratif. Ça, ou bien Dominic est une merveille biologique.

Ada ne semble pas se rendre compte qu'elle vient de se ronger un ongle virtuel.

— Je sais. Il n'est même pas essoufflé.

Un secouriste sort du côté passager de l'ambulance.

— Que se passe-t-il ? Nous étions en route vers une crise cardiaque lorsque le système de navigation de la voiture s'est mis à faire n'importe quoi et nous a fait faire marche arrière.

En s'approchant un peu, ils voient la scène et demandent :

— Y a-t-il des blessés ?

— Oui, réponds-je. Aidez-nous, s'il vous plaît.

— Le changement de direction ressemble au travail de Muhomor, dit Mitya dans la RV. Dommage que quelqu'un doive mourir à cause de ça.

Muhomor jette un regard défensif à Mitya.

— L'appel venait d'une hypocondriaque. Je la regarde à travers sa webcam et Einstein est d'accord pour dire qu'elle fait juste une crise d'angoisse.

— Je vais m'assurer qu'une autre ambulance vérifie le diagnostic de Dr Muhomor, intervient Ada. Pendant ce temps, conduisez les nôtres à l'hôpital.

Ignorant le personnel ambulancier, Dominic pose Gogi dans l'ambulance et revient chercher Joe. Les secouristes regardent tout cela d'un air fasciné : ils ont certainement l'habitude de faire tout le travail par eux-mêmes.

Nous défaisons nos ceintures et je regarde si ma mère va bien. Elle est restée silencieuse tout le long et son visage pâle semble plus effrayé que le jour où je l'ai sauvée de ce bâtiment en Russie. D'instinct, je la rassure que Joe ira bien, et cela semble remettre un peu de couleur dans ses joues. J'attends un peu plus, et lorsque sa respiration difficile devient plus régulière, je l'aide à se lever. Avant qu'elle ait le temps de reprendre complètement ses esprits, je la guide hors des ruines de Zapo pendant que Jacob porte Alan derrière moi.

— C'était effrayant, annonce M. Spock par télépathie depuis ma poche. Ne recommençons plus.

— J'adorerais ne pas recommencer, réponds-je. Les méchants ne m'ont pas laissé le choix.

— Je n'aime pas les méchants, dit-il avec assurance. Puis-je les mordre ?

M. Spock a appris les mœurs sociales humaines et le fait qu'il demande l'autorisation de mordre avant de le faire est un très grand signe de progrès.

— J'espère que tu n'auras pas besoin de les mordre. Ils ont vraiment mauvais goût.

— Vous allez avoir besoin d'un autre véhicule, dit Muhomor.

Une limousine blanche s'arrête immédiatement en faisant crisser les pneus sur la voie opposée.

Dominic attrape Tatum toujours inconsciente,

franchit la glissière et s'avance vers la limousine. Il ouvre la portière et monte à bord. Quelques instants plus tard, un groupe d'adolescents sur leur trente-et-un descend de la voiture. Ils paraissent à la fois fâchés, effrayés et perdus.

— Je suis vraiment désolé, mais nous avons besoin d'emprunter votre voiture, dis-je au plus grand.

Je sors quelques billets de cent dollars de mon portefeuille.

— Dis-lui que notre voiture de location est en route, ajoute Muhomor. Une voiture plus belle, plus coûteuse... et plus propre, d'ailleurs.

Je répète les paroles de Muhomor et je donne l'argent.

— Si vous avez besoin d'un endroit pour dormir après le bal de fin d'année, je viens de vous réserver quelques suites au Beekman.

Je contourne les adolescents stupéfaits et j'installe confortablement ma mère à l'avant de la limousine. Le reste de notre petit groupe s'assied à l'arrière.

— Demandez au secours de conduire jusqu'à l'hôpital le plus proche n'ayant pas trop de monde, dis-je à mes amis dans la réalité virtuelle. Et puis, assurez-vous qu'une voiture de location m'attende là-bas. Je vais rester avec Gogi et Joe pendant que Dominic conduit maman et Alan au bunker.

— Mon avion arrive bientôt, dit Muhomor. Peuvent-ils passer me prendre ?

Dominic pense qu'il est plus sûr de passer le prendre en route, alors j'accepte.

— Je vais rester avec Josya à l'hôpital, dit ma mère lorsque je lui raconte mon plan.

Je secoue la tête.

— Non, maman. J'ai besoin que tu sois là quand Dominic ira chercher ton frère.

Je ne cherche pas seulement à la manipuler. Oncle Abe pourrait refuser d'accompagner l'homme robot, comme il surnomme Dominic en russe et dans son dos.

— J'ai aussi besoin que tu contactes JC et que tu lui demandes de vérifier l'évacuation des bureaux avant de nous rejoindre au bunker, poursuis-je. Ce bazar est de pire en pire et je ne voudrais pas qu'ils – qui que ce soit – blessent d'autres gens, particulièrement ton nouveau mari.

Je semble gagner ce combat. Ma mère prend un regard distant, une habitude lorsqu'elle utilise ses cerveaucytes.

Je pirate la caméra de l'ambulance. À mon grand soulagement, les signes vitaux de Joe et Gogi sont bons.

Mitya fait suivre l'ambulance par la limousine jusqu'à l'hôpital de Coney Island. Nous ne sommes pas autorisés à entrer dans l'allée des urgences, alors Mitya me conduit jusqu'à l'entrée principale.

— Alan, maman, dis-je en me levant pour partir. Je vous verrai au bunker. Bisous.

— Tiens-moi au courant quand tu découvriras comment va oncle Joe, dit Alan. Et Gogi aussi.

Ma mère me regarde avec sévérité.

— Que vais-je dire au père de Joe ?

— Nous saurons peut-être quelque chose au moment où il faudra que tu expliques la situation.

Oncle Abe vit à Brighton Beach, à quelques pâtés de maisons, et il est impossible que Joe soit vu par un médecin au cours du peu de temps qu'il faudra à la limousine pour aller chercher son père.

— D'accord, dit-elle. Va t'assurer qu'ils s'occupent bien de lui.

Un message télépathique de Joe arrive sans la moindre pointe d'émotion :

— Je suis conscient.

— Super. Je viens te voir dans un instant, dis-je.

Entrer dans l'hôpital me fait revivre des flash-back désagréables de ma précédente visite à l'hôpital et je lutte contre le vide dans ma poitrine.

— Si nous visitons encore un peu plus souvent l'hôpital, dit Muhomor, ils vont sûrement nous offrir une opération gratuite.

La plaisanterie de mon ami ne parvient pas à chasser mon inquiétude, alors j'entre dans une salle virtuelle avec Einstein en mode psy. Cette version d'Einstein est douée pour lire les expressions de visage et le langage corporel, et il me donne tout de suite un sourire apaisant. Son accent allemand est presque inexistant lorsqu'il demande :

— Qu'est-ce que cela te fait d'être dans un hôpital ?

— Je vais avoir besoin de quelques litres de vodka, me parvient le message télépathique grognon de Gogi en même temps. Pourquoi est-ce que vous m'avez emmené dans un hôpital ? Vous savez que je déteste ces endroits.

— Reste là.

Je suis extrêmement soulagé que Gogi ait lui aussi repris connaissance. Je me sens un peu coupable de ne pas avoir été soulagé quand j'ai appris que Joe avait repris ses esprits.

— Je suis en route vers les urgences.

— Ils conduisent Joe et moi quelque part, dit Gogi.

— Pour scanner vos têtes, explique Muhomor lorsque j'ignore le commentaire de Gogi. Ils n'ont pas crypté leurs systèmes anciens en utilisant Tema, alors j'y suis entré. J'ai expédié les choses autant que possible. Vous verrez un médecin dès que vous aurez passé les scans.

— Ils vérifient si vous n'avez pas de dommages cérébraux, dis-je à Gogi. Pas de quoi s'inquiéter.

Avec le contrecoup de l'adrénaline, le besoin de dormir pèse sur mes paupières. En luttant pour ne pas bâiller, je marche jusqu'à la fenêtre de l'accueil.

— Bonjour, dit la grande réceptionniste qui me regarde sous ses faux cils. Comment puis-je vous aider ?

— Je suis ici pour rendre visite à mon cousin. Une ambulance vient de le conduire ici.

La réceptionniste me regarde avec un visage entièrement dénué d'empathie.

— Si votre cousin vient d'être amené, il ne sera pas encore dans le système.

— Il devrait être dans le système, dis-je, irrité

qu'elle ne demande même pas son nom. Il passe un scan de la tête.

— Nous ne pouvons pas vous laisser entrer pendant que les patients se font scanner, dit-elle du même ton monocorde. Veuillez vous asseoir.

Je me frotte les tempes à la fois dans la RV et dans le monde réel.

— Muhomor, peux-tu me faire passer outre les formalités administratives ?

Muhomor agite les mains comme un chef d'orchestre dans la RV, puis il dit :

— Avance-toi vers le garde et lance cette application – une icône ressemblant à un pirate à un soleil apparaît dans ma vision AROS – et ton empreinte cérébrale confirmera ton identité de médecin.

L'empreinte cérébrale est une des inventions de Muhomor à nos débuts. Elle a remplacé la plupart des cartes d'identité, des mots de passe, des codes PIN bancaires et d'autres systèmes de vérification de l'identité. L'empreinte cérébrale utilise les cerveaucytes pour l'identification biométrique, car le cerveau de chaque personne est plus unique que leur rétine et les empreintes digitales combinées. En fait, Muhomor prétend que l'empreinte cérébrale ne permet pas du tout le vol d'identité, et s'il le pense, nous pouvons être à peu près certains que c'est le cas. Mais si l'on invente une personne – ce que Muhomor sait faire – on peut également créer une empreinte fictive pour cette personne, et ajouter cette empreinte cérébrale à la base de données de l'hôpital.

L'écran à côté du garde clignote en vert et mon nom apparaît sous la forme de Dr Hui.

— Très malin, maugréé-je en passant par la porte qui s'ouvre.

En russe, *hui* est le nom vulgaire pour l'organe génital masculin.

Le garde consulte l'écran et glousse. Étant donné la proximité de l'hôpital avec Brighton Beach, il comprend sans doute ce que signifie mon nom.

— Le prénom de Dr Hui est Richard.

Le sourire RV de Muhomor est assez joyeux pour être irritant.

— Mais ses amis l'appellent Dick, bien sûr, et en anglais, ça veut aussi dire...

— J'espère que tu n'as pas été assez stupide pour donner un tel alias à Joe.

Je croise mes bras virtuels avant de continuer.

— Tu vas être conduit au même bunker que lui, et il sera certainement de mauvaise humeur après avoir reçu un coup à la tête.

Le sourire de Muhomor disparaît.

— Je n'ai pas eu le temps de leur donner de fausses identités. Les secouristes ont lu leur empreinte cérébrale avant que je puisse intervenir.

Ma voix bondit d'une octave.

— Les as-tu au moins effacés de la base de données de l'hôpital ? Nos ennemis semblent opérer depuis la

Russie, et cet hôpital est rempli d'employés russophones.

— La sécurité pour les patients est meilleure que pour les employés, répond Muhomor, sur la défensive. Ils ne veulent pas retirer le rein de la mauvaise personne à cause d'une erreur d'identification.

Je lui jette un regard incrédule.

— Alors tu ne peux pas cacher leurs traces ?

— S'il n'y a pas de soucis avec leurs scans du cerveau, je donnerai l'impression qu'ils ne sont jamais venus, dit-il. Si ce n'est pas le cas, nous trouverons autre chose. Je suppose que je peux créer de fausses personnes avec le même problème médical que Joe et Gogi et faire un faux parcours d'admission…

— J'ai fini les scans.

Joe apparaît dans la RV, ses yeux de lézard nous regardant sans émotion lorsque tout le monde sursaute.

— Gogi a fini, lui aussi, dit Muhomor. Pas de fracture du crâne ni de problèmes cérébraux pour eux, mais Gogi est blessé à la cheville.

— Nous devons nous rendre au bunker, dans ce cas, dis-je. Demande à quelques médecins d'Humain++ de se joindre à nous en cas de besoin. Parle avec le Docteur Jarvis en particulier, et dis-lui d'emmener toute son équipe chirurgicale avec l'équipement dont il pourrait avoir besoin.

— Aux urgences, dit Joe.

Il disparaît de la RV.

Lorsque je parviens dans la salle des urgences, Joe est déjà debout, prêt à partir.

— *Blyad'*, grommelle Gogi en posant le pied sur le sol.

Il essaie de faire un pas hésitant, puis il explose en jurons russes et géorgiens qui attirent l'attention des russophones autour de nous.

— Tiens, assieds-toi là-dessus, dit Joe.

Je suis choqué de voir qu'il a déjà volé un fauteuil roulant. Gogi s'assied à contrecœur et Joe le pousse, me forçant à le suivre.

— Cet endroit sent mauvais, se plaint mentalement M. Spock depuis ma poche.

— Nous partons, ne t'inquiète pas.

Je le tapote doucement à travers mes vêtements, contrarié d'avoir oublié de le donner à Alan un peu plus tôt.

— Regardez toutes les caméras de l'hôpital, dis-je à mes amis dans la RV. Dernièrement, à chaque fois que je me suis rendu à l'hôpital, ça s'est mal terminé.

— Monsieur, crie quelqu'un derrière nous. Arrêtez-vous !

CHAPITRE QUINZE

Nous ne saurons jamais ce que voulait l'infirmière, car nous avançons aussi vite que le permet le fauteuil roulant. À ma surprise et à mon soulagement, personne ne nous ennuie une fois que nous sommes dehors, et notre chance se maintient jusqu'au parking.

— Mon avion a atterri et on est passé me prendre, dit Muhomor dans la RV. Au cas où quelqu'un s'en soucierait.

Dominic rapporte aussi que lui, ma mère, oncle Abe et Alan sont arrivés à l'aéroport sans problème, et que Muhomor est maintenant dans la voiture et en route jusqu'au bunker.

— Appuie-toi sur moi, dis-je à Gogi lorsque nous localisons la luxueuse Lexus de location qui nous attend.

Il laisse Joe et moi l'aider à s'asseoir à l'avant.

— Pour une cheville qui n'a pas été endommagée

sérieusement, ça fait vraiment horriblement mal, putain, dit-il lorsque la voiture se met en mouvement.

— Nous te donnerons de la glace en arrivant à notre cachette, dis-je pour le rassurer. Pour l'instant, fais fonctionner l'application de soulagement.

— Nous devrions accélérer nos recherches sur les nanocytes qui réduisent les gonflements, dit Ada dans la salle de RV. Peut-être quand les choses se seront calmées un peu.

— Tous les efforts devraient se concentrer sur nos ressources informatiques, rétorque Mitya. Et il nous faudrait commencer à y réfléchir maintenant, pas plus tard.

— Plus de hardware afin que tu puisses te multiplier ?

Muhomor fait un cercle avec le pouce et l'index de sa main gauche, puis le traverse avec l'index de sa main droite dans un geste vaguement relié à la reproduction.

— Non.

L'avatar de Mitya semble devenir plus solide, et son incapacité à cacher ses émotions me montre que Muhomor pouvait avoir raison.

— Je veux que vous ayez la possibilité d'être ressuscités comme je l'ai été. Sur le long terme, cette option devrait exister pour plus de personnes.

— Il n'a pas tort, dit Alan. Nous avons failli mourir aujourd'hui.

— Nous avons assez d'espace disque pour nous sauvegarder comme tu l'as fait, dis-je. Nous manquons cependant de puissance de traitement.

— Oui, dit Mitya.

— Alors si nous mourons, mais que nous avons une sauvegarde – je ne peux m'empêcher de frissonner à cette pensée – tu pourras quand même nous ressusciter une fois que la puissance de traitement sera disponible dans le futur.

— Bien sûr, dit-il. C'est évident. Mais construire du hardware nouveau prendra du temps... du temps qui semblera très long pour quelqu'un comme moi, un esprit dont l'expérience subjective du monde est beaucoup plus rapide.

— Es-tu en train de dire que nous te manquerions pendant une éternité ? demande Alan.

Il n'est pas clair s'il taquine Mitya ou s'il est très sérieux.

— Tu le comprends mieux que les autres, gamin, dit Mitya. Je parie qu'au cours de tes quatre années de vie, tu as fait l'expérience de ce qui correspond à cinquante années subjectives.

— Si ce n'est plus, répond Alan avec sagesse.

Muhomor retire ses lunettes et se frotte les yeux.

— Savoir que je dépends de toi pour être ressuscité, cela empire ma peur de mourir.

— Tout à fait, dit Mitya en se frottant les mains comme un super méchant. Tu as intérêt à bien te comporter, sinon tu pourrais te réveiller dans cent ans. Ou pas du tout.

— Nous devrions procéder plus souvent aux sauvegardes.

Je note mentalement de parler à Einstein le psy au

sujet de mon horreur profonde d'être dans un état désincarné comme Mitya.

— Et je suis d'accord : nous devrions travailler sur le problème de hardware, d'autant plus que c'est lié à tant d'autres de nos efforts.

— Quelqu'un est contre ?

Muhomor regarde Ada.

— Nous pouvons faire une priorité du hardware, dit ma femme, mais nous devrions néanmoins travailler sur des nanocytes qui réduisent l'inflammation.

— C'est d'accord, dis-je pour tout le monde.

— Puisque personne n'essaie de vous tuer en ce moment, que diriez-vous d'une séance de brainstorming ? dit Mitya.

— En parlant de ça, intervient Alan, notre voiture vient d'atteindre le bunker.

Je souffle dans le monde réel et je me rends compte que cela fait plusieurs minutes que je retenais ma respiration à cause de mon inquiétude pour ma mère et mon fils.

— Super. Dans ce cas, parlons hardware pendant que je suis coincé dans ma propre voiture. J'ai beaucoup réfléchi aux automates cellulaires quantiques ces derniers temps, alors commençons par là.

———

Lorsque Gogi avait lancé pour la première fois l'idée de la construction d'un bunker il y a quatre ans, je lui avais dit qu'il était fou. Maintenant, je suis ravi que Joe se soit rangé du côté de son collègue et que nous ayons obtenu cette monstruosité impénétrable. À l'origine, il s'agissait d'un abri antiatomique de l'époque de la guerre froide, et l'espace rénové serait le fantasme de tout survivaliste. La porte d'entrée à elle seule coûte plus qu'une maison modeste, et elle est résistante à la majorité des explosions, ce qui m'a motivé à venir ici.

À l'intérieur, le bunker ressemble à un antre masculin qui aurait grandi jusqu'à devenir de la taille d'une petite villa. Le mobilier confortable essaie de vous faire croire que vous vous trouvez dans un hôtel de luxe, mais l'absence de fenêtres trahit la vérité.

— Si l'apocalypse zombie devait arriver demain, c'est ici que je voudrais être, nous dit Muhomor pour nous saluer. C'est plus sombre et ça sent plus le renfermé que je ne l'imaginais.

Il a raison. L'endroit a une odeur de cave à vin dans laquelle tous les vins se seraient transformés en vinaigre.

— Joshen'ka, s'exclame ma mère en voyant la tête bandée de Joe. Comment te sens-tu ?

— Bien.

Il retire le bandage, voit le visage inquiet de son père et montre le côté de sa tête.

— À peine une bosse.

Nous faisons asseoir Gogi sur le canapé près de là.

— Est-ce que ton pied te fait mal ? demande Alan.

— La cheville, répond Gogi. Je suis sûr que ça ira.

— Dr Keeplan, appelle JC depuis la section cuisine ressemblant à une grotte. Veuillez jeter un coup d'œil à la cheville de Gogi.

Le médecin corpulent passe à l'action et Gogi se retrouve bientôt avec un pack de glace sur la cheville et du paracétamol dans le sang.

— Patron, dit Jacob à Joe en entrant dans l'espace conçu pour être le salon du bunker. Cette femme… je veux dire, votre invitée. Elle est réveillée.

Joe pose son sandwich et se lève immédiatement.

— Où ça ?

— Dans la pièce de stockage, répond Jacob.

Baissant la tête comme un enfant coupable, il ajoute :

— Elle casse beaucoup de pots de cornichons.

— Avons-nous un visuel sur cette pièce ? dis-je à mes amis en réalité virtuelle.

— Oui.

Muhomor installe un grand écran dans la réalité augmentée du bunker, lui donnant l'apparence d'une télé à écran plat géante que nous utilisions encore il y a trois ans.

À l'écran, les traits délicats de Tatum sont tordus de fureur. Comme une maîtresse de maison outrée, elle attrape une conserve de tomates et la jette contre le mur du cellier… et ce n'est apparemment pas la première.

— C'est moi qui les ai faits, s'exclame ma mère en chuchotant avec horreur. J'ai utilisé les tomates ukrainiennes violettes qu'Ada m'avait apportées.

L'expression de Joe est indéchiffrable quand il passe à l'action. En un éclair, il se trouve à la vue de la caméra, ouvrant la porte du cellier.

CHAPITRE SEIZE

TATUM DÉVISAGE JOE DES PIEDS À LA TÊTE EN FRONÇANT les sourcils. Elle ne doit pas le reconnaître comme étant le type qui l'a endormie, car la dernière conserve ne vole pas encore vers sa tête.

Au lieu de s'inquiéter d'un projectile potentiel, Joe grimpe sur les étagères. Nous regardons tous, Tatum comprise, ses actions avec une fascination morbide. Ce n'est que lorsque la paume de main de mon cousin devient énorme que je comprends ce qu'il fait. Une fois que la caméra est arrachée du mur, je sais que j'ai raison. Peut-être essaie-t-il d'obtenir la confiance de Tatum en lui montrant qu'elle était sous surveillance. Bon, qui essayé-je de tromper ? Il veut seulement éviter que nous voyions la scène.

Tout le monde regarde l'écran vide pendant quelques instants avant qu'Ada demande :

— Y a-t-il une autre caméra dans cette pièce ?

Muhomor secoue la tête et lorsque je pose la même

question au type de la sécurité de Joe, ils prétendent tous qu'il n'y a pas d'autre caméra.

Je marche jusqu'à la porte, espérant au moins entendre quelque chose. Malheureusement, le bois lourd et épais empêche tout bruit de sortir.

— Cela signifie peut-être qu'elle ne hurle pas de douleur, dis-je, plaisantant seulement en partie.

— Vous ne pouvez pas le laisser faire.

Les yeux ambrés d'Ada scintillent dangereusement dans la salle de réalité virtuelle.

— Faire quoi ? demande Mitya. Nous ne savons pas ce qu'il fait. Pour ce que l'on sait, ils pourraient avoir une conversation civilisée.

— Quelqu'un a clairement besoin d'un cerveau, dit Muhomor. Il s'agit de Joe. Si elle ne hurle pas, c'est parce qu'il l'a bâillonnée. Ou pire.

Je me demande si les employés de Joe obéiraient à l'ordre direct d'aller voir Tatum, à supposer que je souhaite risquer de donner un tel ordre, ce qui n'est pas le cas. Dominic pourrait m'écouter, mais je ne peux m'empêcher de constater qu'il n'est pas pressé d'aller volontairement voir comment va Tatum.

Nous argumentons encore quelques minutes dans le temps réel, et Ada m'a presque convaincu de demander à Dominic de défoncer la porte, lorsque la porte en question s'ouvre et que Joe en sort. Habituellement déjà difficile à déchiffrer, l'expression sur son visage est à présent une énigme enveloppée dans la peau du monstre du Loch Ness.

— Elle n'est pas impliquée, dit-il par-dessus son

épaule en passant à côté de nous pour se rendre dans la cuisine faiblement éclairée.

Je le suis et je le regarde finir rapidement son sandwich avant d'aller chercher plus de pain dans le cellier et du fromage dans le frigo.

— Que veux-tu dire ?

— Elle n'a pas donné l'ordre des attaques, dit-il sans lever la tête de son pain sur lequel il étale de la mayonnaise.

— Tu es sûr ?

— Va lui parler.

Il jette un peu de fromage sur son pain d'un air contrarié.

— Et donne-lui ça.

Il me fait passer le sandwich, que je regarde comme s'il s'agissait d'un extraterrestre. Ignorant ma confusion, il attrape une bouteille d'eau de source de Pologne et me la donne également.

— Il faudrait au moins que j'aille voir si elle va bien, dis-je dans la salle de réalité virtuelle après m'être assuré qu'il ne s'y trouve pas. Et puis, ça ne ferait pas de mal de vérifier si elle est vraiment innocente ou pas. Je veux dire, elle était notre meilleure piste.

— La piste RHO l'était, rectifie Ada. Mais elle n'est peut-être pas sa chef comme le pense tout le monde. Ou bien ils ont des cellules indépendantes qui n'opèrent pas sous sa commande directe.

Je me dirige vers la pièce où attend la captive de Joe. Pour une raison étrange, la nourriture et l'eau me semblent faites de plomb. Pourquoi ne pouvions-nous pas attendre le lendemain matin pour tout ceci? J'aurais payé plusieurs millions pour faire une sieste rapide.

Alan me bloque le passage. Je le regarde d'un air interrogateur.

— Ceci pourrait t'aider.

Il me tend une tablette, une de ces anciennes reliques que les gens comme mon oncle sont les seuls à utiliser encore.

— Pas de cerveaucytes, tu te souviens? Tu ne pourras rien lui montrer en ligne sans ça.

— Merci, fiston, dis-je en pilote automatique.

Je tiens le sandwich entre mes dents pendant que je glisse la tablette sous mon aisselle.

Jacob ouvre la porte solide pour moi et j'hésite momentanément, craignant du sang et ce que je pourrais trouver d'autre. Cette petite pointe d'anxiété me réveille. Me rendant compte que ce n'est pas une bonne idée de garder la porte entrouverte si longtemps, j'entre et j'active mon application de partage afin que mes amis puissent voir ce que je vois.

La femme est assise sur un tas de haricots en conserve, ses yeux bleus perçants me regardant avec un mélange de curiosité et de dédain.

— Michael Cohen, dit-elle d'une voix chantante agréable. J'aurais dû deviner que vous étiez aux commandes ici.

— À la façon dont elle a dit ton nom, on aurait dit qu'elle parlait de Lucifer.

Mitya se manifeste dans la réalité augmentée

publique de la pièce, choisissant l'avatar du petit diable qu'il aime parfois utiliser.

Tatum ne le remarque pas du tout, ce qui confirme son absence de cerveaucytes. Elle concentre toute son attention sur mes mains, alors je lui tends l'eau et le sandwich.

— Joe voulait que je vous donne ceci.

À mon énorme surprise, elle ne frissonne pas en entendant son nom. À la place, ses yeux brillent d'une émotion indéfinissable. Lorsqu'elle se rend compte que je la regarde, elle retrouve vite son masque de dédain, mais cela ne l'empêche pas d'attraper à la fois le sandwich et l'eau.

En prenant une grande bouchée de sandwich, elle me jette un regard de défi et mâche lentement sa nourriture. Si elle croit pouvoir m'ennuyer si facilement, elle va être déçue. Grâce aux cerveaucytes, si le monde réel est ennuyeux – ce qui est presque toujours le cas – je peux faire une centaine d'autres choses virtuelles.

Je m'appuie contre le mur de haricots en conserve et je m'assure que Tatum puisse voir que je suis suffisamment confortable pour rester ici pendant des heures, si elle insiste. Je réponds alors à tous les e-mails qui se sont accumulés depuis que les événements fous ont commencé, je lance plusieurs ébauches de processeurs puisque c'est une nouvelle priorité, j'initie une conversation importante avec Ada au sujet de l'envie d'Alan d'obtenir un autre doctorat de Yale, je commence à écrire quelques applications, je bats plusieurs champions du monde aux échecs et je résume quelques chapitres pour ma dernière publication.

Une fois que Tatum comprend qu'elle ne peut pas m'ennuyer jusqu'à ce que je parte, elle dit :

— Aux rassemblements, j'ai toujours dit que ce que vous faisiez était criminel.

Elle dévisse le bouchon de la bouteille et elle boit l'eau avec l'empressement d'une marcheuse du désert.

— Je n'avais simplement pas compris à quel point il fallait le dire au pied de la lettre.

— Tu as le culot de me parler d'actes criminels ?

Ma voix se durcit. J'ai des flash-back de la multitude de façons dont j'ai failli mourir aujourd'hui, en plus des souvenirs de tous les objets préférés que j'ai perdus dans mon appartement – comme le fauteuil suisse dans lequel je m'asseyais quand j'étais dans la réalité virtuelle et les peintures originales extrêmement coûteuses de Pollock et Dali. Quelle perte terrible. J'inspire profondément l'odeur de légumes au vinaigre et j'ajoute plus calmement :

— Votre groupe a essayé de me tuer. De nombreuses fois. Vous avez fait exploser tout ce que je possède.

Son regard est si plein de compassion que je m'arrête de parler et que je cligne des paupières, stupéfait.

— Je suis désolée pour ce qui vous est arrivé.

Afin d'augmenter la sincérité de ses paroles, elle arrête momentanément de mâcher, même si j'ai l'impression qu'elle meurt d'envie de continuer.

Le RHO est un organisme pacifique, et je n'autoriserais jamais la violence de n'importe quel type, même contre vous.

— Alors comment expliquez-vous ceci ?

Sur la tablette, je fais apparaître une photo d'elle et de Lennox Dixon, le type qui a fait exploser notre appartement, et je la transpose avec des articles de journaux concernant l'explosion.

J'incline l'écran vers elle et elle pose son eau et prend l'appareil de mes mains. Si Joe lui a parlé de ceci au cours de son interrogatoire mystérieux, elle ne le montre pas. Elle semble choquée, ses yeux se remplissant de larmes.

— S'il s'agit d'un de vos tours, dit-elle en battant des paupières, c'est très cruel. Même pour quelqu'un comme vous.

— Pouvez-vous arrêter de faire ça ? Je ne suis pas le diable.

Elle regarde autour d'elle comme pour dire : Je suis ici, prisonnière, et vous êtes aux commandes – tirez-en votre propre conclusion.

— Votre présence dans cette pièce est un malentendu, dis-je. Nous vous laisserons bien sûr partir dès que nous aurons compris qui essaie de nous tuer et pourquoi. En outre, n'avez-vous pas compris que les autorités veulent vous interroger ?

— Pourquoi ne devrais-je pas parler de vous comme si vous étiez le diable ? demande-t-elle en durcissant le regard maintenant qu'elle ne regarde plus la tablette.

Vous êtes sur le point de créer l'apocalypse pour l'espèce humaine. Cela fait de vous l'Antéchrist parfait.

— Alors, vous admettez avoir essayé de me tuer.

Je parle rapidement, essayant la technique de persuasion que j'ai utilisée quelques fois sur des investisseurs.

— Vous vouliez empêcher l'apocalypse.

L'expression misérable retourne sur son visage et elle secoue la tête, fixant à nouveau la tablette.

— Je ne ferais jamais ça, dit-elle. Lennox ne ferait jamais cela non plus, d'ailleurs.

Elle semble pensive un moment, puis elle secoue la tête.

— Non, vraiment pas.

Je m'accroche à son hésitation comme un indice.

— C'est pourtant ce qu'il a fait. Il y a quelque chose que vous ne me dites pas.

— Lennox n'avait plus beaucoup de temps à vivre, dit-elle après une pause prégnante. Tumeur au cerveau. Mais il agissait normalement. En outre, où obtiendrait-il une ceinture explosive ? Pourquoi ferait-il exploser votre appartement dans lequel pouvait se trouver votre famille ? Cela n'a aucun sens.

— Et c'est pourtant arrivé.

Dans la réalité virtuelle, je demande :

— Pourquoi n'étions-nous pas au courant de sa tumeur ?

— Contrairement à l'hôpital de Coney Island, la plupart des cabinets de médecins cryptent leurs archives avec Tema, répond Muhomor, sur la défensive.

— Nous devrions voir si quelqu'un d'autre avait une maladie incurable, dis-je dans la RV.

Dans le monde réel, Tatum fronce les sourcils en hésitant.

— Quelqu'un lui a peut-être proposé de l'argent ? Il était inquiet pour son père, mais je lui ai dit que nous prendrions soin de sa famille.

Elle commence à pleurer.

Je me sens monstrueux, alors que je n'ai pas vraiment fait quoi que ce soit. Je lutte contre la tentation de m'avancer vers elle et de toucher son épaule de façon rassurante. Le réconfort de l'Antéchrist empirait sans doute les choses.

— Connaissez-vous quelqu'un qui l'aurait payé pour faire quelque chose de pareil ? Peut-être une partie plus zélée de votre organisation ?

— Nous n'avons pas de fanatiques sanguinaires pareils.

Elle essuie le reste de larmes de ses yeux afin d'être sûre que je voie son regard critique.

— La plupart d'entre nous sont au chômage, à cause de vous et votre entreprise. Nous sommes aussi inutiles que le sera bientôt le reste de l'humanité, si on ne vous arrête pas.

— Parle-lui de nos plans pour permettre aux gens de gagner de l'argent en tant qu'artisan dans leur domaine, dit Alan en soulevant un de ses sujets préférés. Mentionne également notre plan de revenu universel de base.

— Pas de fanatiques, dit Ada d'une voix dégoulinante de sarcasme alors qu'elle ignore la tirade d'Alan.

Elle apparaît sous forme d'avatar angélique à côté du diable de Mitya et elle dévisage Tatum sans compassion.

— Demande-lui comment ils avaient prévu de sauver l'humanité, dans ce cas. En étant une nuisance ?

— Si vous croyez vraiment que nous causons la fin du monde, dis-je à la place, n'est-ce pas juste une histoire de temps avant que quelqu'un devienne violent ?

— Si Gandhi a pu conduire les Britanniques hors de l'Inde avec de la patience et sans violence, nous devrions être capables de réparer les dégâts que vous faites en utilisant les mêmes méthodes, dit Tatum en levant son menton à fossettes.

— Vient-elle de se comparer à Gandhi ?

Le minuscule diable Mitya atterrit sur l'épaule droite de Tatum.

— Pourquoi pas le dalaï-lama ? Ou le père Noël, tant qu'elle y est ?

— Je parie cinquante dollars qu'elle va nous comparer à Hitler dans les prochaines minutes, répond Ada avec le même ton que Mitya.

Je fais de mon mieux pour ignorer les commentaires dans la réalité augmentée.

— Pensez-vous toujours que j'ai falsifié ce que la tablette vous montre ?

Tatum se démonte visiblement.

— Non.

— Vous êtes donc d'accord pour dire que malgré ce que vous avez essayé de faire, il y a eu de la violence.

Elle hoche la tête.

— En ce cas, aidez-nous à découvrir qui est responsable, dis-je. Si le RHO est innocent, alors il semblerait que quelqu'un cherche à vous faire porter le chapeau. Vous devriez être aussi intéressée par la vérité que moi… peut-être plus, puisque les autorités vous cherchent.

Elle reste silencieuse un instant. Ses sourcils joliment épilés bougent avec animation sur son front, comme si c'était une fenêtre sur son cerveau.

— Je ne crois pas que vous falsifiez ceci.

Elle indique la tablette, d'un air sincèrement misérable.

— C'est juste que je ne sais pas comment je peux vous aider.

— Joe a raison, dit Muhomor dans la salle de RV. Elle est inutile.

— Je suis d'accord, dit Ada. Laissons-la partir quand j'aurai atterri.

— Je ne suis pas convaincu.

L'avatar de Mitya s'envole de l'épaule de Tatum, grandit jusqu'à la taille d'un petit chien et atterrit à trente centimètres de ses jambes.

— Le fait qu'elle n'ait pas de cerveaucytes ouvre une

piste intéressante. Nous pourrions la forcer à obtenir des cerveaucytes avec une interface AROS modifiée qui possède une application de polygraphe fonctionnant en arrière-plan. Nous pourrions alors découvrir avec certitude si elle dit la vérité.

— Non.

L'ange d'Ada grandit plus que l'avatar du diable et vole dans la pièce pour se placer entre Tatum et Mitya.

— Nous n'allons pas faire ça.

L'appli du polygraphe a été un échec créé par les services secrets afin de tester ses propres employés. C'est une application de cerveaucytes permettant de détecter avec fiabilité si la personne qui s'en sert dit la vérité. Elle est un million de fois plus fiable que l'interrogatoire sous polygraphe dont elle tire le nom. Même avant les cerveaucytes, des outils tels que l'IRMf et d'autres technologies de scan du cerveau ont été utilisés dans la détection des mensonges, mais les cerveaucytes ont grandement développé ce genre de technologie.

La raison pour laquelle le projet a échoué était que nous avions conçu les cerveaucytes de telle façon que personne ne puisse forcer quelqu'un d'autre à utiliser une application spécifique : il faut faire confiance à la personne qui le fait par elle-même. Cela peut mener à une façon très simple de déjouer l'application du polygraphe : une version fausse de l'application qui ne garde pas un œil sur le cerveau de l'utilisateur, mais qui montre à la place des résultats ressemblant aux données fournies par l'application du polygraphe.

Ce que suggère Mitya contournerait le problème de la fausse application, car Tatum obtiendrait les cerveaucytes pour la toute première fois. En tant que nouvelle utilisatrice, elle ne serait pas capable de découvrir comment et où obtenir l'application du faux polygraphe. En outre – et c'est sûrement la raison pour laquelle Ada est si contrariée –, Mitya suggère que ses cerveaucytes feraient fonctionner l'application en arrière-plan sans son consentement explicite, ce que nos lobbys essaient de rendre illégal dans autant de pays que nous le pouvons.

— C'est une idée intéressante, dis-je par télépathie à mes amis. Si nous nous assurions qu'elle n'est pas connectée à internet, nous serions certains que l'application du polygraphe fonctionne comme prévu. Ou si la structure AROS sur mesure ne possède même pas internet. Bon sang, nous pourrions même lui donner une interface AROS normale et insister pour qu'elle fasse fonctionner l'application du polygraphe sans internet. De cette façon...

— J'ai dit non.

Ada tourne la tête vers moi, ses yeux ambrés brûlant de colère.

— C'est extrêmement contraire à l'éthique.

— Oh, elle aimerait que nous fassions cela, dit Muhomor. C'est le biais de confirmation. Elle adorerait nous voir confirmer toutes les craintes du RHO à notre sujet.

— Non, dis-je à Muhomor. Je viens de lire quelques articles du blog de Tatum et je crois que les cerveaucytes représentent son pire cauchemar. Je suppose que nous sommes de retour au début.

— Je crois que tu dis la vérité, dis-je à notre victime dans le monde réel. C'est ce que mon cousin a dit.

Je donne cette dernière information par curiosité. J'aimerais encore savoir ce que Joe lui a fait pour parvenir à cette conclusion.

— Joe, tu veux dire ?

À ma grande surprise, son regard est moins désespéré que je ne l'aurais cru en entendant le nom de son bourreau. Il est même presque enthousiaste.

— Vous êtes de la même famille ?

— Son père est le frère de ma mère.

Je lève les sourcils dans la réalité virtuelle, comme pour dire : 'qu'a-t-il bien pu lui faire ?'

— Je vois, dit Tatum dont le visage est redevenu indéchiffrable.

Ada, Muhomor et Mitya haussent tous les trois les épaules.

— J'aimerais que tu restes avec nous un peu plus longtemps, dis-je après un long silence inconfortable, durant lequel Tatum termine à la fois sa nourriture et son eau.

— Que je reste votre prisonnière, tu veux dire ? dit-elle.

Il est difficile de savoir si elle est vraiment contrariée ou si elle utilise simplement cette opportunité d'irriter l'Antéchrist.

— Je préférerais voir cela comme une protection

pendant que tu découvres comment laver ton nom de tout soupçon.

J'indique la tablette.

— Comme je n'ai pas le choix, je ne vois pas d'objection, répond-elle. Y aurait-il une possibilité de me doucher, d'aller aux toilettes et de faire la sieste ?

Mitya m'envoie les plans du bunker avec une pièce entourée au marqueur.

— Il y a neuf suites, dont deux ne sont pas utilisées. Celle-là possède une porte devant laquelle quelqu'un peut monter la garde.

— Je vais voir ce que je peux faire pour toi, dis-je à Tatum.

Après quelques aménagements rapides, Gogi la conduit dans la chambre que Mitya a choisie.

— Dominic, dis-je. Veux-tu bien prendre le premier tour de garde ?

Au lieu de répondre, il se met en position. Je pense que son exosquelette lui permettrait de rester debout de cette façon pendant plusieurs jours, mais je ne m'en suis jamais assuré en lui posant la question. Dominic n'aime pas parler de son corps.

— Salut papa.

Alan utilise sa voix d'enfant réelle et difficile à résister, ce qui signifie qu'il est sur le point de dire quelque chose qui ne va pas me plaire.

— Puis-je lui parler ?

— À Tatum ?

D'un regard, je cherche le soutien de Dominic, mais

le visage de réalité augmentée du garde ne montre aucune émotion.

— Tu veux parler à la femme qui pourrait avoir donné l'ordre des attaques à la bombe ?

— Nous avons décidé qu'elle ne l'a pas fait.

Il parle à présent par télépathie : il sait que lorsqu'il s'agit d'argumenter, il est plus difficile d'être convaincant avec la voix d'un enfant de quatre ans.

Si je commence à raisonner, il va sans doute obtenir ce qu'il veut tout en retardant mon sommeil de quelques précieuses minutes. Je cède donc à la facilité.

— Place un autre garde à l'entrée et prends Dominic avec toi en entrant.

Je m'assure que Dominic hoche la tête.

— D'accord, dit Alan à contrecœur.

— Et fais fonctionner l'application de partage, en enregistrant tout ce qu'elle dit.

— Bien sûr.

— Tu es d'accord avec cette idée ? m'enquis-je en privé auprès d'Ada. Je serai le méchant parent si tu veux que je dise non.

— Laisse-le-lui parler, répond-elle par un message presque dénué d'angoisse. Dominic sera avec lui.

J'envoie un message privé à Dominic.

— Si elle le regarde mal ou dit une méchanceté, fais-le sortir. Si elle touche un seul cheveu de sa tête – ou n'importe quoi –, casse-lui un bras.

Le grand homme hoche encore la tête.

— Et puis-je aller chercher maman quand elle

atterrira ? demande Alan avec un regard scintillant de malice.

Il sait ce que je vais dire, mais il me teste quand même. J'essaie de paraître aussi autoritaire que possible.

— Absolument pas.

— Nous discuterons de cela quand tu auras dormi un peu, dit-il. Tu n'es pas de très bonne humeur en ce moment.

— Ma réponse restera la même.

— Nous verrons.

J'envoie un message télépathique privé à mon cousin.

— Joe, réveille-moi avant d'aller chercher Ada.

— Évidemment, répond-il.

— Et quand nous partirons, demande s'il te plaît à quelqu'un de vérifier la voiture de sorte qu'Alan ne se cache pas dedans quelque part. Il s'est mis en tête de nous accompagner, et je ne crois pas que ce soit une bonne idée.

— Je suis d'accord, répond Joe sombrement.

J'ai l'impression que s'il surprend Alan dans la voiture, mon fils pourrait bien prendre sa première fessée. Ou pire.

— Quelqu'un peut-il interviewer la famille du kamikaze de Curaçao ? dis-je dans la salle de réalité virtuelle en bâillant théâtralement. Et quelqu'un d'autre peut-il faire de même dans les autres lieux ?

— Je peux maintenant contrôler une douzaine de

robots de plus que lorsque j'étais corporel, répond Mitya. Je me porte volontaire.

— Très bien. Alors vous autres, pouvez-vous s'il vous plaît veiller sur Alan pendant qu'il va parler à cette sorcière ?

Je bâille encore.

— Je pourrais presque faire une vraie nuit de sommeil avant que l'avion d'Ada arrive.

— Ce n'est pas juste, dit Ada. Je suis épuisée et je veux moi aussi retourner dormir.

— Et alors ? dit Muhomor. Tu n'as pas confiance en moi pour veiller sur ta progéniture dans un bunker rempli de gardes ?

Le bâillement d'Ada est encore plus contagieux que le mien.

— Très bien. Je vais dormir pendant le reste du vol.

— Y a-t-il autre chose que nous pouvons faire pendant que vous tirez au flanc ? demande Muhomor d'un ton sarcastique.

— Ce serait bien de jeter un coup d'œil aux gens qui ont conduit les voitures de tout à l'heure, dis-je. Mon application de reconnaissance faciale n'a pas détecté leurs visages, mais peut-être qu'en piratant le commissariat ou la morgue vous pourrez découvrir de qui il s'agit.

— Très bien.

Il semble gêné. Je suppose que c'est la première fois qu'il ne pense pas immédiatement au piratage pour obtenir des réponses.

J'avale un smoothie que j'ai fait tout en parlant dans

la réalité virtuelle, puis je me dirige vers la grande chambre à coucher et je me laisse tomber sur le lit, notant mentalement qu'il me faudra un jour l'améliorer avec le matelas WhisperAir conçu par Mitya. Celui-ci est un ancien matelas en mousse à mémoire de forme.

Je me rends alors compte que j'accepte bien trop facilement la nécessité des bunkers. Les terroristes – ou qui qu'ils soient – sont en train de gagner.

— Surveille Alan, dis-je à M. Spock. Assure-toi que la femme avec laquelle il va parler ne le contrarie pas.

— Si quelqu'un fait du mal à Alan, je le mordrai, dit M. Spock dont le message en Zik basique est plein de colère.

— Il te suffira sans doute de courir vers elle et de couiner, lui dis-je. Si la violence est nécessaire, laisse Dominic s'en charger.

— Si elle me fait couiner, je ne pourrai sans doute pas m'empêcher de mordre, dit M. Spock.

Je suis très fier de la connaissance de lui-même dont fait preuve M. Spock.

— Fais de ton mieux, mon pote.

— Dors bien.

Il se précipite hors de la pièce.

En fermant les paupières, j'envoie notre message télépathique de bonne nuit habituel à Ada et je me laisse sombrer.

CHAPITRE DIX-SEPT

L'HOSPICE ESSAIE D'ÊTRE UN ENDROIT AUSSI JOYEUX QUE possible, mais à chaque pas, je me noie dans la tristesse. Un long tunnel gris devant moi se termine par une grande porte marquant ma destination. Chaque pas résonne dans le couloir et mes jambes semblent bouger sans mon consentement conscient.

Je sais ce qui m'attend derrière cette porte.

Ma mère est là, son corps se battant contre le cancer.

J'ai l'impression de tomber au lieu de marcher et la sensation de la chute connecte quelque chose dans ma psyché. Je tire la poignée de la porte lorsque je sais avec certitude qu'il s'agit d'un cauchemar : un rêve inspiré par l'expérience de l'application d'Union durant laquelle j'ai vu ce qui est arrivé à la mère d'Ada à travers les yeux d'Ada.

Une lumière vive frappe mes rétines lorsque la

porte s'ouvre. Vais-je voir la mère d'Ada ou la mienne dans ce rêve ? Est-ce bien un rêve ?

Au lieu de la mère de qui que ce soit, c'est le visage souriant d'Einstein qui m'accueille. L'IA porte une robe de chambre et elle est reliée à des tubes, exactement comme dans les souvenirs d'Ada.

— Tu deviens bien meilleur pour reconnaître et contrôler tes rêves, dit-il. Veux-tu t'entraîner au rêve lucide maintenant ?

Au lieu de répondre, je me concentre et je transforme la pièce en roseraie. Lorsqu'une brise odorante remplace l'odeur nauséabonde de l'hospice et que celui-ci a disparu sans laisser de trace, je fais apparaître Ada dans la scène.

— Ne te suffis-je pas lorsque tu es réveillé ? demande Ada d'un ton séducteur.

Elle laisse tomber la bretelle droite de sa robe d'été jaune.

— Jamais, réponds-je en chuchotant avant de flotter vers elle.

CHAPITRE DIX-HUIT

— Vous êtes resté sans connaissance pendant huit heures et quarante-sept minutes, m'informe Einstein quelque part dans mon cerveau groggy. Il est actuellement huit heures cinquante-cinq.

Je m'assieds brusquement dans le lit et j'envoie un message télépathique frénétique à Ada :

— Es-tu de retour ? Joe est-il parti te chercher sans moi ?

Elle ne répond pas, alors j'envoie un autre message en Zik.

— Joe, où es-tu ?

Joe ne répond pas non plus. Pendant que ma main dans le monde réel attrape mon pantalon, je passe dans la salle de réalité virtuelle, en espérant y trouver Ada ou Joe, mais ils n'y sont pas. La seule personne dans la salle de RV est Mitya, mais son avatar a un air étrange. Son visage est comme celui d'une statue au musée Grévin, ses yeux ouverts sont vitreux.

— Mon vieux, dis-je lorsque je constate qu'il n'a pas cligné des yeux pendant une durée surnaturelle. Qu'est-ce qu'il t'arrive ?

Mitya cligne lentement des paupières et ses yeux redeviennent animés. Au bout d'une fraction de seconde, ils retrouvent leur éclat d'intelligence normal et son visage sourit.

— Oh, salut.

— Salut, réponds-je prudemment. Tu n'as pas répondu à ma question.

— Quelle était la question ?

Il lève les bras au-dessus de sa tête en s'étirant comme un chat.

— J'ai bien peur d'avoir été un peu déconnecté.

— Sans rire, dis-je. Pourquoi avais-tu ces yeux vitreux ?

— C'est à ça que je ressemblais ?

Il étire le cou en inclinant la tête d'un côté puis de l'autre.

— Comme tout le monde dormait, je me suis dit que je pouvais en profiter pour faire des expériences avec le sommeil et la division de mon attention.

— Alors tu dormais ? Tu avais les yeux ouverts.

— Crois-tu vraiment que quoi que ce soit chez moi a encore un rapport avec cet avatar ?

Son corps se transforme en une rangée de serveurs d'ordinateur miniatures.

— C'est à ceci que je ressemble vraiment maintenant, dit-il d'une voix légèrement métallique. Pas ceci.

Son avatar revient dans la pièce et continue à étirer ses membres comme si rien ne s'était passé.

— Je n'ai pas besoin de respirer, dit-il en expirant. Je n'ai pas besoin de m'inquiéter de mon poids.

Un sundae à la banane apparaît sur la table de la salle de réunion.

— Je n'ai pas…

— … besoin de dormir ?

Je suis impatient de revenir au sujet d'Ada.

— Est-ce que tu t'es débarrassé du sommeil ? C'était ça, ton expérience ?

— Je suis encore essentiellement une émulation d'un certain nombre de régions cérébrales, dit-il. Comme le cerveau biologique a besoin de sommeil, j'ai peur d'arrêter de dormir sans avoir fait des vérifications. Personne n'a découvert la fonction du sommeil : la consolidation des souvenirs, s'entraîner à faire des scénarios pour l'avenir, ou d'autres théories parfois contradictoires. Pour l'instant, j'expérimente en laissant des parties de moi dormir pendant que d'autres parties de moi restent conscientes – un peu comme les dauphins, même si contrairement à la tactique des dauphins qui font dormir la moitié de leur cerveau, j'essaie de découvrir une configuration mieux distribuée.

— D'accord, dis-je. Ça me paraît intéressant, mais je suis là pour une raison précise. As-tu des nouvelles d'Ada ?

— Je suis resté complètement endormi pendant une ou deux heures du monde réel. Je voulais noter tout ce qu'il se passait avec chaque partie de mon être. Mais avant cela, Ada dormait, tout comme les autres. J'ai vérifié, car je voulais partager mes trouvailles au sujet de Curaçao, ainsi que des recherches sur les autres kamikazes, mais hélas, vous ne vous êtes même pas réveillés pour ça. Je dois dire que cette première nuit en tant qu'esprit à l'intérieur de la machine a été plutôt ennuyeuse, et je prévois de me faire beaucoup de nouveaux amis autour du monde si vous continuez à dormir régulièrement de cette façon.

— C'est étrange, dis-je. Normalement, l'avion d'Ada aurait déjà dû atterrir. Je m'attendais à ce qu'il arrive vers sept heures trente.

— Peut-être que personne ne t'a réveillé parce que le vol a été retardé à cause des conditions climatiques ? dit Mitya avant de froncer les sourcils. Je n'arrive pas à contacter le pilote ou les membres d'équipage. Ça, c'est vraiment bizarre.

Ma respiration s'accélère dans le monde réel, où je suis toujours seulement en train de mettre un pied dans la jambe de mon pantalon. Je contacte encore Ada par télépathie, puis je fais la même chose avec Joe.

Rien.

Désespéré, j'essaie de joindre Muhomor et je reçois une réponse automatique indiquant qu'il dort. Ce n'est pas surprenant, car un des premiers surnoms de Muhomor était Upir, ce qui veut dire vampire en russe, car il préfère nettement la nuit à la journée. J'hésite à contacter ma mère, mais elle pourrait avoir une crise cardiaque si je lui parle de ma situation actuelle, alors j'abandonne cette idée.

Après une légère hésitation, j'envoie un message en Zik à Alan, certain qu'il sera bien réveillé, les yeux grands ouverts et prêt à bondir. Ce gosse est comme le lapin des publicités Energizer. Il se lève à sept heures du matin même s'il part se coucher après minuit.

Des fractions de seconde s'écoulent sans réponse, et mon pouls s'accélère dans le monde réel.

— Je vais me concentrer sur ce qu'il se passe dans le monde réel, alors je ne vais pas être intéressant pour la conversation. Puis-je te demander de vérifier leur localisation à cet étage ?

— Bien sûr, répond Mitya. Voici les données des caméras de sécurité installées par notre garde du corps dans les chambres de tout le monde. Je vais localiser l'avion, puis…

J'arrête de faire attention à lui, car je regarde tout le monde dans leur chambre, et je n'aime pas ce que je vois. Muhomor et ma mère dorment, comme je le pensais, tout comme notre invitée prisonnière Tatum, ainsi que Gogi, Dominic et la majorité des gardes. Alan, cependant, ne se trouve pas dans sa chambre ni dans celle de quelqu'un d'autre. Il n'y a pas de caméras dans les salles de bains – une caméra dans la chambre est déjà assez terrible, même pour un bunker souterrain post apocalyptique – alors je ne peux pas voir s'il est en train de se brosser les dents. Mais s'il est réveillé, pourquoi ignorerait-il mes messages ?

Je néglige totalement la RV et je concentre ma

prodigieuse attention sur l'acte d'enfiler un pantalon tout en sautillant vers la porte. Je remonte la fermeture éclair en me précipitant vers la chambre d'Alan, passant devant Jacob endormi. Il fait la sieste alors qu'il est de garde, mais je laisse à Joe le soin de réprimander son employé, en supposant que je puisse trouver Joe.

En personne, la suite d'Alan n'est que légèrement plus petite que celle qui a été conçue pour Ada et moi. Le lit est toujours vide et je cours pour toucher la chaleur des draps. Il a dû quitter le lit il y a un moment, car les draps en soie – son tissu préféré – sont froids au toucher. Je vérifie la salle de bains et je ne le trouve pas non plus là-dedans.

J'attrape le verre à brosse à dents d'Alan et je le remplis d'eau fraîche, puis je retrace mes pas jusqu'au fauteuil où Jacob dort encore au travail.

— Jacob.

Sans surprise, il continue à ronfler. Au cas où il serait assez stupide pour faire fonctionner l'application Ne Pas Déranger au travail, je vide le contenu de mon verre sur son visage et je le fais suivre par une gifle.

Je dois dire que j'admire l'entraînement de Jacob. Il est instantanément debout avec un pistolet pointé sur ma tête. Irrité, je me prépare à le désarmer, mais avant d'en avoir l'occasion il écarquille les yeux en me reconnaissant et il baisse son arme.

— Quoi ? dit-il en frottant sa joue et en regardant son T-shirt mouillé. Qu'est-ce qui t'a pris ?

Mon inquiétude se transforme en fureur soudaine.

— Où est-il ?

Un postillon atterrit sur le nez de Jacob.

— Où est mon fils ?

Il cligne des yeux.

— Alan ? Il est avec Joe. Tu devrais le savoir.

Je serre les poings.

— Où est Joe ?

— Il est allé chercher ta femme.

Toute trace de sommeil a disparu de son visage, sur lequel on ne voit plus qu'une expression d'inquiétude profonde.

— Joe a pris Alan avec lui ?

— Oui.

— Tu n'as pas trouvé étrange que Joe prenne Alan, mais pas moi ?

— Eh bien...

Jacob semble paniqué à présent. Je suppose que comme Joe est son patron, il n'a pas remis en question ce qui est arrivé, mais maintenant que je l'ai forcé à y réfléchir, il voit qu'il a échoué dans son travail de garde.

— Je n'ai pas pensé…

— Je n'arrive à joindre aucun d'entre eux.

Je crie, alors je baisse la voix.

— Je ne peux pas atteindre Joe, Ada ou Alan. Le sang quitte le visage de Jacob et il écarquille les yeux comme des soucoupes.

— Derrière toi.

Le message télépathique privé de Mitya en Zik me parvient avec toutes les alertes maximales.

— Jacob ne réagit pas à ce que tu dis.

Mitya a raison : Jacob regarde quelque chose derrière moi. Je tourne mon corps entier au lieu de juste ma tête afin de faire face à la menace, quelle qu'elle soit. En même temps, j'utilise l'application de Muhomor pour localiser la caméra de sécurité qui sent le melon.

Gogi se tient là avec un pistolet. Il n'y a aucune trace de sa bonne humeur habituelle sur son visage.

— Attends, dis-je par télépathie, mais c'est trop tard.

Gogi appuie sur la détente.

Une tache rouge s'étale sur la poitrine de Jacob au-dessous de l'eau que j'y ai jetée plutôt. L'expression de Jacob est un mélange d'horreur et de confusion lorsqu'il tombe à terre. Comme moi, il n'arrive pas à croire qu'il vient de se faire abattre par un autre garde. Et pas n'importe quel garde, mais Gogi, le second de Joe.

Je vois un nouveau mouvement du coin de l'œil, mais toute mon attention est sur le pistolet de Gogi, car il se tourne et il vise mon cœur qui bat frénétiquement.

CHAPITRE DIX-NEUF

LE NOMBRE DE PENSÉES QUI ME PASSE PAR LA TÊTE AVANT que Gogi tire sur la gâchette est presque cruel. Bon sang, j'aurais peut-être assez de temps pour écrire une lettre d'adieu à tous ceux qui ont compté dans ma vie avant que la balle atteigne ma tête.

Lorsque Gogi a abattu Jacob, je n'ai pas su quoi penser. Bien sûr, j'ai momentanément eu envie de le tuer moi-même quand j'ai appris qu'il n'avait pas empêché Joe de prendre Alan et de partir sans moi. Mais je n'agirais jamais aussi impulsivement. Joe aurait pu abattre Jacob pour cela, mais pas Gogi... du moins, c'était ce que je croyais.

Maintenant que Gogi me vise, une seule réponse semble logique, mais cette réponse n'a aucun sens.

Gogi est un traître.

Bien que ce soit difficile à croire, l'ennemi a d'une façon ou d'une autre recruté Gogi et lui a fait du chantage ou l'a payé pour me tuer.

Une autre idée se développe, mais avant que je puisse la traiter consciemment, je vois quelque chose de merveilleux. Utilisant les jambes de son exosquelette pour bouger de façon surnaturelle, Muhomor se trouve déjà derrière Gogi. Il a peut-être refusé d'apprendre les arts martiaux pendant toutes ces années, mais sa jambe en métal renforcé est capable de donner un coup de pied dans le pistolet, l'envoyant voler sous le fauteuil près de là.

La main de Gogi devrait le faire souffrir terriblement, mais le visage du grand homme ne montre rien.

— Jacob m'a sauvé la vie, dit Muhomor en serrant les dents et en donnant un coup de poing au visage de Gogi. Tu…

Bien que Muhomor touche sa cible, son coup de poing pas entraîné n'empêche pas le poing de Gogi de frapper sa mâchoire pâle en retour comme une batte de base-ball frappant une balle de softball. L'air outré de Muhomor se détend instantanément et il tombe sur le sol, manifestement KO.

Gogi lève le pied pour donner un coup à Muhomor, mais je bondis sur lui. Il ne fait pas attention à moi assez vite et je vois une ouverture pour un coup dévastateur dans son larynx. Pourtant, quelque chose me fait hésiter.

— C'est ton ami, commente Mitya dans une conversation privée, comme s'il avait lu dans mes pensées. Bien sûr que ce sera difficile.

— Je m'inquiète surtout d'endommager son cou. J'ai besoin qu'il puisse parler plus tard.

Gogi tire profit de mon retard en frappant mon épaule d'un coup de poing. Je l'évite et je contre par un coup de pied, mais je n'utilise pas cette occasion pour lui casser la jambe. Quelque chose dans ses mouvements n'est pas entièrement logique. Je mets cette idée de côté afin de l'analyser à un moment ou je ne serais pas en train de me battre pour ma survie.

Malgré tout mon entraînement, je ne suis pas préparé à ce que je vois dans ce combat. J'ai toujours dépendu de ma capacité à mettre mon adversaire hors d'usage, typiquement en lui causant des dégâts sévères très rapidement. Mais je ne peux pas me résoudre à le faire à Gogi. Je ne sais pas trop si c'est à cause de l'amour pour la vie que j'ai reçue par Ada au cours de cette Union ou le fait que Gogi a fait partie de la famille pendant des années. Quelle que soit la raison, je retiens mes coups, bloquant les siens et contrant avec une force égale à celle que j'utilise lors de nos entraînements.

Par contraste, les attaques de Gogi sont toutes réelles, visant toutes à me handicaper. D'une certaine façon, c'est plus douloureux que son intention de me tirer dessus, car il y a quelque chose de plus prémédité lorsque l'on combat à mains nues. Je vois que si je ne surmonte pas ma réticence, il va gagner ce combat. Je me souviens un peu tard que j'ai maintenant accès au mode combat et je l'active, mais je me méfie du

Réducteur d'émotions, car je pourrais alors tuer Gogi de la façon la plus brutale.

— Gogi, dis-je à voix haute et par message télépathique. Quoi qu'il te paie, je le doublerai.

Il n'arrête pas. Ses yeux sans émotion ne semblent même pas comprendre.

Le mode de combat souligne mes possibilités. Je choisis une ouverture qui résultera en un coup de poing douloureux, mais avec un peu de chance pas trop dommageable, dans ses bijoux de famille. J'ai déjà commencé à exécuter la manœuvre lorsque je me rends compte de mon erreur : je me suis fait avoir par une feinte. Gogi attrape mon pied et nous tombons sur le sol.

Le mode de combat me montre comment positionner mon corps pendant la chute afin de m'assurer que je ne me brise pas la colonne vertébrale. Mon cœur bat deux fois contre ma poitrine avant que je heurte le sol du bunker. Malgré tout mon entraînement et le mode de combat, je ne suis toujours pas à la hauteur de Gogi en ce qui concerne la lutte. J'aurais des problèmes mêmes sans le handicap de mon hésitation à blesser un ami.

Complètement désespéré, en me basant à moitié sur ma propre intuition et à moitié sur le mode de combat, je me faufile hors de sa prise comme une anguille couverte de vaseline. À ma grande surprise, je parviens à attraper sa cheville.

C'est alors que je me souviens qu'il s'est blessé la cheville hier et qu'il pouvait à peine se tenir debout, pourtant il ne montre aucun signe de douleur pendant notre combat. Que lui coûte ce combat ? Et combien de douleur suis-je en train de lui causer maintenant en continuant à serrer sa cheville ?

Gogi se comporte comme s'il se moquait que je lui arrache complètement la cheville. Soit il a imité sa blessure, soit il a pris des antidouleurs très puissants. Il fait alors quelque chose qu'il n'a jamais fait pendant l'entraînement : une espèce de spirale de poisson pas du tout professionnelle. Nous finissons par rouler sur le sol, chacun essayant de prendre le dessus sur l'autre.

Avant que je me rende compte de ce qu'il s'est passé, le genou de Gogi frappe mon entrejambe, puis il me met un coup de tête au visage. Son nez craque, mais je suis momentanément assommé. Lorsque tout s'arrête de tourner, il m'a coincé sur le dos, ses genoux sur mes biceps et ses mains autour de ma gorge.

Je gigote sous lui et j'essaie de lui donner un coup de pied sans y parvenir.

Parce que j'ai des os améliorés, je ne crains pas de me briser le cou, et avec les respirocytes, il est bien plus difficile de m'étrangler. Pour me faire manquer d'oxygène, Gogi va devoir bloquer ma respiration pendant de nombreuses minutes – mais si je parviens à lui échapper, cela ne devrait pas être un problème.

Le mode de combat ne souligne pas de manœuvre utile et la réaction de fuite ou combat de mon corps ne semble pas avoir reçu le mémo concernant les respirocytes. Je cherche frénétiquement à respirer, mon pouls atteignant des records et ma vue se rétrécissant. Je ne sais pas combien de temps dure cette torture de l'étranglement, mais je peux me sentir commencer à faiblir. Je suppose que mon oxygène commence à manquer, malgré la technologie du transport par cellules rouges.

— Que quelqu'un vienne m'aider, dis-je dans la salle de RV et j'envoie des messages Zik à toute ma liste de contacts en dehors de ma mère. Gogi m'étrangle !

Mon dernier espoir est que les mains de Gogi subissent des crampes en me serrant si intensément, mais je ne mets pas longtemps à me rendre compte qu'il se soucie aussi peu de la douleur dans ses mains que de son nez qui saigne et de sa soi-disant blessure à la cheville.

Pour finir, je m'aperçois que les respirocytes rendent l'expérience de la mort par suffocation encore plus horrible parce que le processus est bien plus lent. Je commence à partir, mais je reviens. Pendant un moment de clarté, je constate que je ne donne plus de coups de pied avec mes jambes, alors j'essaie d'utiliser mes dernières forces pour m'agiter. Cette dernière tentative n'aide pas et il ne me reste plus qu'à regarder d'un air hébété les yeux vides de mon ancien ami qui me tue méthodiquement.

Si je meurs, Mitya finira par réussir à ramener une version informatique de moi, comme il l'a fait pour lui-même. Cette pensée ne fait que m'effrayer davantage, car je ne peux pas imaginer à quoi ressemblerait une telle existence. En outre, je ne peux pas mourir sans savoir ce qui est arrivé à Ada et Alan –

particulièrement depuis que je crains le pire. Et une résurrection digitale ne fonctionnerait que si nos adversaires ne détruisent pas toute notre entreprise et les serveurs de données, ce qui pourrait bien arriver maintenant qu'ils ont réussi l'impossible : tourner Gogi contre moi.

Incapable de lutter davantage, mon corps se ramollit et l'obscurité se referme sur moi.

CHAPITRE VINGT

Je vois un mouvement flou derrière Gogi, mais cela pourrait simplement être la dernière étincelle de mes neurones privés d'oxygène.

Les mains de Gogi luttent pour rester sur mon cou, mais une force le tire si vivement en arrière que ses ongles arrachent des morceaux de ma peau. Je respire à pleins poumons lorsque le bras bionique de Dominic soulève Gogi avant de le jeter sur le côté comme un ballon.

Gogi frappe le mur, glisse et à ma grande surprise, essaie de se relever. Dominic plonge sur lui.

Utilisant l'acte de se lever afin de cacher son geste, Gogi passe la main dans sa botte.

— Dominic, couteau ! dis-je à voix haute ainsi que par télépathie.

Gogi s'est toujours vanté des nombreuses fois que ce couteau militaire lui a sauvé la vie dans les forces spéciales géorgiennes. Même après son choc violent contre le mur, il sera très dangereux avec ce couteau. Je lutte pour marcher à quatre pattes dans l'espoir d'aider Dominic du mieux que je peux. J'ai l'impression que mes jambes se sont transformées en gel pour cheveux et que mes bras sont lourds, mais je parviens à chanceler de quelques centimètres vers le fauteuil où j'ai vu le pistolet de Gogi pour la dernière fois.

À travers la vue de la caméra, je vois la colère ou la foi guider les mouvements de Dominic. S'il a entendu mon cri au sujet du couteau, il ne semble pas s'en soucier. Avant que Gogi puisse entièrement se lever, le bras artificiel de Dominic se ferme sur sa main comme un étau.

Cherchant encore désespérément à gonfler mes poumons, je parviens au fauteuil et je fouille dessous.

Le couteau de Gogi brille dans la lumière artificielle du bunker. Il tient le manche de sa main gauche libre. Dominic voit la menace et essaie d'écarter l'homme de son propre corps, mais il n'est pas assez rapide.

Le couteau vole vers son visage.

Il se plante à l'endroit où devait être l'œil droit de Dominic, dans le tissu cicatriciel qui rappelle cette explosion horrible. S'il avait encore cet œil, il l'aurait à présent perdu sans l'ombre d'un doute. Il crie de douleur et connaissant la force de ce grand homme, je comprends les dégâts que Gogi vient de lui infliger.

Mes doigts frôlent enfin le barillet froid du pistolet. Il me faut moins d'une seconde pour sortir l'arme. Je roule en position de tir, le cœur battant, et dès que ma ligne de mire est dégagée, je vise Gogi.

Même après cette trahison, je répugne à tirer sur celui que j'ai considéré comme mon ami pendant tant d'années.

Gogi arrache le couteau de l'orbite de Dominic. Il est sur le point de le poignarder à nouveau.

Toute hésitation disparaissant, je tire sur le bras de Gogi tenant le couteau.

Je n'ai pas eu le temps d'activer l'application d'assistance de visée, mais encore une fois, le temps que j'ai passé au stand de tir porte ses fruits. La paume de Gogi devient rouge et le couteau claque sur le sol, le manche coupé en deux par ma balle.

Dominic grogne et il tord presque sans effort le bras droit de Gogi selon un angle impossible. J'entends un craquement d'os brisés.

Gogi ne cligne même pas des yeux. Il essaie toujours d'atteindre Dominic malgré ces deux blessures. Heureusement, il y a une limite à ce qu'un corps peut faire avec un bras cassé, même si l'esprit est plein de volonté.

Dominic serre la tête de Gogi dans l'étau de son bras bionique et je sais qu'il a suffisamment de puissance dans son membre artificiel pour le décapiter. À mon grand soulagement, il frappe la tête de son adversaire contre le mur à la place. Comme le crâne de Gogi n'explose pas en morceaux, je peux supposer que Dominic retenait sa force. Malgré tout, Gogi glisse sur le sol, les blessures cumulées suffisant enfin à l'assommer.

Quand je parviens à me lever, les mains et les pieds

de Gogi sont liés par des menottes que Dominic a sorties de quelque part. Elles arrivent juste à temps, car Gogi revient à lui et se met à se débattre contre les menottes.

— Monstre, hurle Gogi lorsqu'il voit qu'il ne peut plus bouger.

Sa voix ne ressemble pas à sa voix habituelle : elle évoque davantage une flûte. Ses efforts deviennent étrangement frénétiques et je peux seulement imaginer la douleur terrible de ses bras cassés.

Dominic sort une seringue de la même cachette mystérieuse que les menottes et il pique Gogi dans le cou avec l'aiguille fine. Gogi s'avachit immédiatement, mais alors que ses yeux se ferment, il dit de cette même voix étrange :

— Si tu n'obéis pas, Ada et Alan vont mourir. Tu dois...

Je n'entends pas ce qu'il dit ensuite, car il tombe dans les profondeurs du sommeil médicamenteux.

— Attends.

En frottant ma gorge douloureuse, je saute vers l'homme sans connaissance.

— Il a dit quelque chose au sujet d'Ada et Alan. Ils ont disparu. Je dois savoir ce qu'il sait.

— Qu'est-ce qui ne va pas avec Alan et Ada ?

La fureur rend l'avatar de Dominic aussi effrayant que son corps endommagé. Même s'il n'aime pas que je le fasse, je passe de son avatar à sa chair brûlée dans le monde réel. Son orbite saigne malgré sa cicatrice, ce qui donne l'impression qu'il pleure des larmes de sang macabres.

La blessure doit être sévère, car il se laisse tomber sur le fauteuil en tenant son visage afin de faire cesser le saignement.

— Je n'arrive pas à les joindre, dis-je.

Mentalement, j'examine les plans du bunker dans le but de découvrir où dort le docteur Jarvis. Jarvis est un chirurgien brillant et je suis content de lui avoir demandé de venir avec toute son équipe et son équipement.

— Évidemment, le fait qu'ils ne communiquent pas est lié à l'attaque de Gogi.

— Je suis désolé. Ce que je lui ai injecté…

Dominic serre le poing gauche et j'ai l'impression qu'il est aussi tenté que moi par l'idée d'arracher l'information du corps sans connaissance de Gogi.

— Il va rester endormi pendant quelques heures.

— Nous n'avons pas le temps.

Je me dirige vers la chambre de Jarvis en chancelant.

— Nous avons besoin d'informations maintenant.

Un gémissement s'échappe de l'endroit où Muhomor revient à lui. À travers le micro de la caméra, je l'entends dire avec perplexité :

— Quoi ? Comment ? Qui ? Pourquoi ?

— Joe, Ada et Alan ont disparu, lui dis-je dans le Zik le plus rapide dont je suis capable. Gogi semble être un traître.

Pendant que je lui parle, j'entre en trombe dans la

chambre du docteur et j'allume les lumières. Malgré la fusillade, Docteur Jarvis et sa femme dorment encore. Soit, ils ont allumé l'application Ne Pas Déranger, soit ils ont fait une overdose d'Ambien. Je ne pense pas que c'est parce que les murs de ce bunker sont aussi épais et insonorisés que les gens du marketing l'ont affirmé quand nous avons acheté l'endroit.

Oubliant toute politesse, je m'approche du bon docteur et je le gifle.

Ses yeux s'ouvrent brusquement et il pose la main sur sa joue en s'asseyant.

— Que se passe-t-il ?

On dirait qu'il est sur le point d'avoir une crise cardiaque, et j'espère que ce n'est pas le cas, car c'est notre seul chirurgien.

J'arrache les couvertures de son lit sans me soucier d'exposer également sa femme.

— Nous avons besoin d'aide médicale. Levez-vous. Je vais aller rassembler le reste de votre équipe.

Je répète plusieurs fois une version de ce réveil brutal et quand j'ai réveillé jusqu'à la dernière infirmière, je trouve le docteur Jarvis et quelques collègues en train d'installer un environnement stérile dans le grand espace ouvert.

Dominic est déjà en train d'être préparé.

— Ils vont s'en sortir, dit le médecin en me voyant.

— Y a-t-il un moyen de sortir Gogi de son état ? dis-je. Je sais que les drogués utilisent le Narcan pour se sortir d'une overdose. Existe-t-il quelque chose de similaire ici ?

Je cherche rapidement en ligne grâce aux cerveaucytes.

— Le Flumazenil, peut-être ?

— Docteur Blantor ? dit le docteur Jarvis à un homme mince à sa gauche qui, d'après la reconnaissance faciale, est anesthésiste.

— Rien que nous avons ici, répond ce dernier. En outre…

— J'ai des informations, me dit Mitya par télépathie. Rejoins-moi dans la RV.

Je remercie les médecins et je m'assieds à côté de l'endroit où une infirmière applique un bandage sur la tête de Muhomor.

— Te sens-tu assez bien pour rejoindre la réalité virtuelle ?

— J'y suis déjà, dit-il avec sa lèvre gonflée.

L'infirmière commence à m'examiner pendant que je porte toute mon attention à la réalité virtuelle. L'illusion de la salle de conférence bien éclairée contraste tellement avec le bunker qu'il me faut un moment pour m'adapter mentalement, ce qui prouve que je suis encore groggy après avoir failli mourir d'étranglement.

Mitya a préparé plusieurs écrans pour nous. Le plus grand montre notre jet privé dans l'aéroport tout proche du New Jersey.

Mitya affiche un air extrêmement sombre et je crains le pire en demandant :

— Qu'as-tu découvert ?

Mitya me regarde, puis Muhomor.

— Il vaut mieux que vous voyiez par vous-même. Je vous ai toujours prévenus à son sujet.

L'écran montre Joe marchant d'un pas décidé vers l'escalier de l'avion, un pistolet dans la main.

Eugene, l'un des gardes du corps de Joe en qui il a le plus confiance et qui a pour mission de protéger Ada, salue son patron avec un sourire.

Ce sourire disparaît immédiatement lorsque Joe lève son pistolet en le pointant vers la poitrine de l'homme.

— Patron, dit Eugène, que…

Joe tire sur la gâchette.

Il enjambe alors l'homme mort sans la moindre trace d'émotion et pénètre dans l'avion.

CHAPITRE VINGT-ET-UN

Dans un silence horrifié, nous regardons Joe exécuter deux autres employés : ils sortent en courant pour trouver la cause du coup de feu, voient leur patron, posent une question et se font massacrer. En suivant la même formule de base, quelques autres personnes meurent dans le compartiment des bagages, puis deux autres sur une rampe menant dans le fuselage. Après cela, Joe entre dans le compartiment des passagers et il tire quelques autres balles sur les personnes restantes.

L'énormité de sa trahison ne fait aucun sens dans mon cerveau amélioré. Pas plus que le comportement de Joe. Pourquoi tuer ces hommes alors que la plupart d'entre eux sont loyaux à lui et lui seul ?

Si Joe est du côté des méchants, je suis profondément dans la merde. Après des années d'entraînement au dojo, je n'ai pas battu mon cousin une seule fois à l'entraînement. Il tire toujours mieux que moi au stand de tir, soulève toujours plus de poids à la salle de sport. Pour le dire simplement, Joe est la personne la plus mortelle que je connaisse, et l'idée qu'il soit mon adversaire est terrifiante. Tout particulièrement parce que je ne sais pas si je suis capable de blesser un membre de ma famille. Pourtant, j'ai la certitude qu'il n'hésiterait pas à me tuer.

Une nouvelle peur surmonte toutes mes inquiétudes lorsqu'il commence à fouiller parmi les sièges.

Il cherche Ada.

Il la découvre endormie sur le fauteuil de massage qui était l'argument de vente de cet avion. Comme d'habitude, elle a dû activer l'application Ne Pas Déranger, car les lumières vives après l'atterrissage l'auraient réveillée longtemps avant les coups de feu. Avant que nous développions NPD, elle me faisait scotcher toutes les lumières LED de notre chambre avec du scotch noir. Si nous survivons, il nous faut modifier cette application stupide afin de laisser filtrer les bruits et les images indiquant un danger de mort.

Une fois qu'il a trouvé sa cible, Joe bondit vers ma femme, sortant une seringue en chemin. Son expression paisible ne change pas. Le seul signe de ce qu'il a fait est l'absence complète de réaction d'Ada lorsqu'il la jette sur son épaule comme un sac de patates.

Dans le monde réel, j'enfonce mes ongles dans les paumes de mes mains en serrant les poings avec trop de force.

— Je suis désolé, mon vieux, dit Mitya dont la voix semble parvenir de loin. Ce n'est qu'une partie de la situation. Veux-tu en voir davantage ?

Je hoche la tête, car je ne crois pas pouvoir parler à ce moment-là.

Il montre un extrait de Joe attaquant par surprise les gardes qu'il a emmenés à l'aéroport, puis il affiche les données vidéo actuelles des corps des gardes toujours allongés dans le parking du bunker.

Ensuite, il montre la vidéo que je redoute le plus.

— Merci beaucoup de me prendre, oncle Joe, dit Alan quand ils sortent tous les deux du bunker. Pourquoi papa n'a-t-il pas voulu venir avec nous ?

Alan tourne le dos à Joe, alors il ne voit pas la seringue qui se dirige vers lui. Une seconde plus tard, le corps de mon fils s'avachit et Joe l'attrape et le pose sur le sol.

Submergé par l'émotion, je bondis sur mes pieds dans la RV et je cours vers la fenêtre virtuelle. Utilisant ma maîtrise de la RV, je transforme mon reflet dans la vitre en ombre de Joe et je lui donne un coup de poing de toutes mes forces. Je ne sais pas trop contre qui je suis le plus fâché : moi-même pour ne pas avoir empêché ce désastre, ou mon cousin, car il a été l'outil utilisé par mes ennemis. Mes articulations frappent le verre blindé de façon répétée et je me réjouis de la douleur virtuelle.

Mitya pose la main sur mon épaule.

— Au moins, il a laissé Alan sur place quand il s'est occupé de tirer sur les autres gardes.

Je ne peux pas craquer maintenant, je dois tenir pour Alan et Ada. Je lance l'application BraveChill, qui fait suffisamment baisser mon angoisse pour arrêter ma crise de nerfs.

— Tu dois garder ton calme, m'envoie Mitya par message privé. Nous avons besoin de tes qualités de meneur pour surmonter la situation.

Il retourne vers la table et balaie le verre de la main. La surface se transforme en un autre écran qui montre Joe posant Alan dans la voiture.

— Je n'arrive pas à le croire.

Muhomor crache sur la table, visant l'image de Joe.

— Nous n'aurions jamais dû mettre ce psychopathe en charge de la sécurité.

— Où sont-ils ? dis-je à personne en particulier. Nous devrions pouvoir suivre la voiture ou la limousine ou ce que Joe a conduit.

— Je ne sais pas du tout où ils sont, répond Mitya en baissant les yeux. Joe a dû changer de nombreuses fois de voiture et il a dû commencer par sa vieille caisse manuelle qui n'a aucune technologie de pistage.

— As-tu jeté un œil au satellite ? demande Muhomor. Aux caméras en bord de route ? Aux caméras embarquées ?

— Tu peux vérifier mon travail, répond Mitya avec irritation. Bien sûr, je n'aurais pas dit à Mike que je ne savais pas où ils étaient avant d'avoir épuisé toutes mes options.

Muhomor ne répond pas avec sarcasme, ce qui m'indique qu'il fait des recherches de son côté. En me disant que trois cerveaux améliorés valent mieux que deux, je fais de mon mieux pour suivre la piste de Joe, mais je découvre rapidement que Mitya a raison. Environ cinq minutes après l'enlèvement, la piste se refroidit complètement… et cela fait des heures maintenant, alors il pourrait être n'importe où dans un rayon énorme. Après des tentatives futiles pour joindre Alan et Ada par l'intermédiaire de toutes les applications que nous avons, je concède ma défaite et j'augmente l'application BraveChill au maximum afin de m'empêcher de craquer.

— Cela n'a aucun sens, dis-je à la fois dans la RV et à voix haute lorsque l'appli commence à éclaircir mon esprit. Joe fait partie des gens les plus riches au monde. Personne ne pourrait le payer suffisamment pour qu'il accepte de faire ceci.

Mitya et Muhomor me regardent avec inquiétude. La même idée a dû traverser leurs esprits améliorés.

— Quelqu'un avait peut-être une information sur lui servant au chantage ? suggère Muhomor. Ou une forme d'influence ?

Mitya hoche la tête.

— Nous l'avons tous vu tuer des gens. Peut-être que quelqu'un a filmé un meurtre ?

L'image de Joe tuant mon père biologique clignote à l'avant de ma mémoire et je me sens encore une fois sur le point de perdre mes moyens – malgré BraveChill.

— Joe aimerait mieux aller en prison que faire ceci, dis-je lorsque je retrouve l'usage de la parole. En outre, Kadvosky et le reste de nos avocats affirmeraient que la vidéo est fausse et ce serait vite réglé. Joe le sait.

— Ils détiennent peut-être quelqu'un à qui il tient ?

Muhomor semble encore moins sûr de lui qu'auparavant.

— Apporte-nous Alan et Ada, sinon nous tuerons X.

— Qui serait X ?

J'essaie de respirer de façon régulière.

— S'il se soucie de qui que ce soit, c'est de nous, sa famille. Les personnes que Joe a enlevées sont précisément les personnes que quelqu'un devrait kidnapper pour le faire coopérer. À supposer que Joe n'a pas tué les conspirateurs de façon préventive.

— Quelqu'un a peut-être empoisonné Alan et Ada et dit à Joe qu'il doit les conduire quelque part pour l'antidote.

Muhomor ronge l'ongle de son index droit avant de continuer.

— Ou alors ils ont implanté une bombe dans le cou de Joe et ils lui ont dit qu'elle explosera s'il ne fait pas ce qu'ils veulent.

Mitya jette un regard noir au hacker.

— Mon vieux, tu crois vraiment que Mike a envie d'entendre des théories débiles de ce genre ?

— C'est bon, parviens-je à dire. Aucune idée n'est mauvaise. La théorie du poison ne fonctionne pas, cependant. Joe nous impliquerait, il ne tuerait pas ses employés. Et puis les actions de Gogi ne sont pas logiques.

— Mike a raison, dit Mitya. La même logique, ou son absence peut être appliquée à Gogi.

Il affiche un enregistrement de l'attaque de Gogi sur les écrans.

— Il n'est pas aussi riche que Joe, mais il a assez de parts dans l'entreprise Humain++ pour ne pas pouvoir être acheté. Il t'aime comme un frère.

— Mais il est loyal envers Joe, dit Muhomor. Peut-être n'est-ce qu'une seule énigme au lieu de deux ?

— Il n'est pas si loyal que ça envers Joe, réponds-je avec assurance, même si je ne suis pas aussi convaincu que j'en donne l'impression.

Gogi me ferait-il du mal pour Joe ? Je n'ai jamais eu à me poser une telle question avant, et maintenant que je le fais, je ne suis pas certain de la réponse.

Mitya fixe le morceau de l'enregistrement où les mains de Gogi sont autour de mon cou.

— Ce que Gogi a fait n'a vraiment aucun sens.

— Si je peux imaginer une raison insensée pour laquelle Joe enlèverait Alan et Ada, je ne peux pas imaginer pourquoi Gogi voudrait te tuer…

Une idée se reforme dans mon esprit et tout tombe en place.

— Les gars, dis-je triomphalement. Je crois savoir ce qu'il se passe.

— Ah bon ? demandent en chœur mes amis.

— Oui.

Soit il s'agit d'une épiphanie, soit l'application de BraveChill permet enfin à mon cœur d'arrêter de foncer comme un gosse hyperactif.

— Gogi ne trahirait pas ses amis. Il est encore moins probable que Joe trahisse sa famille. La conclusion logique est qu'ils ne nous ont pas trahis.

— Alors tu crois que Joe a pris Ada et Alan pour aller faire un tour ? demande narquoisement Muhomor. Et que Gogi nous a presque tués pour rigoler ?

— Non. Mais ils ne nous ont pas volontairement trahis, dis-je. Quelqu'un a piraté leurs cerveaucytes. Quelqu'un contrôle Gogi et Joe comme des marionnettes.

CHAPITRE VINGT-DEUX

Mitya et Muhomor me regardent, les mâchoires de leurs avatars menaçant de faire une animation de RV surréaliste en tombant sur le sol.

— Non, dit Muhomor. La sécurité d'AROS ne peut pas être piratée à volonté comme ça.

Le regard de Mitya devient sombre.

— Non, Mike a raison.

— Cette théorie explique tout. Je l'ai même brièvement envisagée, mais je l'ai abandonné lorsque nous avons appris que tous les gens qui nous attaquaient disposaient de cerveaucytes Humain++ officiels, qui selon toi, Muhomor, sont impossibles à pirater.

— J'ai dit que Tema était impossible à pirater.

Muhomor fait disparaître ses lunettes de soleil habituelles, révélant des yeux inquiets à un point qui ne lui ressemble pas.

— J'ai seulement dit qu'il était impossible que

quelqu'un d'autre que moi puisse trouver un défaut dans la sécurité AROS. Et les défauts que j'ai pu découvrir, je les ai corrigés par des patchs.

Nous nous regardons. Ce n'est pas ce qu'il avait dit – en fait, sa certitude était la raison pour laquelle je n'avais pas envisagé cette possibilité depuis le début –, mais ce n'est pas le moment de débattre de la sémantique.

— L'improbable a eu lieu, dis-je impassiblement.

Comme je contrôle mes émotions pour l'instant, j'essaie d'en profiter et de faire avancer notre enquête aussi loin que possible.

— Quelqu'un a retiré ton titre autoproclamé de meilleur pirate informatique, Muhomor. Tu as été battu à ton propre jeu. Il faut que tu t'y fasses. Ceci n'est plus une histoire d'ego. Nous devons comprendre qui l'a fait et comment.

— Eh bien, dit Mitya en se levant et en faisant les cent pas autour de la table. Nous savons comment cela aurait pu être fait avec quelqu'un n'ayant pas déjà des cerveaucytes en place. Est-ce que ça nous aide ?

Ce sujet est un sujet de malaise pour nous tous. Même si les cerveaucytes ont généralement été une force bénéfique dans le monde, comme toute technologie, elles ne sont pas sans leur côté négatif. Des gens monstrueux ont créé leur propre version perverse des cerveaucytes dans le but de transformer les gens en esclaves zombies. Lorsque nous entendons parler de tels efforts, nous faisons de notre mieux pour détruire les organismes responsables. Jusqu'ici, c'est arrivé six fois en Afrique, deux fois en Europe de l'Est et une fois au Moyen-Orient. Nous haïssons cette situation et nous ne reculons devant aucune méthode nécessaire pour la combattre, depuis les procès jusqu'à la cruauté de Joe et le piratage de Muhomor.

Les organisations prises sur le fait ont été rayées de la carte, jusqu'à disparaître même des archives d'internet. Malgré tout, nous savons qu'il est simplement impossible de localiser et de régler chaque instance de cette atrocité. Notre meilleure défense est de répandre les cerveaucytes légitimes à l'ensemble de la population humaine. Jusqu'à maintenant, avoir des cerveaucytes Humain++ était la meilleure protection contre le piratage de votre cerveau.

Muhomor doit penser la même chose.

— Gogi et Joe ont déjà des cerveaucytes, dit-il. Cela rend le problème complètement différent pour le hacker.

Je tapote des doigts sur la table et j'essaie encore une fois de calmer mes pensées.

— Si tu étais le hacker, comment ferais-tu ?

Muhomor plisse le front et ses lunettes de soleil retournent sur son nez.

— En supposant que c'est vraiment comme tu le dis, alors il doit y avoir une vulnérabilité dans l'une des applications du cœur d'AROS.

Encore une fois, BraveChill échoue et un nœud se forme dans mon estomac. Muhomor a raison. Pour des raisons de sécurité, certains modes d'opération des cerveaucytes, particulièrement l'envoi de données aux neurones situés à l'extérieur des régions visuelles et auditives du cerveau, sont verrouillés pour toutes les applications sauf celles que nous avons construites. Les utilisateurs ont la possibilité de désactiver cela par eux-mêmes, mais tout le monde sait que ce n'est pas une bonne idée – surtout les gens qui travaillent pour Humain++ comme Joe et Gogi.

J'inspire profondément.

— Bien que cela ne semble pas probable, supposons qu'il s'agit d'une application du noyau. Par exemple, disons qu'il s'agit du lecteur vidéo. Que ferais-tu alors ?

— C'est très invraisemblable, dit Muhomor. Le lecteur vidéo est sans doute l'application la plus sûre.

Mitya arrête de faire les cent pas et se laisse retomber dans un fauteuil.

— Suis-nous pour cette idée. Disons que l'application du lecteur vidéo est exploitable.

— Eh bien, il me faudrait écrire un virus qui tirerait profit de cette faiblesse imaginaire, explique Muhomor. Puis il me faudrait le répandre. D'une façon ou d'une autre.

— N'aurais-tu pas besoin d'obtenir une vidéo spéciale sur le serveur d'une autre entreprise ? dis-je. J'imagine que Netflix et leurs semblables n'aimeraient pas que quelqu'un les utilise dans le but de répandre un virus. C'est de la mauvaise publicité.

— Je piraterais Netflix, dit Muhomor avec dédain. Où j'utiliserais la manipulation des structures sociales afin de travailler avec les employés déjà dans l'entreprise.

Il semble si excité dans ce jeu de rôle que j'ai envie de me pencher vers lui et de lui mettre une gifle.

— Ou alors, je créerais un autre service de streaming vidéo que je contrôle entièrement et je fabriquerais une vidéo qui pourrait être utilisée en tant que vecteur d'attaque…

— Il y a un problème avec tout ceci.

Mitya croise les bras avant de poursuivre.

— Cette attaque a ciblé Joe et Gogi. Un virus qui tire profit de quelque chose comme le streaming vidéo entrerait dans la tête de tous ceux qui ont regardé la vidéo.

— Tu as raison. Cibler le virus serait extrêmement difficile.

Muhomor se frotte le menton d'un air pensif.

— Cependant, ce n'est pas impossible. Tu pourrais donner un virus à chaque utilisateur et le laisser dormant, puis activer des instructions spéciales seulement pour des gens proches d'un certain lieu ou…

— J'espère vraiment que ce n'est pas ce qu'il se passe, intervient Mitya. Cela signifierait que tout client Humain++ a une faille dans la tête… que la majorité de la population mondiale présente un exploit prêt à l'emploi.

— Pourtant, ça a semblé extrêmement précis avec Gogi et Joe.

J'essaie de ne pas paniquer en pensant à tous les utilisateurs mondiaux des cerveaucytes – un groupe qui inclut toutes les personnes que je connais, y compris moi-même.

— S'il s'agit d'un virus basé sur la proximité, pourquoi ne pas faire en sorte que tous les gardes se retournent contre nous ? Ou encore mieux, nous rendre esclaves et nous faire commettre le suicide ? Ou rendre Alan et Ada esclaves et les faire s'enlever eux-mêmes ?

Le rappel de la situation d'Ada et Alan augmente mon pouls déjà élevé, à la fois dans la RV et sur le fauteuil où l'infirmière m'examine. Malgré la vitesse extraordinaire de cette conversation en RV, je ressens toujours une culpabilité énorme de parler au lieu d'agir. En même temps, je ne sais pas du tout quoi faire avant d'avoir compris tout ce bazar.

— Pour ce genre de ciblage, il faudrait l'identifiant cerveaucyte d'une personne, dit Muhomor. Mais obtenir cet identifiant est un projet aussi difficile que de trouver une faille dans une des applications.

— Mais ce n'est pas impossible ?

Muhomor hausse les épaules.

— Tu le sais mieux que moi. Dans l'univers de la programmation informatique, peu de choses sont impossibles. Il existe seulement des niveaux de difficulté.

Nous nous regardons tous les trois. Nous avons volontairement omis les détails du système d'identification quand nous avons rendu les cerveaucytes open source. Mais nous savons également que dépendre de secrets de fabrication n'est pas une très bonne stratégie pour garder des secrets, alors ce n'était qu'une histoire de temps avant que tout le monde découvre tout ce qu'il y avait à savoir au sujet de la technologie des cerveaucytes. C'est encore une autre raison pour laquelle nous avons investi des millions dans la recherche et le développement de la sécurité.

— Il aurait fallu que quelqu'un rétroconçoive les identifiants d'une façon ou d'une autre, dit Mitya en prouvant qu'il pense exactement comme moi. Cela peut être fait à partir de cerveaucytes inertes ou bien, si l'on veut des résultats plus rapides, à partir de hardware récupéré dans la tête d'un utilisateur que j'espère mort. Quoi qu'il en soit, il faudrait de nombreuses années, même avec autant d'argent que nous.

La mention morbide de la tête morte de quelqu'un déclenche l'étincelle d'une idée, mais lorsque j'essaie de la verbaliser, elle s'échappe de ma conscience. Cela arrive parfois avec la réflexion améliorée : on a cette impression d'avoir quelque chose au bout de la langue, mais il faut des minutes ou parfois des heures avant que cela arrive au-devant de notre esprit, dans un moment à la 'eureka'. Pour l'instant, je me contente de dire :

— Passons un peu sur le comment et supposons que quelqu'un a compris le fonctionnement des identifiants. Que ferait-il ensuite ?

— Il pourrait découvrir un moyen de forcer les cerveaucytes à révéler l'identifiant spécifique d'un utilisateur, dit Muhomor. Il faudrait que les cerveaucytes interfacent directement avec une application…

Je frappe mon front virtuel.

— Comme un scan du cerveau à l'hôpital ? Gogi et Joe ont tous les deux étés frappés à la tête et ils ont subi des scanners. Quelqu'un aurait-il pu utiliser cela afin d'apprendre leurs identifiants cerveaucytes ?

Muhomor ressemble un peu à ma mère quand elle fait plusieurs choses sous AROS. Il doit effectuer des recherches compliquées.

En revanche, Mitya s'enthousiasme.

— Lennox Dixon s'est fait scanner la tête à cause de sa tumeur.

La vitesse de ses messages en Zik est presque trop grande pour être suivie.

— Ruzatov a eu un traumatisme crânien. Les gens ivres en Russie avaient été à l'hôpital juste avant d'attaquer nos robots.

— Je viens de vérifier, et toutes les personnes impliquées suivent ce schéma, ajoute Muhomor. Chaque kamikaze, chaque personne ivre, les chauffeurs des deux voitures qui ont essayé de te tuer à Brooklyn… tout le monde a été dans un hôpital ou dans un autre endroit où leur cerveau a été scanné. C'est une indication convaincante que les identifiants cerveaucytes font partie de ce bazar et cela appuie la théorie du piratage.

Il me regarde avec le dégoût d'une personne venant d'apprendre qu'il a attrapé la syphilis à cause de la lunette des toilettes. Je le comprends. En dehors de BraveChill, la seule chose qui m'empêche de paniquer, c'est de savoir que je n'ai pas eu un scan de mon cerveau, alors mon identifiant reste inconnu pour nos adversaires. La seule façon dont je pourrais être transformé en esclave sans cervelle, ce serait si le monde entier – ou bien une partie comme, disons l'ensemble de New York – était transformé en marionnette, idée qui est déjà assez angoissante comme cela. D'un autre côté, il faudrait des ressources informatiques hallucinantes et beaucoup d'employés pour contrôler plus d'une poignée de gens.

Mitya reste étonnamment calme, sans doute parce que son cerveau est basé dans le cloud et qu'il n'a pas de cerveaucytes à pirater.

— Cela expliquerait pourquoi des personnes auparavant non violentes accepteraient de se faire exploser, dis-je. Et pourquoi Gogi ne se préoccupait pas de ses blessures en se battant contre moi, ainsi que la raison pour laquelle les ivrognes en Russie n'avaient pas peur de se faire mal avec les robots.

— Malheureusement, tout concorde, dit Muhomor en fronçant les sourcils. Maintenant, nous devons découvrir qui est derrière tout cela. Et le leur faire regretter.

— Ouais, répond Mitya d'un ton sarcastique. C'est tellement simple. Pourquoi n'y avons-nous pas pensé ? Il nous suffit de découvrir qui est à l'origine. Merci.

— Pas besoin d'être méprisant, dit Muhomor. Continuons à réfléchir logiquement. La question importante est de savoir qui profite de tout cela.

Mitya nous regarde.

— Quelqu'un qui nous déteste ? Quelqu'un qui pense que nous sommes l'Antéchrist ?

Il marque une pause dramatique et lorsqu'il voit que nous comprenons, il ajoute :

— Quelqu'un d'autre trouve suspect que Joe ait si facilement découvert que notre prisonnière Real Humans Only n'était pas coupable ?

— Et alors qu'elle avait encore tous ses doigts ? dit Muhomor.

— Est-il possible qu'il ait déjà été sous son contrôle ? continue Mitya.

Était-ce la théorie qui me rongeait ? En ce qui concernait Tatum, le comportement de Joe avait été étrange, c'est le moins que l'on puisse dire.

— Il est possible qu'il l'ait innocentée juste parce qu'il est bon juge des gens.

Je me rends compte que je joue l'avocat du diable.

— En outre, il a peut-être eu un autre objectif. Vous allez me prendre pour un fou, mais j'ai trouvé qu'il y avait peut-être une attirance louche entre ces deux-là.

— Tu *es* fou, dit Mitya. Ton cousin est en effet un bon juge, mais ta deuxième théorie, celle qui suppose qu'il a des sentiments humains, elle est grotesque.

Dans le monde réel, j'entends l'infirmière me dire que ma pression sanguine est élevée. Cela ne me surprend pas le moins du monde.

— Si le RHO est à l'origine du piratage, les choses pourraient mal tourner, dit Muhomor. S'ils veulent donner une mauvaise image des cerveaucytes, et c'est ce qu'ils veulent, ils peuvent utiliser ce virus pour forcer le monde entier à faire quelque chose d'horrible. Ils peuvent prouver que nous sommes le diable en créant une apocalypse conçue par eux-mêmes, une sorte de prophétie autoréalisatrice.

Mitya reprend la parole :

— Je ne crois pas qu'il serait si facile de faire une telle chose. Comment contrôleraient-ils autant de gens ?

— Une IA spécialisée ? suggère Muhomor. Mais je vois ce que tu veux dire. Ils ne peuvent peut-être pas créer le chaos de façon globale, mais ils peuvent certainement empêcher les gens de refaire un jour confiance aux cerveaucytes.

La chair de poule se répand sur mon corps lorsque j'imagine le RHO ciblant des personnes à des postes clés du gouvernement ou disposant du statut de célébrité.

— Tatum doit être une très grande actrice, dit Mitya. Alan lui a parlé hier soir, et elle n'agissait pas comme quelqu'un qui avait l'intention d'enlever le garçon.

Une lueur d'espoir accélère mon pouls.

— Fais-moi voir cette vidéo. Peut-être révèle-t-elle quelque chose ?

— Alan a tout enregistré lui-même, dit Mitya. Tu préfères peut-être vivre la scène comme il l'a vécue. De cette façon, tu pourras examiner ses réactions face à elle en même temps que les tiennes.

Avant que je fasse l'expérience de l'application

d'Union d'Ada, qui génère un esprit de ruche complètement psychédélique, la seule façon de voir, d'entendre et – dans la limite du possible – ressentir ce que quelqu'un d'autre percevait, c'était de rejouer un enregistrement fait à partir de l'application de partage 2.0. À l'origine, ces enregistrements permettaient à leur créateur de revivre les expériences qu'ils avaient particulièrement appréciées. La mémoire humaine comblait les détails manquants et les émotions, permettant aux utilisateurs d'avoir l'impression de revivre le passé. Avec un peu de travail, nous avons modernisé les enregistrements de partage 2.0 afin qu'ils se lancent comme des expériences de RV, avec les émotions enregistrées dans l'application de partage simulées dans le cerveau de celui qui regarde. Rejouer les enregistrements de quelqu'un d'autre n'est pas aussi cool que la plupart des films en réalité virtuelle récents, mais cela peut souvent être pratique. Cela a certainement été une aubaine pour l'industrie du porno. En dehors de cela, Ada et moi, ainsi que de nombreux autres couples utilisant le partage 2.0 nous avons beaucoup moins de disputes du style, 'il a dit, elle a dit', car nous pouvons nous montrer un enregistrement de ce qui s'est passé à partir du point de vue de l'autre. Nous avons appris à quel point notre mémoire normale n'est pas fiable. Je frissonne en pensant à tous les gens emprisonnés à cause de témoignages par des témoins oculaires.

— Comme Alan me l'a explicitement demandé, je n'ai encore jamais rejoué une de ses séances de partage, dis-je en localisant l'enregistrement en question. Il considère que c'est l'ultime invasion de la vie privée.

J'étais inquiet qu'Alan ait pu les crypter avec Tema afin de s'assurer qu'Ada et moi tenions nos promesses, mais je suis ravi de voir qu'il n'a pas pris cette précaution.

— Tes intentions sont pures, dit Muhomor. En outre, ne pas crypter un fichier, c'est presque une invitation.

Je fronce les sourcils en regardant mes amis.

— Vous l'avez déjà regardé ?

— Je n'ai jamais rien promis à Alan, répond Mitya, sur la défensive.

Muhomor passe la main dans ses cheveux de personnage de manga.

— Et comme je l'ai déjà dit, ne pas crypter un fichier, c'est une invitation à le lire ou le regarder.

— Alors qu'en avez-vous pensé ?

— Pourquoi ne le regarderais-tu pas afin de te faire ta propre opinion ? demande Mitya. Je ne veux pas t'influencer.

— Je suis d'accord avec le fantôme. Regarde-le, nous parlerons ensuite.

En me disant que c'est plus rapide de faire ce qu'ils disent, je charge le fichier et je me prépare à contempler le souvenir de mon fils à travers ses propres yeux.

CHAPITRE VINGT-TROIS

Je fais de petits pas à cause des minuscules jambes d'Alan et tout dans la pièce semble plus grand et plus haut que d'habitude. C'est très étrange. La dernière fois que j'ai fait l'expérience de ce point de vue, c'est quand j'ai regardé le remake récent en réalité virtuelle de *Jeu d'enfant*, particulièrement la scène où Chucky la poupée tueuse poignarde la jolie adolescente – qui me rappelle un peu la petite Tatum.

La chef du RHO nous fait le petit sourire attendri que les gens réservent à leur conversation avec les enfants. Son visage se transforme complètement quand elle regarde Dominic, qui marche derrière nous. Avec ses yeux de caméra, son exosquelette et son bras bionique, il doit représenter l'incarnation de son cauchemar technophobe.

L'ennui et l'hostilité d'Alan envers Tatum sont si forts que l'interface de RV donne l'impression que ce sont les miens.

— Bonjour, dit Tatum d'un ton qu'Alan trouve condescendant. Qui es-tu, toi ?

— Salut, Tatum, disons-nous.

Nous ressentons encore plus d'irritation lorsqu'Alan se rend compte qu'elle entend sa voix d'enfant et qu'elle ne voit pas son avatar de réalité augmentée.

— Je m'appelle Alan.

Au bout de quelques secondes seulement, je vois déjà pourquoi Alan ne veut pas qu'Ada et moi regardions ces enregistrements. Il ne veut pas que nous ressentions ce que je ressens maintenant : la honte d'avoir transformé mon fils en un adulte coincé dans un corps d'enfant. Car c'est précisément ce qu'il ressent lorsque Tatum le regarde :

— Salut, Alan.

Tatum se penche pour serrer notre main tendue et ses yeux passent de la chaleur à la surprise.

— Comment connais-tu mon nom ?

— Je me fais un devoir de connaître les gens qui veulent détruire tout ce que mes parents et moi représentons, disons-nous. Vous êtes Tatum Crawford, née au Kansas, fille de Jenny et Mark Crawford.

Nous lisons alors les premiers paragraphes de sa page Wikipédia jusqu'à ce qu'elle retire sa main et que la confusion dans ses yeux se transforme en peur.

— Ce n'est pas parce que je critique ce que font tes parents que je suis ton ennemie.

Son sourire habituellement joli est très nerveux.

Je trouve intéressant de voir que son charme

féminin affecte très peu les émotions d'Alan. D'une certaine façon, je suis soulagé de voir que sa maturité ne s'étend pas aux intérêts sexuels.

— Tu veux que je m'avilisse en devenant un invalide intellectuel qui court partout comme un singe et joue avec des jouets, disons-nous d'un ton narquois. Si je te laissais faire, Dominic ici serait aveugle, incapable d'entendre ou de bouger, complètement enfermé dans son corps.

Elle fait un pas en arrière. Nous prenons un plaisir sadique en voyant les changements d'émotion sur son visage lorsqu'elle se rend compte qu'elle ne parle pas avec un enfant de quatre ans typique.

— Pourquoi es-tu ici ? demande-t-elle lorsqu'elle retrouve un semblant de dignité. Que veux-tu ?

— Je veux comprendre, disons-nous.

Nous marchons jusqu'à la chaise en séquoia près de là.

— Je n'ai jamais eu l'opportunité de parler avec quelqu'un d'aussi malavisé que toi.

— Je ne crois pas que tu comprendrais, dit-elle tristement. Des parents ont très bien lavé ton cerveau.

— Essaie toujours, disons-nous. Tu découvriras peut-être que je suis une personne assez rationnelle.

— Si tu étais réellement rationnel, dit-elle, sa voix pour bébé condescendante ayant complètement disparu, tu verrais les dangers évidents de la technologie, particulièrement des IA. Tu verrais que notre dépendance à la technologie menace notre autonomie. Tu comprendrais que la réalité virtuelle empêche les humains de faire directement l'expérience du monde et d'agir librement. La création de tes parents va continuer la tendance horrible commencée par internet. Elle éloignera les humains de la nature, apportant des effets psychologiques terr...

— Tes inquiétudes ne sont pas dénuées d'un fond de vérité, mais les dangers peuvent être atténués.

Nous l'interrompons volontairement d'une façon que les gens dénués de cerveaucytes trouvent impolie.

— Cette technologie accélérera le progrès au-delà de tout ce que nous avons vu. Elle élargira la vision du monde des gens et donnera du pouvoir à ceux qui n'en ont encore jamais eu. Critiquer la technologie de la façon dont tu le fais est une mode qui date de milliers d'années. Platon était contre la technologie de l'écriture. Le cas le plus classique, c'est celui des luddites au cours de la révolution industrielle. Ces tisserands indépendants ont détruit les machines à tisser. Depuis, c'est une quête sans fin pour les gens comme vous.

— Sauf que maintenant tous les emplois sont menacés de finir comme celui des tisserands.

Elle pose les mains sur les hanches.

— Les IA et les cerveaucytes s'en chargeront.

— Tous les emplois ne devraient pas continuer à exister.

Nous grimpons sur la chaise et nous nous asseyons.

— La politique est un espace où les IA peuvent se débrouiller bien mieux que la plupart des psychopathes actuellement au pouvoir. Cette tablette elle-même a été créée par des gens qui travaillent dans des conditions menant au suicide, et si les IA reprennent ce type de production, cette partie de l'humanité s'en sortira bien mieux. En fait, plus nous regardons en arrière dans l'histoire, plus nous voyons d'exemples d'emplois qui auraient dû disparaître… et qui ont disparu. Saviez-vous que des enfants de quelques années de plus que moi étaient autrefois formés pour être les apprentis des ramoneurs ? Afin de passer dans les cheminées, ils les nourrissaient volontairement mal. Au bout d'un moment, ils développaient des problèmes de poumons comme le cancer, même s'ils mouraient souvent d'avoir inhalé trop de fumée. Je parie que tu as aimé l'image romantique des ramoneurs dans les contes de fées et que tu regrettes le bon vieux temps avant que les moyens mécaniques de ramonage existent.

— Tu peux choisir tes exemples, mais cela ne contre pas ma thèse principale, dit-elle. Tous les emplois vont disparaître.

— Non, disons-nous calmement. Regarde l'augmentation de blogueurs en RV qui gagnent de l'argent des publicitaires cherchant à placer leurs publicités avant le meilleur contenu. Regarde l'industrie du jeu vidéo en réalité virtuelle qui est devenue un domaine valant plusieurs milliards de dollars presque en quelques jours. La nouvelle technologie crée toujours de nouveaux emplois. Une fois que les choses se calment après cette révolution technologique, des professions que tu ne peux même pas imaginer prendront la place des vieilles corvées.

Ceux qui ne s'adaptent pas à la technologie finiront sans travail, c'est vrai. Mais nous nous occuperons d'eux par l'intermédiaire du revenu universel de base que notre entreprise essaie de mettre en place.

Les yeux de Tatum scintillent.

— Tu veux donc que les gens vivent d'allocations ? Qu'ils vivent sans aucun but dans leur vie ?

— Les personnes non améliorées peuvent trouver un but dans le travail artisanal.

Nous sautons de la chaise – l'énergie d'un humain masculin de quatre ans rend très difficile le fait de rester assis pendant un temps subjectif aussi long.

— Les arts, la science, la philosophie… une fois que les besoins de base de tout le monde auront été remplis, le but dans la vie atteindra un nouvel âge d'or, à la fois pour les gens avec des cerveaucytes, et dans une moindre mesure, pour les gens comme toi.

Tatum pince les lèvres.

— Tu vois ? Je t'ai dit que je ne pouvais pas raisonner avec un fanatique.

— Est-ce que les gens sans cerveaucytes manquent complètement d'ironie ? Me traiter de fanatique, c'est comme si je te disais 'gamine'.

Nous nous tournons pour quitter la pièce.

— Nous sommes les seules personnes restantes à avoir des sens véritables, rétorque-t-elle sèchement. Toi, tu ne fais que traiter des données.

— Traiter les données, c'est ce que font tous les cerveaux.

Nous sommes à la hauteur de Dominic maintenant

et nous faisons signe au grand homme de nous rejoindre en quittant la pièce.

— Les humains ont agrandi leurs sens au moyen de la technologie dès qu'ils ont commencé à inventer des lentilles, des appareils auditifs et le reste. Nous ne faisons qu'intégrer ces techniques avec plus de fluidité dans la vie de tous les jours.

— Tes parents et les gens comme eux prétendent qu'ils ne créeront pas des IA qui peuvent penser et agir comme des gens.

Elle lève la voix.

— De là où je suis, je vois qu'ils l'ont déjà fait.

Si elle pense pouvoir insulter Alan en le traitant d'IA, elle ne connaît pas mon fils. Il adore Einstein et il le considère comme un ami depuis la toute petite enfance.

— Je suis plus humain que tu ne peux l'imaginer.

Nous ne parlons pas plus fort, car nous savons que cela ne sert à rien de s'attendre à ce qu'elle comprenne.

— Je suis meilleur que toi dans tout ce que tu considères comme étant une poursuite purement humaine, depuis l'empathie jusqu'à ma capacité à aimer.

Comme pour souligner nos paroles, nous tapotons notre poche et nous nous sentons déborder d'un amour profond pour M. Spock, l'un de nos premiers amis d'enfance. Nous l'aimons malgré nos différents niveaux intellectuels et des dissemblances superficielles telles que l'appartenance à des espèces distinctes.

Mon attention n'est plus focalisée sur

l'enregistrement d'Alan, car mon fils m'a accidentellement donné un nouvel espoir.

Je sors de l'expérience de partage 2.0 en tremblant d'excitation.

— Comment ai-je pu oublier M. Spock ? Je lui ai dit de veiller sur Alan.

Avant que Mitya ou Muhomor puissent répondre, je contacte déjà M. Spock.

— Salut mon pote, où es-tu ?

— Je ne sais pas, me parvient la réponse pleine d'anxiété du rat. Alan ne se réveille pas.

— Alan est donc avec toi ?

J'essaie de ne pas faire paniquer M. Spock en lui transmettant l'inquiétude ou l'excitation qui me submergent.

— Oui, répond le rat. Mais je ne peux pas lui parler.

— Ne t'inquiète pas. Il était très fatigué, alors il va seulement dormir un moment, lui mens-je. Ceci est très important : sais-tu où tu es ?

— Je me cache, dit-il.

Les souvenirs le mettent manifestement mal à l'aise, car il m'envoie assez de peur pour faire trembler un éléphant.

— Quelque chose ne va pas.

— Tu as très bien fait de te cacher.

Je rends mon message en Zik aussi rassurant que possible.

— Mais maintenant, j'ai besoin que tu fasses quelque chose d'un peu moins effrayant. Crois-tu pouvoir être assez courageux pour aider Alan ?

— Oui, dit-il en retrouvant son assurance.

— Je vais activer ton application de partage et te faire jeter un coup d'œil hors des habits d'Alan, dis-je. Peux-tu le faire très prudemment ?

— D'accord, répond-il, son assurance devenant beaucoup plus faible.

— Je sais que tu peux le faire, dis-je fermement. Tu es l'alpha.

M. Spock est le rat alpha de notre groupe de rats. Contrairement à ses cousins sauvages, c'est un chef éclairé qui n'essaie pas d'éloigner les autres mâles de la nourriture – même les cacahouètes – ou des femelles – même Uhura. Malgré tout, ce rappel de son statut social élevé semble fonctionner, car sa réponse affirmative est pleine de fierté et de détermination.

J'active la version du rat de l'application de partage. La première chose que je fais, c'est de vérifier ce que j'ai déjà deviné, mais je ne voulais pas inquiéter M. Spock en lui posant la question : les battements de cœur d'Alan sont réguliers à travers son T-shirt et le garçon respire normalement.

Soulagé par cette preuve que mon fils est en vie, j'examine autant que possible l'environnement dans lequel se trouve M. Spock. Avec la vue inférieure du rat, il est difficile d'avoir des certitudes, mais on dirait que nous nous trouvons dans une pièce bien éclairée. C'est du moins ce que je suppose d'après les formes vagues que je peux discerner à travers le tissu de la poche d'Alan. Étant un rat de laboratoire et donc albinos, l'odorat de M. Spock est légèrement plus mauvais que celui d'un rat normal, mais cela reste des années-lumière au-delà de ce que peut faire un humain non amélioré. Comme l'application de partage traduit l'expérience du rat en perception humaine, la pièce a une odeur d'air stagnant, rappelant l'air recyclé de notre bunker. Cela indique également à M. Spock, et donc à moi, qu'il y a deux humains masculins dans la pièce.

— Fais très attention quand tu regardes, dis-je. Ce n'est pas grave si nous ne voyons pas ce qu'il se passe.

M. Spock fait glisser son nez d'environ un millimètre hors du T-shirt d'Alan. Je photographie l'environnement avant de le faire se cacher à nouveau.

Ada est allongée sur un lit à côté d'Alan, et il y a en effet deux hommes armés dans la pièce, mais malheureusement, ils portent tous les deux des masques de Richard Nixon sur leurs visages.

— Reste immobile, dis-je à M. Spock. Nous avons de la chance qu'ils ne t'ont pas vu.

— D'accord.

Il réfléchit ensuite pour savoir s'il veut la noix de cajou, la noix, ou le raisin sec qui reste dans la poche d'Alan.

Utilisant l'application de Muhomor avec M. Spock comme intermédiaire, je vérifie le réseau wi-fi de l'endroit. L'unique réseau a une odeur d'œuf pourri, alors j'abandonne toute tentative de le pirater pour l'instant, même si j'ai l'intention de lâcher Muhomor dessus très bientôt. J'essaie alors de localiser les coordonnées géographiques de M. Spock en utilisant le

GPS, mais soit il n'y a pas de signal GPS, soit ils utilisent un brouilleur. Au moins, M. Spock a accès à l'internet Global Terahertz sans fil, sinon nous ne pourrions même pas communiquer. Le système Terahertz me permet de trouver une approximation du lieu de la connexion de M. Spock.

— Catskills, ou 'les chats tuent', dis-je triomphalement.

La noix se coince dans la gorge de M. Spock et il renifle l'air, complètement paniqué.

— Je sais qu'ils tuent, dit-il lorsqu'il ne trouve pas de chat dans la poche avec lui et qu'il n'en sent aucun dans la pièce. Pourquoi me le rappeler ?

— Je suis désolé, mon pote. Les Catskills sont des montagnes dans l'état de New York.

Il se détend.

— Ce n'est pas un bon nom.

— Je sais. Je vais faire une pétition pour demander à les nommer 'Les Rats Règnent', mais ne retiens pas ton souffle, ça ne risque pas de marcher.

— Je n'aime pas retenir mon souffle, dit-il sagement. C'est difficile.

— Alors, ne le fais pas, réponds-je aussi sérieusement que possible. Je veux que ton nez soit prêt afin de me faire savoir si ces hommes quittent la pièce.

— D'accord, dit-il avec le type de fierté pour son sens olfactif auquel je m'attendrais chez un bon chien de chasse. Je m'en charge.

Presque étourdi par cette avancée, je porte mon

attention sur la salle de réalité virtuelle et je vois Mitya et Muhomor qui me regardent avec intensité.

— Bon, il est difficile de dire si elle est coupable ou pas, dis-je. Mais en regardant cette vidéo, j'ai fait une avancée majeure.

Je leur parle alors de M. Spock.

Muhomor échange ses lunettes de soleil pour le pince-nez qu'il aime porter quand il pirate.

— Je vais essayer de me connecter à ce wi-fi. Mais si cela utilise…

— Fais-le, c'est tout, dit Mitya. Dis-nous quand tu as terminé.

— C'est quoi, cette hostilité ?

Muhomor utilise son majeur pour faire semblant de repousser le pince-nez plus haut sur son nez, mais nous savons tous qu'il fait un doigt à Mitya.

— Pardon, dit celui-ci d'un ton qui suggère qu'il ne s'excuse pas du tout. C'est juste que j'ai l'impression que nous jouons avec un tour de retard sur nos adversaires. À chaque fois, ils semblent avoir plusieurs coups d'avance. Leur plan a été de faire tuer Mike par Gogi pour eux, mais ils avaient également un plan B : prendre Ada et Alan en otage au cas où le plan A échouait.

— Et forcer Mike à quitter la sécurité du bunker pour courir après sa famille, ajoute Muhomor d'un ton plus sérieux.

— Ce que je suis sur le point de faire, dis-je en hochant la tête. Mais je n'ai pas vraiment le choix.

Mitya regarde Muhomor d'un air penaud.

— C'est pour cela que je suis irrité. C'est comme une mauvaise partie du jeu de go.

— Eh bien, dis-je. Nous avons Tatum. Nous pouvons peut-être l'interroger en nous rendant dans les montagnes et obtenir une avance dans le jeu.

— En supposant qu'elle sache quelque chose, précise Muhomor.

— Et en supposant que nos adversaires n'ont pas prévu ce que Tatum pourrait nous révéler.

— Et en supposant qu'elle n'est pas elle-même l'adversaire qui nous a manipulés afin de la faire sortir du bunker selon son plan, ajoute Mitya.

— Je peux la laisser ici avec Muhomor pour l'interroger, dis-je. Dans ce cas-là, nous aurions encore un peu d'influence.

— Je ne pars pas ? demande Muhomor.

— Je ne crois pas que tu le devrais, dis-je. Tu n'es pas un combattant, et nous avons besoin de ton aide ici, à l'arrière.

— D'accord. Quoi qu'il en soit, quelqu'un avec un cerveau doit veiller sur ta mère et ton oncle.

Je hoche la tête.

— Et de cette façon, Tatum ne quitte pas le bunker.

— OK. Laisse-moi me préparer à l'interroger pendant que vous vous préparez à partir.

Je hoche la tête et je passe dans le monde réel, où l'infirmière commence à dire que je n'aurai aucun problème. Afin que l'équipe médicale ne se révolte pas, j'essaie de montrer toute ma vitalité et ma bonne santé en me levant du fauteuil.

Étape un de ma préparation : vérifier l'état de Dominic.

— Je vais bien, dit-il, même si le bandage autour de son œil me paraît sérieux. Où en sommes-nous ?

Je lui dis ce qu'il se passe jusqu'à ce que le docteur Jarvis s'approche et me jette un regard sévère.

— Il devrait se reposer.

— Je pars avec Mike, dit Dominic au médecin.

— Alors vous le faites contre mes recommandations, dit Jarvis.

— Je pars, répond Dominic avec le type de certitude que seuls les gens avec autant de force brute peuvent avoir. J'organiserai les autres tours de garde.

Il se lève, ses jambes fonctionnant sans accroc grâce à son exosquelette. Pendant qu'il se précipite pour remettre de l'ordre dans sa troupe, je demande aux médecins de garder Gogi sous anesthésie jusqu'à notre retour.

Je me dirige ensuite vers la chambre de ma mère, cherchant mentalement à me convaincre de ce que je dois lui dire avant de partir.

L'avatar de Mitya apparaît dans les airs devant sa porte.

— Je te suggère de lui parler après.

— Mais elle va se réveiller et elle ne saura pas où je suis.

Cependant, il n'a pas tort.

— Quand elle se réveillera, Muhomor lui dira la vérité : que tu es allé chercher Ada.

— Mais il omettra toute la vérité, dis-je sévèrement dans la RV.

Je vérifie que Muhomor acquiesce.

Une partie de moi craint de ne plus avoir l'opportunité de dire quoi que ce soit à ma mère. Si je me fais tuer, elle pourrait m'en vouloir parce que la conversation sans intérêt d'hier soir au sujet de la nourriture du bunker aura été notre dernière conversation. Je m'imagine en tant que fantôme digital comme Mitya, ressuscitant quelques années plus tard sous un torrent de plaintes de ma mère.

Afin d'interrompre ces pensées morbides, je passe dans la cuisine avec l'intention d'avaler un smoothie avocat-banane.

— Tu pourras développer l'histoire de Muhomor à ton retour, dit Mitya quand il me voit sortir et jeter un dernier coup d'œil à la porte de ma mère.

Ce qu'il ne dit pas, c'est : *si* tu reviens.

— Je reviendrai, dis-je en marmonnant, plus pour moi que pour Mitya. Même si cela signifie que je dois revenir sous la forme d'un fantôme, comme toi.

CHAPITRE VINGT-QUATRE

MITYA CONDUIT À NOUVEAU LA VOITURE, CAR EINSTEIN ne dépasse pas les limites de vitesse, même lorsque ses créateurs le supplient – ou insistent avec véhémence – de rouler plus vite.

Nous serons bientôt dans les Catskills, mais je ne sais toujours pas exactement où se trouvent Alan et Ada, qui les détient et pourquoi. La réponse probable à cette question est : afin de m'attirer hors du bunker.

— Tout est prêt, dit Muhomor en Zik. Je t'ai envoyé un lien vers la vidéosurveillance.

— Qu'est-ce qui est prêt ?

Il ne répond pas, sans doute afin de me forcer à regarder. Je suis fatigué de regarder par la vitre les mêmes champs sans fin, les lignes électriques et les usines qui passent au loin, alors je ferme les yeux et je dédie mon attention au nouveau point de vue.

La caméra montre la chambre de Tatum dans le bunker. Muhomor se tient au-dessus de la pauvre fille, comme un harceleur fou. Il tend la main et il touche son épaule d'une façon qui est sinistre, même pour Muhomor.

— Hé, qu'est-ce que tu fais ? dis-je en fronçant les sourcils. Je sais que ton expérience avec les femelles de l'espèce est limitée, mais je peux t'assurer qu'elles n'aiment pas ce que tu fais en ce moment.

— Pas besoin d'avoir de l'expérience avec les filles, intervient Mitya. Il te suffit d'utiliser la règle d'or. Imagine-toi en train de te réveiller et voir un type a l'air vraiment étrange qui te touche de cette façon.

— Cela dépendrait de la raison pour laquelle le bel étranger se trouve là, dit Muhomor, mais il s'écarte de Tatum.

— Mike, quand tu raconteras ça à Ada plus tard, je n'ai pas approuvé le plan de Muhomor.

— Mais il m'a aidé avec.

Muhomor semble sur le point de partir d'un rire hystérique.

— Notre ami éphémère faisait en fait partie de mon plan.

— J'espère vraiment que j'aurais l'opportunité de te balancer très bientôt à Ada, dis-je. Je pense savoir ce que tu as fait… mais pourquoi ne me le dis-tu pas quand même ?

— Je viens d'attacher un patch transdermal de cerveaucytes à son épaule, dit-il.

— Un patch qui fait fonctionner l'application de polygraphe comme nous l'avons évoqué plus tôt, ajoute Mitya en confirmant mes soupçons.

— Je ne suis pas certain de vouloir parler à Ada de tout ceci, dis-je en marmonnant. Ce n'est pas vraiment cool, les gars.

— Son groupe a enlevé ta femme et ton enfant, aboie Muhomor.

Je suis surpris par l'intensité de sa voix. Je ne croyais pas qu'il se souciait autant de ma famille et c'est une surprise agréable de découvrir que j'ai tort, même si cela aboutit à un comportement contraire à l'éthique.

— Miss Crawford, chuchote Muhomor. Réveillez-vous, s'il vous plaît.

— Elle a des boules Quiès dans les oreilles, précise Mitya. Elles semblent efficaces, alors je pense qu'elle ne t'entendra pas, même si tu cries à côté de son visage.

— Mais ne crie pas à côté de son visage, dis-je, ne sachant pas si Muhomor a besoin de cette clarification.

— C'est tellement du siècle dernier…

Il enlève habilement un bouchon de l'oreille de la femme.

Sa tête roule sur le côté, exposant une joue rose striée par l'oreiller.

Muhomor s'enhardit et répète :

— Miss Crawford ?

Elle tire la couverture au-dessus de sa tête. Il la retire et puis, pour faire bonne mesure, il se penche au-dessus d'elle et la secoue par l'épaule. Elle ouvre ses grands yeux et pendant une fraction de seconde elle regarde bouche bée le type étrange au-dessus d'elle.

Puis, elle crie de façon prévisible.

— Vous êtes toujours notre invitée, dit-il

calmement alors qu'elle bondit et qu'elle cache sa chemise de nuit avec la couverture en polaire.

— Il n'est pas là pour vous faire du mal, dit la voix de Mitya dans un haut-parleur mural.

Elle regarde autour d'elle, cherchant sans doute un objet qu'elle peut utiliser comme une arme… des objets que Dominic a gentiment retirés la nuit dernière.

— C'est vrai.

Muhomor essaie de faire un sourire rassurant. Sur son visage, l'expression ressemble davantage à une grimace.

— Nous avons une petite urgence et je voulais vous poser quelques questions.

Tatum paraît plus étonnée qu'effrayée.

— S'il vous plaît, Tatum, dit la voix de Mitya. La vie de plusieurs personnes est en jeu.

— Pouvez-vous me donner un instant afin que je m'habille ?

Elle regarde autour d'elle, essayant de trouver la source de la voix de Mitya.

— Qui que vous soyez.

— Bien sûr, dit-il. Mon collègue était sur le point de partir.

Muhomor reste planté là comme s'il ne savait pas qu'il était le collègue en question. Il fronce les sourcils en regardant Tatum et en démarrant une conversation privée en Zik avec nous.

— Je ne veux pas lui laisser le temps de se rendre compte qu'elle a AROS maintenant.

— Je crois que nous pouvons la laisser s'habiller

sans risque, répond Mitya en imprégnant son message de tant de sarcasme que je m'attends à ce que Muhomor se révolte. En tant que seul membre incorporel de notre groupe, je garderai néanmoins un œil sur elle.

— Pervers digital, marmonne Muhomor de façon vindicative en sortant de la pièce à grands pas.

— D'accord, Tatum. Sortez quand vous êtes prête. Je vais vous laisser un peu d'intimité, dit Mitya.

La vue de la caméra est coupée – Mitya agit en gentleman – et je suppose donc qu'elle s'habille.

Au bout de quelques minutes, Muhomor me donne un nouveau lien vers la vue de la caméra dans la cuisine.

— Venez manger le petit-déjeuner, dit-il avec une gentillesse surprenante lorsque Tatum sort enfin de sa chambre. Je n'ai besoin que de quelques réponses à mes questions.

Tatum regarde le corps en pyjama de Muhomor avec méfiance, mais sa faim doit prendre le dessus, car elle accepte.

— Très bien. Allons-y.

— Avez-vous un jour écrit un article pour la Voix Verte ? demande-t-il nonchalamment en ouvrant le frigo et en attrapant un Twinkie.

Il ajoute en privé pour Mitya et moi :

— Je sais qu'elle l'a fait. C'est une question qui servira de point de comparaison.

Il tient galamment la porte du frigo ouverte et lui fait signe de prendre ce qu'elle veut.

— Effectivement, dit-elle en sortant un paquet de fromage. Il est probablement encore sur leur site internet, si vous voulez le lire.

— C'était vrai, à la fois dans les faits et d'après l'application, me dit Mitya en privé.

Maintenant, je me demande comment il va la pousser à mentir sans lui dire explicitement que c'est ce qu'il veut.

— J'adorerais le lire, dit Muhomor d'un ton qui m'impressionne par sa sincérité. J'ai une question un peu étrange pour vous : pensez-vous que mon petit neveu est mignon ?

Utilisant l'écran attaché à l'avant du frigo connecté, il affiche une image du bébé le plus hideux que j'ai pu voir de ma vie.

Elle regarde l'image et je vois qu'elle en perd presque l'appétit.

— Il est très mignon, dit-elle après avoir retrouvé son sang-froid. Quel âge a-t-il ?

— C'était un mensonge, d'après l'application, et on peut dire sans risque que nous avons maintenant un point de comparaison, explique Mitya. Je ne veux même pas savoir où Muhomor a obtenu cette photo.

— J'ai dû utiliser Photoshop pour créer cette monstruosité, nous dit Muhomor.

À Tatum, il dit :

— Le petit Dimochka vient d'avoir deux ans.

— Hé ! proteste Mitya.

Le nom qu'a utilisé Muhomor est un diminutif du sien.

— Tu aurais dû l'appeler Freddy ou Jason.

— Oh, l'âge terrible de l'opposition, compatit Tatum.

Elle détend ses épaules dès que Muhomor retire la photo.

— Votre frère ou votre sœur vont avoir du fil à retordre.

— En particulier si ce parent imaginaire a des yeux, maugrée Mitya.

— J'espère vraiment que vous pourrez nous aider, Tatum.

Muhomor prend une bouchée de son gâteau.

— C'est ce que vous avez dit tout à l'heure.

Elle étale de la mayonnaise sur une tranche de pain de seigle et elle pose du fromage dessus.

— Que s'est-il passé ?

— Vous vous souvenez d'Alan ? L'enfant auquel vous avez parlé hier ?

— Oui, dit-elle en prenant une bouchée prudente de son sandwich. Un charmant petit gars.

— Elle ment, commente Mitya. Lorsqu'elle dit charmant.

— Alan a été enlevé aujourd'hui, explique Muhomor. Êtes-vous au courant ?

— Enlevé ?

Ses yeux semblent sur le point de sortir de leurs orbites.

— C'est terrible. Bien sûr que je n'ai aucun rapport avec cela. Je l'ai dit à Mike hier, les gens de mon groupe sont paisibles et ne feraient jamais de mal à personne… ils iraient encore moins enlever un petit garçon.

— Tout ce qu'elle a dit est vrai, commente Mitya, clairement déçu. Ce n'est pas bon.

Muhomor continue comme si Mitya ne venait pas juste de briser tous nos espoirs.

— Pensez-vous que quelqu'un dans votre groupe est plus radical que vous ? Quelqu'un qui serait fatigué de toute la non-violence des autres ?

— Je ne vois personne, dit-elle sans hésitation. Si je connaissais une telle personne, je la ferais changer d'avis.

— Même ça, c'est vrai, se lamente Mitya. Du moins, c'est ce qu'elle croit vraiment. Nous savons que certains de ses collègues idiots du RHO sont violents, comme ce trou du cul qui a crevé les pneus des voitures Uber. Mais elle ne les considère vraiment pas comme violents.

— Il y a autre chose, dit Muhomor à Tatum, alors qu'il est manifestement en train de perdre espoir. Quelqu'un dans votre groupe s'y connaît-il en cerveaucytes ? Quelqu'un sait-il comment ils fonctionnent ou comment les pirater ou faire en sorte que les cerveaucytes agissent de façon non intentionnelle ?

Elle arrête de marcher, d'un air aussi dégoûté que si elle venait de croquer de la nourriture moisie.

— Nous restons tous aussi loin que possible de ces engins abominables. Toute personne admirant les cerveaucytes serait aussitôt exclue du RHO.

— Encore une fois, c'est vrai, précise Mitya. Allons en discuter dans la salle de réalité virtuelle. C'était une impasse.

— Je te laisse lui expliquer que tu as mis les 'appareils abominables'dans sa tête, dis-je à Muhomor d'un ton vindicatif. Méfie-toi, elle pourrait découvrir son côté violent et t'étrangler.

— Ou te briser les os, ajoute Mitya.

— Pense aussi à lui apprendre à se servir des cerveaucytes et à désactiver l'application de polygraphe, dis-je. Bonne chance.

Les yeux toujours fermés dans le monde réel, je passe dans la salle de réalité virtuelle, qui me semble affreusement vide sans Ada.

— Alors, dis-je lorsque les avatars de Mitya et de Muhomor se tournent vers moi. Tatum n'est pas coupable.

— Il semblerait, répond Muhomor avec réticence. Ou bien elle doit recevoir un oscar pour son rôle et entrer dans la liste des hackers de légende en ayant réussi à contourner le polygraphe.

Mitya jette un regard noir à Muhomor.

— Il est impossible qu'elle ait contourné le polygraphe. Tu dois apprendre à admettre ta défaite.

Muhomor grince des dents.

— Très bien. Elle est innocente de l'enlèvement, je veux bien l'admettre.

— Nous devons maintenant explorer notre autre gros indice, dis-je. Ce que nous aurions dû faire en même temps que ce fiasco avec Tatum.

Le visage de Mitya s'illumine.

— La Russie.

— Exactement, dis-je. Nous avons déjà pensé que la Russie était au cœur de tout ceci. La théorie d'origine était que le RHO travaillait avec une espèce de groupe technophobe en Russie, mais si nous savons que le RHO est innocent, un groupe anti technologie russe paraît aussi moins plausible.

— Je suis d'accord, acquiesce Mitya. Mais cela signifie que nous revenons au point de départ.

— Pas exactement.

Je me laisse tomber sur la luxueuse chaise de bureau simulée et j'essaie de dénouer le mélange d'émotions qui me submergent.

— J'ai eu l'étincelle d'une idée quand vous avez parlé de retirer les identifiants cerveaucytes de la tête d'un utilisateur mort.

En disant les mots, la théorie qui traînait dans les coins de mon esprit étendu se met en place et je lâche :

— Nous n'avons jamais trouvé la tête de Madame Sanchez.

Les yeux de Mitya brillent de compréhension, mais Muhomor semble perplexe, alors j'explique :

— Madame Sanchez était la femme de l'étude des cerveaucytes qui a été kidnappée avec ma mère. Elle est entrée dans un coma diabétique et elle est morte avant que nous te rencontrions en Russie, alors nous ne t'avons peut-être jamais parlé d'elle.

Une lueur de compréhension apparaît sur le visage de Muhomor.

— Oh. Je crois que vous m'en avez parlé, mais j'ai oublié son nom et les détails de l'histoire.

— Le détail le plus important, c'est qu'elle a été décapitée après sa mort, dis-je en espérant que tout reste logique une fois que c'est affirmé à voix haute. Sa tête aurait pu donner à quelqu'un l'occasion d'étudier les cerveaucytes longtemps avant que nous révélions les informations au monde entier.

— Et donc largement le temps d'en apprendre plus sur les identifiants des cerveaucytes, marmonne Muhomor. Bien sûr.

— Vous suivez mon raisonnement maintenant.

Mes muscles se raidissent involontairement, car ce que je suis sur le point de dire est en grande partie responsable de toutes les séances de thérapie dont j'ai eu besoin au cours des dernières années.

— Tu étais déjà avec nous à la fin du désastre de cet enlèvement, quand nous avons appris qui était à l'origine de tout cela.

Je me surprends en arrêtant de parler, incapable de poursuivre.

— Sa mère a été enlevée par son père biologique, explique doucement Mitya à Muhomor. Et je crois que Mike pense que ce nouveau bazar est causé par ces événements… et maintenant que j'y pense, je crois être d'accord.

— Mais Joe n'a-t-il pas tué tous les responsables ? demande Muhomor en fronçant les sourcils.

Des images du couteau de Joe transperçant la gorge de mon père encombrent mon esprit et il me faut respirer lentement et faire un effort de volonté pour dire :

— Il y a eu des milliers de personnes impliquées dans cette opération. Joe n'a poursuivi que les chefs, et même ainsi, je pense qu'il n'aura pas eu tout le monde.

Mes amis attendent, mais je crois que Mitya a découvert où je veux en venir.

— Quoi qu'il en soit, dis-je après avoir marqué une pause, je crois savoir qui est à l'origine de tout cela, et c'est une personne que Joe n'a certainement pas tuée.

CHAPITRE VINGT-CINQ

Mitya et Muhomor ne me reprochent pas le temps que je prends avant la suite de ma révélation.

Maintenant que la théorie est dans ma tête, comme c'est souvent le cas dans de telles situations, je ne comprends pas pourquoi je n'y ai pas pensé plus tôt. Sans doute parce que j'associe cette personne avec des souvenirs douloureux. En fait, si je suis honnête, j'essaie souvent d'oublier qu'il existe à cause de la culpabilité que je ressens encore au sujet de la mort de mon père. En outre, je l'ai déjà soupçonné une fois et j'avais eu tort, car Alex Voynskiy – qui est maintenant tout à fait décédé – s'était avéré être le coupable. Je suppose avoir été influencé par le fait d'avoir eu tort une fois.

— Je crois qu'il s'agit de Kostya, dis-je enfin.

Dans le cas probable où Muhomor ne se souviendrait pas de qui je parle, j'ajoute :

— Le fils de mon père avec sa femme en Russie. Mon demi-frère.

Je partage alors toutes les recherches que j'ai faites il y a quatre ans et demi au sujet de Konstantin – ou Kostya, son diminutif – et ma demi-sœur, Masha. Kostya s'est enrichi grâce au pétrole et il est devenu encore plus riche lorsqu'il a investi dans la bonne start-up internet. Il y a quatre ans et demi, il n'était toujours pas marié et c'était un bon frère pour Masha, une pauvre âme qui a besoin de beaucoup de soins psychiatriques.

— Tu as piraté tous les ordinateurs de la clinique où se trouvait ma demi-sœur, dis-je à Muhomor. Tu m'as dit que Masha s'inquiète tout le temps des esprits frappeurs.

— Tu ne peux pas t'attendre à ce que je me souvienne de tels détails, répond Muhomor.

En voyant le regard noir de Mitya, il ajoute vite :

— Mais maintenant que tu en parles, tout cela m'évoque quelque chose.

Mitya me jette un regard compatissant.

— Est-elle toujours en vie ? Je me souviens que tu as dit que Masha avait tenté de se suicider plusieurs fois.

— Je ne sais pas, admets-je. Cela fait quelques années que je n'ai pas cherché à voir ce qu'elle faisait.

— Eh bien, regardons ça maintenant.

Muhomor se frotte les mains comme il le fait quand le piratage est sur le point de démarrer.

— Nous pouvons commencer par les informations

publiques, dit Mitya de façon préventive, même si nous savons tous les deux que c'est inutile.

— Commencez tous les deux par la camelote publique ennuyeuse, dit Muhomor. Je vais apprendre tous les détails croustillants en passant par les coulisses.

Mitya lève les yeux au ciel, mais il laisse faire Muhomor. Je cherche Kostya sur Yandex, le moteur de recherche russe. Content de pouvoir lire en même temps les milliers de liens, je les analyse aussi vite que possible. On dirait que mon demi-frère est devenu encore plus riche au cours des quatre ans et demi derniers et il pourrait maintenant être sur l'équivalent russe de la liste de Forbes des gens les plus riches au monde. Comme moi, une grande partie de sa nouvelle fortune a été faite grâce aux cerveaucytes. Il détient des entreprises qui développent des applications AROS de différentes sortes, ainsi qu'une société qui se trouve être un sous-traitant utilisé par Humain++ afin de produire des patchs de cerveaucytes pour les coins de la Russie difficiles à atteindre. C'est incroyable de voir combien il existe de tels endroits dans ce pays et à quel point les livraisons normales seraient coûteuses autrement.

— Vous avez lu ça ?

Mitya envoie un lien vers un article.

— C'est assez incriminant.

Je suis émerveillé par les nouvelles capacités de lecture rapide de Mitya. Je ne suis pas encore arrivé à cet article dans mes résultats, et je dois passer plusieurs milliers de liens pour voir où il l'a trouvé.

La première chose qui attire mon regard, c'est une image de Kostya serrant la main du président russe. Cela compte sans doute comme une connexion avec le KGB. Kostya possède encore une cicatrice sur la joue datant du moment où Masha l'avait griffé lorsqu'il lui avait révélé ce qui était arrivé à notre père. Elle ne connaît manifestement pas le dicton selon lequel il ne faut pas tuer le messager.

J'observe la photo de plus près. Je ne l'ai jamais remarqué jusqu'à maintenant, mais Kostya et moi avons tous les deux des pommettes marquées et le même menton fort. Je continue à lire jusqu'à voir ce que Mitya voulait dire : un gros contrat que l'entreprise de Kostya a réglé pour les militaires russes. En lisant entre les lignes, je vois comment la manipulation des cerveaux pourrait être un de ses domaines d'expériences.

— J'ai quelque chose de bien mieux, dit Muhomor après avoir également lu la trouvaille de Mitya. Regardez ça.

Muhomor a mis la main sur les rapports de l'établissement psychiatrique où ma demi-sœur a passé une si grande partie de sa vie. Il s'avère qu'elle n'est plus en résidence là-bas et d'après le docteur Ivanov, son psy de plusieurs années, elle a été 'miraculeusement guérie en utilisant une thérapie développée par son frère'. Le docteur Ivanov mentionne qu'elle a reçu les cerveaucytes il y a trois ans afin de l'aider dans son traitement, mais c'était une application utilisée par Kostya il y a un an qui a conduit à cette guérison spectaculaire.

'La patiente n'était pas elle-même', écrit le docteur Ivanov. 'C'était comme si elle était devenue une personne différente'.

Muhomor tapote le verre de la table de la salle de conférence.

— D'après moi, il a utilisé une espèce d'application de contrôle de l'esprit sur elle. Si elle se comporte mal, il se contente de contrôler son esprit et la pousse à agir comme le ferait une gentille sœur.

— C'est horrible, mais cela paraît plausible, murmure Mitya. Et regardez ça : dès qu'elle a été 'guérie', il s'est enfin marié. Sa femme est un top model.

— Ce n'est pas tout à fait logique, dis-je. Si Masha est simplement contrôlée à distance, elle n'est pas guérie.

Muhomor arrête de tapoter avec ses doigts et serre les bras autour de son torse.

— Je suppose qu'il voulait juste la sortir de cette institution. C'est là que le gouvernement russe plaçait les dissidents politiques à l'époque soviétique, et l'endroit est tout aussi glauque maintenant qu'il l'était à l'époque. Une partie des employés sont les mêmes enfoirés qui ont travaillé là-bas au bon vieux temps.

— Je viens de jeter un coup d'œil à l'endroit et il a raison, dit Mitya. Pense à la version russe de l'asile de fous de *Sucker Punch*.

— D'après moi, ça ressemble plus à l'asile Arkham

de *Batman*, dit Muhomor. Pas un endroit où tu veux que ta sœur reste longtemps, même si elle ne va pas bien du tout.

— Il a dû engager une baby-sitter qui prend le contrôle de son corps comme une marionnette quand elle se comporte mal, dit Mitya. De cette façon, elle peut vivre une vie semi-normale à l'extérieur de l'institut, et sans doute pour une fraction du prix.

— Mais cela doit être terrible pour elle, dis-je en fronçant les sourcils. Elle souffre de schizophrénie paranoïaque et ici, le docteur Ivanov dit qu'elle a peur d'être contrôlée par quelqu'un d'autre qu'elle-même. Maintenant, c'est devenu sa réalité. C'est comme de placer un arachnophobe dans une grotte remplie de tarentules.

— Je choisirais son sort actuel plutôt que de me trouver dans cet établissement, dit Muhomor. Mais cela n'empêche pas son frère d'être un enfoiré si tout cela est vrai.

— Avez-vous essayé de le localiser ?

Je regarde Muhomor, car il est le plus probable des deux à avoir réussi cette prouesse.

— Je croyais que tu ne voulais pas que je fasse du piratage, dit Muhomor, le sarcasme le mettant manifestement de bonne humeur. Pour savoir où il est, il aurait fallu que je pirate la boîte mail de sa secrétaire… et c'est illégal et contraire à l'éthique.

— Tu es le hacker le plus grand et le plus puissant, et tes services sont grandement appréciés de tous, dit Mitya avec sa propre touche de sarcasme.

Maintenant, peux-tu cracher le morceau ? Mike ne sait pas où aller.

— Je ne sais pas non plus où il doit aller, admet Muhomor. Mais je viens de confirmer que Kostya se trouve aux États-Unis, ce qui semble indiquer qu'il s'agit bien de notre coupable.

— Connaître l'identité de notre ennemi est un bon début, mais nous avons besoin de plus d'informations, dis-je. Les Catskills s'étendent sur plus de neuf mille quatre cents kilomètres carrés.

— Je vais continuer à chercher.

— Moi aussi, ajoute Mitya.

— Laissez-moi parler à notre atout derrière les lignes ennemies, dis-je. D'ailleurs, en parlant de lui… Muhomor, as-tu réussi à pirater le wi-fi autour de M. Spock ?

— Si j'avais réussi, je l'aurais dit. La personne que ton demi-frère a engagée pour s'occuper de sa sécurité est très douée.

— D'accord.

J'établis une connexion mentale avec M. Spock.

— Salut, mon pote.

— Ils nous ont emmenés quelque part, révèle M. Spock. J'avais peur.

— Où êtes-vous maintenant ? dis-je en luttant pour ne pas révéler ma précipitation dans mes messages en Zik. Les hommes sont-ils encore dans la pièce ?

— Je les sens. Il y en a encore plus maintenant.

— Quand ils vous ont transporté ailleurs, les as-tu sentis aussi ?

— Encore plus d'hommes et quelques femmes, dit M. Spock.

Je ne lui demande pas comment il arrive à sentir la différence entre les hommes et les femmes.

— Et une mauvaise odeur, comme chez le vétérinaire.

— Un établissement médical ?

Je n'arrive pas à cacher l'inquiétude dans mon message.

— Qu'ont-ils fait à Alan et Ada ?

— Rien de douloureux, dit M. Spock. Sinon je les aurais mordus.

— Je sais. Ils ont sans doute scanné leur tête, ce qui ne fait pas mal.

Ce que je ne dis pas, c'est que le scan donne les identifiants des cerveaucytes d'Alan et Ada à nos adversaires. Si c'est vrai, cela signifie que Kostya – ou qui que ce soit – peut maintenant faire faire ce qu'il veut à ma famille.

— Les gars, je veux que vous vous concentriez en priorité sur la faille dans la sécurité des cerveaucytes. Non pas que cela ait arrêté d'être une priorité.

— J'ai continué à travailler dessus, dit Mitya. Mais c'est un problème compliqué.

— Pareil ici, ajoute Muhomor. N'aie pas trop d'espoir. Je cherche toujours les failles dans notre sécurité, et si celle-ci était facile à trouver, je l'aurais découverte avant.

— Le fait de savoir qu'elle existe devrait rendre les choses un peu plus faciles, dis-je, davantage pour les motiver que parce que j'y crois vraiment. Continuez à chercher.

J'ouvre les yeux dans le monde réel et je regarde le paysage montagneux magnifique par la vitre. Alan et Ada pourraient être n'importe où. Nous pourrions passer à côté d'eux en ce moment même. C'est une idée exaspérante.

Après tous ces indices, crois-je vraiment que Kostya est à l'origine de l'enlèvement et des bombes ? Pour faire quelque chose de si terrible, a-t-il été motivé par la vengeance suite à la mort de notre père ? Si c'est bien Kostya, vu que nous partageons une partie de notre ADN, cela signifie-t-il que je pourrais être poussé à faire une chose pareille ?

Non. Je secoue mentalement la tête. Je partage également mon ADN avec Joe, et je sais que je ne ferais pas certaines des choses que Joe a faites. Malgré tout, une petite voix en moi me dit que s'il arrive quelque chose à Ada ou Alan aujourd'hui, ma vengeance contre la personne responsable sera terrifiante.

Nous roulons encore une dizaine de minutes en silence. Je veux tellement savoir où se trouvent Ada et Alan que j'ai envie de crier ou de frapper quelqu'un. Si tuer quelqu'un me donnait l'information, je m'abaisserais à le faire malgré ce qu'Ada en penserait. Lorsque je suis sur le point d'exploser de nervosité, un e-mail arrive dans ma boîte et remet tous mes sens en alerte.

C'est un message d'Alan.

Étiqueté comme message prioritaire, l'e-mail

contient une vidéo en pièce jointe. L'objet du message est le même que l'unique ligne de texte du message : 'Regarde-moi'.

Mon pouls accélère. Je transfère le message à Dominic et à mes amis et je lance le fichier vidéo.

La vidéo est une vision panoramique d'une pièce ou Alan et Ada sont allongés sans connaissance, entourés par des hommes armés portant des masques de Richard Nixon. Un type ne porte pas de masque, et son visage m'évoque un bull-terrier enragé. L'homme effrayant se penche légèrement et renifle l'air de façon exagérée près d'Ada, comme s'il essayait de déterminer quel parfum elle porte.

Je serre les poings. Si j'étais dans cette pièce en ce moment même, je briserais ce nez plat en morceaux minuscules qui, avec un peu de chance, perceraient ce qui passe pour un cerveau dans ce crâne épais en forme d'œuf.

— Je parie qu'elle est aussi adorable qu'elle en a l'air, dit l'abomination d'une voix ressemblant à deux pierres tombales frottées l'une contre l'autre.

Essayant de rester rationnel, j'utilise la reconnaissance faciale. Il s'agit d'un citoyen russe du nom de Boris Sobakin. Le fait qu'il est russe confirme encore notre théorie en cours, mais les choses que cet homme a faites en Tchétchénie me glacent le sang. J'espère vraiment que c'est un zombie contrôlé par Kostya : au moins, ce que fait Kostya est motivé par la vengeance, pas par un sadisme tordu.

— Maintenant, dit une voix de derrière la caméra.

Mes cheveux se dressent sur ma tête lorsque tous les hommes visent ma femme et mon fils avec leur pistolet dans un mouvement qui a été répété.

À l'unisson, les hommes retirent la sécurité de leurs armes et leurs doigts serrent les gâchettes.

CHAPITRE VINGT-SIX

— Ça suffit pour le moment, dit la voix derrière la caméra.

Un par un, les hommes enclenchent les sécurités. Le bull-terrier Boris est le dernier à baisser son pistolet. Si je le pouvais, je donnerais un coup de poing dans son visage irritant afin de supprimer son air déçu.

— Tiens la caméra, dit celui qui parle à Boris et je vois la pièce tourner avant que le point de vue se termine sur un nouveau visage.

Je n'ai plus aucun doute au sujet de la culpabilité de mon demi-frère. Même s'il a l'air légèrement plus vieux que dans certaines des images récentes, il s'agit sans le moindre doute de Kostya, ce qui est inutilement confirmé par la reconnaissance faciale.

— Si tu avais laissé le Géorgien te tuer, je les aurais laissé partir, dit Kostya d'une voix de fausset.

Il fait un geste vers la caméra, mais je comprends qu'il parle d'Ada et Alan.

— Je vais te donner une dernière chance. Viens ici, tout seul, et ta famille pourra partir. Tu as vingt minutes. Voici les coordonnées GPS…

Je les entre frénétiquement dans mon application GPS d'AROS. Einstein estime qu'il me faudra une demi-heure pour y parvenir, si je ne suis pas gêné par la circulation. J'ai donc déjà dix minutes de retard.

J'apparais dans la salle de conférence en RV et je regarde Mitya dans les yeux.

— Arrête la voiture. Les gardes doivent sortir.

Muhomor marche vers la grande fenêtre.

— Est-ce une bonne idée ? Si tu y vas seul, comme le veut ton demi-frère, tu es quasiment mort.

Je marche à grands pas vers la fenêtre où je rejoins Muhomor.

— Si je ne le fais pas, Ada et Alan vont se faire tuer.

Je ne crois pas qu'il bluffait.

Muhomor tapote la vitre.

— La vidéo pourrait-elle être fausse ?

C'est une bonne question. Les cerveaux améliorés combinés avec une partie du hardware incroyable que nous avons conçu au cours des dernières années ont conduit à une révolution dans l'industrie des effets cinématographiques. Le porno en images de synthèse et en RV et son cousin, les scandales politiques basés sur les fausses vidéos, sont les plus connus. Il est courant que les utilisateurs de cerveaucytes profitent d'expériences en réalité virtuelle ultra réaliste, comme de coucher avec leurs stars préférées – qui, malheureusement, ne prennent pas du tout part dans la vidéo et donc ne consentent pas à l'utilisation de leur image et ne font pas d'argent non plus. Une grande partie du porno en RV et images de synthèse vient d'endroits où les lois de copyright sont moins strictes, comme la Russie, et je ne doute pas que Kostya possède un certain nombre des studios nécessaires. C'est sans doute le cas de tous les oligarques.

Kostya peut facilement avoir créé une fausse vidéo et même en avoir conçu une version de réalité virtuelle afin de me donner l'impression de regarder les vrais Kostya, Ada et Alan. Le fait qu'Ada et Alan dorment facilite grandement cette simulation.

— Il n'y a pas de bonne raison pour que quelqu'un imite une telle vidéo, dis-je après avoir réfléchi un instant.

— Peut-être pour te faire peur ou pour faire porter le chapeau à Kostya, suggère Muhomor d'un ton hésitant.

— J'ai déjà peur. Nous savions qu'Alan et Ada avaient été enlevés. Nous soupçonnions déjà mon demi-frère avant de recevoir cette vidéo.

— Je suis d'accord, dit Mitya. J'ai utilisé des tests pour l'authenticité de la vidéo et je suis certain qu'il s'agit d'un véritable enregistrement.

Muhomor et moi échangeons des regards impressionnés. La pensée de Mitya commence à atteindre des vitesses biologiquement impossibles.

— D'ailleurs, dit Mitya, j'ai analysé les micro-expressions dans la vidéo – le genre de détail qu'un faussaire ne se donnerait pas la peine de recréer – et je n'ai vu aucun signe de tromperie sur le visage de Kostya. En fait, son visage était extrêmement dénué d'émotions. Soit ton demi-frère a le sang-froid d'un serpent, soit il s'est fait injecter beaucoup de Botox.

— Ce manque d'expression n'indique-t-il pas que la vidéo est fausse ? demande Muhomor.

— Les micro-expressions ne sont qu'un des points que j'utilise pour déterminer que la vidéo est réelle, dit Mitya. En outre, Boris a suffisamment de micro-expressions pour toutes les personnes de la vidéo, et je ne vois pas pourquoi quelqu'un prendrait la peine d'insérer des détails aussi subtils pour un personnage mineur dans une contrefaçon.

— Passons, alors. S'il n'y avait pas de signe de tromperie sur son visage, crois-tu que Kostya les laisserait vraiment partir ?

Muhomor se détourne du faux paysage de Manhattan à l'extérieur de la vitre et nous regarde intensément l'un après l'autre.

— Alan et Ada n'avaient aucun rapport avec la mort de notre père, dis-je. Quand Kostya se sera occupé de Joe et moi, il pourrait ne pas vouloir la mort d'une femme et de son enfant sur la conscience. Le fait qu'il les garde endormis est un bon signe. Cela suppose qu'il ne veut pas qu'ils soient trop inconfortables.

— Ou bien il sait qu'Alan pourrait lui faire le coup d'*Un chenapan au Far West*, marmonne Muhomor. Nous savons tous que si Alan était conscient, ton demi-frère l'aurait déjà tué… ou s'il n'est vraiment pas du genre à tuer un enfant, il te supplierait déjà de reprendre ton petit diable.

— Ada n'est pas non plus une sinécure, dit Mitya. Si j'étais ton demi-frère, je la garderais aussi endormie que le gosse.

— Le plus gros problème, c'est que je soupçonne un ou plus de nos gardes d'être contrôlés comme Gogi.

Je masse mes tempes en essayant vainement de soulager un peu la tension.

Sans surprise, Mitya comprend très vite.

— Parce que ton demi-frère sait où tu te trouves ?

— Exactement. Sinon, comment a-t-il su qu'il fallait me donner si peu de temps afin de m'obliger à me rendre directement où il veut ?

— Et s'il te surveille, tu dois te débarrasser des gardes, sinon ils pourraient tuer Ada ou Alan dans le but de te montrer qu'il est sérieux, dit Muhomor en suivant mon raisonnement à son tour. Sans parler du fait que si tu prends un garde compromis avec toi, ce sera un obstacle réel.

Cette théorie horrible résonne dans mes oreilles virtuelles lorsque la voiture s'arrête brusquement dans le monde réel.

Les gardes réagissent avec des degrés de surprise variés. Dominic est le seul à savoir ce qu'il se passe, même s'il choisit de garder indéchiffrable son visage de réalité augmentée.

— Descendez, aboyé-je.

Lorsqu'ils me regardent sans comprendre, je durcis la voix.

— Tout le monde dehors. C'est un ordre.

— Tu es sûr ? me demande Dominic en privé. Nous sommes au milieu de nulle part et sans voiture, nous ne pouvons pas te suivre.

— S'il te plaît, fais-les sortir, Dominic.

Ma réponse privée est suppliante.

— Je suis déjà en retard. Il n'y a pas le temps de discuter.

Dominic attrape les cols des deux hommes les plus proches de lui et les traîne hors de la voiture. Tous les autres comprennent enfin ma demande et sortent en grommelant et en jurant.

— C'est moi qui conduis, dis-je à mes amis dans la RV.

Joignant le geste à la parole, je lance l'application Batmobile, je prends le contrôle, et j'appuie sur la pédale d'accélérateur virtuel jusqu'à toucher le plancher métaphorique.

— Au moins, la route est vide.

La voiture bondit en avant et atteint les quatre-vingt-dix kilomètres-heure en moins de deux secondes.

— La I-84 n'est pas vide, dit Mitya lorsqu'il me voit doubler ma vitesse initiale. Si tu conduis aussi vite, tu vas mourir dans une explosion.

— C'est la seule façon d'atteindre l'endroit à temps. Si je m'écrase, Kostya considérera peut-être que nous sommes quittes.

— Veux-tu que je prenne le relais ? propose-t-il. Mes temps de réaction sont meilleurs.

— Je veux conduire moi-même. Si tu ne me faisais pas arriver à temps, il faudrait que je te tue.

— Il y a des drones dans le ciel au-dessus, remarque Muhomor. Ils ont repoussé mes tentatives d'intrusion. Leur sécurité est aussi bonne que la sécurité wi-fi autour du rat, alors il s'agit peut-être de ceux de Kostya.

— Continue à essayer de craquer la sécurité, dis-je. Ou encore mieux, fais des progrès dans la découverte de la façon dont Kostya prend le contrôle des gens. Si nous pouvons relâcher Joe, j'aurai un allié.

— Évidemment.

Dans la RV, Muhomor semble essayer d'hypnotiser ses pieds à travers la table en verre.

— J'ai déjà expliqué à quel point c'est difficile.

Mitya secoue la tête en exagérant sa déception.

— Mon vieux, pour une fois que tout le monde te supplie de faire ton activité préférée, tu nous laisses tomber de cette façon ?

— Tu es censé n'être qu'un pur intellect maintenant, rétorque sèchement Muhomor. Le cerveau entièrement dans le cloud. La réflexion à des vitesses inimaginables. Pourquoi ne résous-tu pas ce problème ?

— En fait, j'ai bien une idée.

Mitya me regarde.

— C'est juste qu'elle n'est pas très pratique.

Dans le monde réel, mon pneu roule sur un caillou. La voiture tremble comme une victime d'étranglement. Je suppose qu'à cette vitesse de voiture de course, même un caillou peut causer un dérapage. Ignorant tout sauf la voiture, je ralentis et je redresse la roue virtuelle. Zapo grince, mais je parviens à la garder stable et sur la route.

— J'accepte toutes les idées, dis-je dans la RV lorsque le véhicule est de nouveau sous contrôle.

— Si nous savons à l'avance qui ton demi-frère voudra contrôler, dit Mitya en évitant mon regard, nous pouvons mettre ses cerveaucytes dans un mode de débogage que j'ai conçu. De cette façon, AROS pourra fournir davantage de données. Bien sûr, cela signifie que la personne en mode débogage finira quand même par se faire contrôler.

— Super, dit Muhomor d'un ton sarcastique. Maintenant, nous avons juste besoin qu'un autre membre de la famille de Mike se rende à Kostya en demandant de se faire contrôler l'esprit.

— Mike se dirige vers le territoire ennemi. Il est possible – Mitya hésite, cherchant manifestement une façon diplomatique de procéder – qu'ils prennent le contrôle de son esprit.

Si c'est la façon qu'il a d'atténuer mes craintes, je me demande ce qu'il avait l'intention de dire au départ.

— Tu as raison, lance Muhomor, bien trop enthousiaste. Kostya pourrait pousser Mike à se tuer. C'est ce que je ferais. C'est le crime parfait que les flics prendraient pour un suicide.

Je lutte contre l'envie de sauter à la gorge de Muhomor dans la RV. À la place, je canalise la montée d'angoisse dans ma conduite folle du monde réel.

— Mike, dit doucement Mitya. Cela ne coûte rien d'être bien préparé. Je viens de t'envoyer un lien vers la version d'AROS dont je parle. Installe-la et espère que nous n'en ayons pas besoin.

Un e-mail arrive. J'installe silencieusement la nouvelle interface AROS. Une fois que l'installation est faite, la seule différence que je remarque, c'est un léger ralentissement de mes perceptions qui pourrait être le résultat de l'anxiété. Malgré tout, je m'en plains.

— C'est le mode débogage, affirme Mitya. Cette interface AROS renvoie certaines données à nos serveurs, et ce type de traitement supplémentaire va te ralentir. Est-ce trop dur à supporter ?

— Ça va. Ce n'est pas pire qu'une mauvaise connexion internet.

Ce que je ne dis pas, c'est qu'une mauvaise connexion internet est pire qu'un esprit embrumé par l'herbe ou l'alcool.

— Concentre simplement toute ton attention sur la conduite, suggère Mitya. Une fois que tu atteindras ta destination, concentre-toi sur ta survie.

Il n'a pas tort. J'arrête toutes les tâches n'étant pas essentielles et pour faire bonne mesure, j'arrête même les instances de moi-même essayant de découvrir comment Kostya a piraté les cerveaucytes. À partir de maintenant, je vais m'appuyer sur Mitya et Muhomor pour cela.

— Je me sens assez normal, dis-je en hésitant. Je crois pouvoir passer dans cette salle de RV sans mettre ma vie en danger.

— Voici une vue aérienne de la route I-84, dit Mitya.

Ma boîte mail sonne, mais il se passe quelque chose sur la route devant moi.

— Merde. Pourquoi y a-t-il un embouteillage ici au milieu de nulle part ?

— Il y a eu un accident.

Mitya surligne la partie de la route où la densité des voitures s'amoindrit.

— Je suppose que les gens demandent aux IA de leurs voitures de ralentir afin de pouvoir regarder les dégâts en passant.

— Ça ne m'étonne pas.

J'essuie la sueur virtuelle du front de mon avatar et je me demande si nous ne devrions pas baisser le niveau de réalisme de cette pièce.

— Je viens d'avoir une idée au sujet des drones. Pouvez-vous prendre le contrôle de tous les drones de la zone, ainsi que de tous les robots que vous pouvez localiser, et les diriger vers l'endroit où je vais ? Kostya ne m'a rien dit sur le fait de prendre des jouets, il voulait juste que je vienne seul.

— Malheureusement, tous les robots et les drones de la zone se réduisent à quelques drones et aucun robot, affirme Mitya. Je viens de vérifier. Cette région est très en retard sur son époque.

Je passe un peu de temps à faire des recherches, même si cette distraction me fait presque sortir de la route. Quand je suis à nouveau en sécurité, je dis dans la RV :

— Nous avons bien cette usine à Albany.

Muhomor affiche une grande carte sur l'écran montrant l'État de New York avec la route depuis l'usine en surbrillance.

Mitya serre et desserre les poings.

— Elle se trouve à une heure et demie de ta destination. Le temps que les robots arrivent, tu seras mort.

— Sur cette note joyeuse, je pense que je vais éviter cette pièce jusqu'à avoir dépassé l'embouteillage.

Je marche vers la porte de la salle de conférence de façon démonstrative avant de disparaître de la RV, comme l'exige l'étiquette.

— Si tu ne ralentis pas, tu ne reviendras pas, car tu vas te transformer en crêpe, me dit Mitya en privé.

— Si je ralentis, je n'arriverai pas à la cachette de Kostya.

Je me concentre à nouveau sur la route.

Comme la I-84 se trouve encore à quelques kilomètres et qu'il n'y a pas de circulation jusque là, j'accélère autant que le permet Zapo. Les arbres se transforment bientôt en brouillard vert. Je pousse encore la voiture, jusqu'à ce que le siège se mette à vibrer comme si j'étais assis sur un missile balistique international, et puis je la pousse encore.

Il faut que j'arrive à temps.

Il le faut.

CHAPITRE VINGT-SEPT

Il faut 1,7 seconde de vitesse effrénée pour approcher de la rampe de la I-84 et ralentir au double de la limite de vitesse autorisée. Sachant que chaque voiture que je dépasse pourrait très bien être la dernière, les battements de mon cœur accélèrent au moins autant que la rotation insensée de mes pneus.

— Mon vieux, me dit Mitya en privé. Ta conduite ferait la fierté de NASCAR.

Je tourne le volant virtuel complètement à droite afin d'éviter la Volvo grise sur mon chemin.

— Cela a toujours été mon ambition, NASCAR ou des cascades pour *Fast and Furious*.

Je passe en trombe à côté d'un motard, provoquant un torrent d'obscénités. Je ne peux pas en vouloir au type barbu, car contrairement à la majorité des autres conducteurs, il roule sans assistance IA sur sa machine mortelle. Je tourne à gauche et je me glisse entre une Toyota verte et une Honda argentée. Si ces voitures n'avaient pas été autonomes, leurs conducteurs m'auraient sans doute encore plus insulté que le motard. En l'état actuel des choses, la majorité des personnes que je manque tuer sont occupées par leurs divertissements en RV, ou, ironiquement, ils essaient de regarder l'accident devant eux au lieu de prêter attention à celui qui se prépare.

Lorsque je parviens enfin à traverser l'embouteillage, je m'autorise à vérifier où j'en suis du temps qui m'a été alloué et je suis ravi de voir que j'ai rattrapé cinq minutes des dix qu'il me manquait. Malgré tout, pour rattraper les cinq autres, il faut que je repasse en vitesse turbo, ce que je fais sans hésiter, concentrant toute mon énergie sur la route.

— J'ai entendu une porte se fermer.

M. Spock m'envoie ces mots avec une énorme dose d'excitation par l'intermédiaire de l'application EmoRat.

— Je ne sens plus les hommes.

Ils sont sûrement partis pour préparer mon arrivée. Je commence à répondre, puis je m'interromps. Pas besoin d'expliquer à M. Spock que je suis parti en mission suicidaire. À la place, je lui dis :

— Tu as bien fait de me prévenir. Que dirais-tu de quitter la poche d'Alan pour faire un peu de reconnaissance ?

— Je dirais que j'ai peur.

Malgré ces mots, M. Spock sort la tête de la poche et partage ce qu'il voit avec moi.

La pièce est effectivement vide.

— Trouve une meilleure cachette. Un endroit où tu peux les surveiller quand ils reviennent.

Il descend le long de la manche d'Alan, puis par l'intérieur de la jambe de son pantalon.

— C'est très malin, dis-je pour l'encourager.

Mon petit ami aime les compliments sur ses capacités à rester discret.

— Même si quelqu'un était revenu, il ne t'aurait pas vu dans les vêtements d'Alan.

Le compliment anéantit la peur qui menace de paralyser le petit gars, et il bondit jusqu'au sol avant d'observer la pièce. Cela ressemble à la tanière d'un homme, avec un home cinéma de luxe et une table de billard dans un coin. Alan et Ada sont tous les deux affalés sur des fauteuils relax La-Z-Boy confortables devant une télé géante comme celle qui était populaire avant que la réalité virtuelle les rende obsolètes. La lumière venant d'une énorme fenêtre sur la droite fait paraître le visage d'Ada presque angélique dans son sommeil, alors qu'Alan semble sur le point d'ouvrir les yeux pour faire des bêtises.

J'éteins les émotions partant de moi jusqu'à M. Spock, car je ne veux pas submerger le rat de douleur en voyant ma famille ainsi sans connaissance.

— Que penserais-tu de te cacher sous la chaise d'Alan ? Tu pourras voir cette porte.

La porte en question s'entrouvre.

Une poussée d'adrénaline me fait presque perdre le contrôle de la voiture dans le monde réel.

M. Spock réagit bien mieux que je ne l'aurais fait.

Dans un tourbillon de moustaches et de fourrure blanche, il plonge sous le fauteuil d'Alan, trouve un angle où il est caché et serre les muscles afin de rendre son corps plus petit et moins détectable.

La porte est désormais grande ouverte et un homme entre. Je ne peux voir que la partie basse de son corps, mais d'après ses vêtements, je reconnais Boris, l'enfoiré de tout à l'heure. Deux autres gardes le suivent, et bien que je ne puisse pas voir leurs visages, je pense qu'ils portent des masques.

— Reste caché, dis-je à M. Spock, même s'il est assez intelligent pour le savoir par lui-même. Peu importe ce qu'il se passe, ne quitte pas cet endroit.

— Je m'inquiète au sujet d'Alan et d'Ada.

L'inquiétude EmoRat de M. Spock est presque aussi forte que la mienne.

— Tout ira bien, dis-je pour le rassurer.

J'aurais aimé que quelqu'un puisse faire de même pour moi.

— Je te promets qu'ils n'auront rien. Je fais ce qu'il faut pour les sauver.

— Je veillerai sur eux jusque là, alors, affirme-t-il courageusement.

— Mitya, écris-je dans un message privé en Zik. S'il m'arrive quelque chose, je veux que tu t'assures que M. Spock s'en sorte en vie. Il se cache sous un fauteuil à l'endroit où Alan et Ada sont détenus.

— Bien sûr, répond Mitya. Et juste afin que tu saches, s'il t'arrive quelque chose, j'utiliserai les robots pour m'assurer que toutes les personnes responsables le paient chèrement.

— Je ne suis pas certain de vouloir que mon demi-frère soit tué, dis-je après un instant d'hésitation.

— Alors je ferai en sorte qu'il regrette ce qu'il t'est arrivé pendant le reste de sa vie, répond Mitya, son message Zik complètement dénué de sous-entendus émotionnels. Mais la punition sera adaptée à son crime.

— Il vaut mieux que je me concentre sur ma conduite, dis-je à la fois à M. Spock et à Mitya. Parlons plus tard.

— Garde l'application de partage afin que Muhomor et moi sachions ce qu'il se passe quand tu arrives, dit Mitya.

M. Spock plisse ses yeux roses de façon démonstrative afin d'avoir une meilleure vue sur ce qui l'entoure.

— Je vais surveiller cette pièce.

Même si la route après l'accident est relativement vide, ce n'est pas l'impression que j'ai à cause de ma vitesse et je dois presque tout le temps faire des embardées afin d'éviter des voitures. Il est clair que si Zapo et moi nous nous en sortons, la voiture aura besoin de nouveaux pneus lorsque j'atteindrai ma destination. Et il me faudra peut-être aussi un nouveau jeu de glandes surrénales et des sous-vêtements propres.

Lorsque le GPS m'informe que les coordonnées de Kostya se trouvent du côté droit de la route, j'expire l'air que j'ai retenu pendant la moitié de la distance sur la I-84. Je me gare devant le portail d'une villa géante que mon demi-frère a transformée en repaire et je regarde autour de moi. Avec la forêt d'un côté et le paysage montagneux de l'autre, l'endroit est un fantasme pour les agents immobiliers de luxe. Une palissade géante entoure tout et il y a une allée qui serpente sur la colline pendant presque un kilomètre.

Je saute de la voiture, je me précipite vers le grand interphone inséré dans le mur et j'appuie sur le seul bouton.

— *Da*, dit une voix presque instantanément.

— Dites à Konstantin que je suis là.

Je crie de la même façon exagérée que ma mère lors de ses appels téléphoniques internationaux à ses amis d'enfance. C'est comme si elle voulait qu'ils l'entendent jusqu'en Russie. Il me reste trois minutes.

— Laisse la voiture, dit la voix. Entre en gardant les mains au-dessus de la tête.

Je lève les mains et j'avance d'un pas lourd sur les pavés aux formes complexes, ne quittant jamais ma destination des yeux. Je dois avoir le double de cheveux gris lorsque j'atteins le premier crétin au masque de Richard Nixon et qu'il m'accueille avec une mitrailleuse. Et le triple lorsque je constate le nombre d'hommes armés gardant la porte.

— Où est ma femme ? dis-je à l'homme le plus proche de moi. Où est mon fils ?

L'homme ne répond pas, alors je répète mes questions en russe. Cela n'amène pas plus de résultats.

Un autre garde masqué sort et nous fait signe d'entrer, donnant l'impression de Richard Nixon jouant au majordome sinistre. Je le suis dans un vestibule magnifique et le long d'un couloir étroit.

À travers les oreilles de M. Spock, j'entends la voix grinçante de Boris.

— Le spectacle est sur le point de commencer. Je vais allumer la télé.

La télévision à l'avant de la pièce s'anime. M. Spock ne peut voir qu'une partie de l'écran depuis sa cachette. Il n'y a pas grand-chose à voir, seulement la silhouette d'un grand homme tournant le dos à la caméra. Il se tient comme une statue, quelque chose de brillant dans chaque main. Les muscles de son dos sont impressionnants et malgré le mauvais angle de vision, quelque chose me paraît familier. J'ai une bonne idée de qui cela pourrait être, alors je laisse une petite fenêtre ouverte dans mon interface AROS afin de garder un œil métaphysique sur l'écran télé pendant que les gardes me conduisent plus loin dans la villa.

La lumière d'une fenêtre de toit illumine l'art moderne sur les murs, mais les gardes masqués et armés forment la décoration la plus commune. En comptant les derniers, cela fait cinquante-huit hommes jusque là. En supposant qu'ils sont uniformément répartis et qu'ils représentent un ratio typique d'hommes armés par rapport à la place disponible dans la maison, si j'ajoute la taille de la villa dans l'équation, j'obtiens un résultat déprimant. Il doit y avoir à peu près cinq cents personnes armées ici.

— Cet endroit serait un piège mortel même si j'étais armé et que j'avais fait venir Dominic et les autres types de la sécurité, dis-je après être apparu dans la salle de RV.

Comme je ne conduis plus à une vitesse de voiture de course, je peux utiliser une partie de mon attention.

Muhomor et Mitya hochent la tête en connaissance de cause, confirmant qu'ils regardent par l'intermédiaire de mon application de partage.

— Kostya est sûrement en train de ruiner une de ses entreprises en payant toutes ces brutes, si l'on suppose qu'ils ne sont pas tous contrôlés comme Gogi et Joe, poursuis-je.

— Je ne crois pas que ces gens soient contrôlés.

Les paumes de main de Mitya doivent être en sueur, car je vois des gouttelettes sur les accoudoirs du fauteuil où il avait posé les mains il y a un instant.

— Comme Boris, il doit s'agir de mercenaires.

— Dommage que les robots se trouvent encore à une heure de là.

Muhomor indique la carte du nord de l'état de New York sur laquelle un certain nombre de points se déplacent extrêmement lentement dans notre direction.

— Nous en avons une centaine, ce qui serait largement assez pour s'occuper de ces types.

— En parlant de ressources, Dominic court à pied vers toi.

Mitya essuie les mains sur sa capuche et place un petit point sur la carte.

— Avec son exosquelette, il est presque aussi rapide que les robots. S'il maintient le rythme, il pourrait atteindre la villa dans une heure et dix minutes.

— As-tu quelque chose de plus immédiat que les robots ? C'est bien de savoir que je peux être vengé après ma mort, mais je serais encore plus heureux si je pouvais rester en vie pour commencer.

— J'ai trois drones en approche, dit fièrement Muhomor. Ils devraient arriver dans environ vingt minutes.

— Super, dis-je d'un ton sarcastique. Avec trois drones minables, vous pourrez regarder mes funérailles en live à partir de trois angles de vue, en supposant que Kostya m'enterre au lieu de liquéfier mon corps dans l'acide ou quelque chose de tout aussi dégoûtant. J'imagine que vous avez échoué à libérer Joe de son contrôle ?

Muhomor baisse la tête et Mitya évite mon regard.

— C'est bien ce que je pensais.

Je montre mon mécontentement en disparaissant de la RV dans un nuage de fumée virtuelle.

Dans le monde réel, nous nous arrêtons à côté de grandes portes rouges et mon guide masqué me pousse douloureusement avec son pistolet avant de le pointer vers l'entrée. Travaillant de façon complètement synchronisée, son partenaire masqué ouvre les portes. J'entre de ma propre volonté avant que l'on me force à le faire.

La grande pièce est vide de meubles et le parquet très lisse reflète la lumière dans mes yeux avec une intensité désagréable. Cela devait être une piste de danse avant que Kostya s'approprie l'endroit pour sa vengeance. La pièce est également familière, car je la regarde maintenant à partir de deux angles différents.

C'est la pièce affichée à l'écran de télévision que M. Spock regarde en ce moment.

Les portes derrière moi se ferment et je concentre mon regard au milieu de la pièce, où se tient une silhouette solitaire, un couteau dans chaque main.

Malheureusement, mon hypothèse était correcte.

Il s'agit de mon cousin, Joe.

Ses yeux de glace de Sibérie montrent encore moins d'émotions que d'habitude, se focalisant sur moi comme deux lasers bleus. Au lieu de me reconnaître, il montre une sorte de reconnaissance du type 'cible trouvée'.

La lumière du soleil scintille sur les deux lames lorsque Joe marche pesamment vers moi.

CHAPITRE VINGT-HUIT

— Est-ce toi ? demande M. Spock avec inquiétude.

— C'est moi. Joe et moi nous nous entraînons. Comme la fois au dojo.

— Je n'ai pas aimé cette fois-là, répond-il.

Je n'ai pas besoin de lui rappeler qu'il s'agit d'un euphémisme. La seule et unique fois que je les ai emmenés me voir m'entraîner, il a fait l'équivalent rat d'un caprice. Après ça, je l'ai toujours déposé au Furry Ritz. Le fait qu'il se souvienne de ce combat est parlant, car sa mémoire de long terme n'est pas aussi bonne que celle d'un humain.

— Cela ressemble beaucoup à tes jeux de domination avec les autres mâles, lui dis-je. Personne ne sera blessé.

— Mais tu es l'alpha, affirme-t-il et malgré tout le reste, je suis attendri par la considération de mon ami.

— Tu dois parfois rappeler aux autres mal que tu es le chef. Tu te souviens de ton désaccord avec Chekov ?

— Oui.

Sans message en Zik est plein de culpabilité d'avoir mordu l'oreille de son ami.

— Je lui ai donné une cacahouète après.

— Tu es le meilleur alpha, dis-je pour le rassurer. Pour le moment, peux-tu me rendre service ? Va profiter du Rat World d'Alan pendant une dizaine de minutes, mais garde les yeux ouverts. De cette façon, tu ne verras pas ce qu'il se passe, mais moi je pourrais toujours voir l'écran de télévision.

— Tu es intelligent, répond-il d'une voix distante, comme il le fait lorsqu'il s'enfonce dans le paradis des rats en réalité virtuelle conçu par mon fils.

Le temps qu'il faut à M. Spock et moi pour discuter par télépathie, Joe a parcouru la moitié de la pièce.

Cette partie de la vengeance de Kostya est élégante par sa simplicité vicieuse. L'un de nous – probablement moi – est sur le point de mourir. Joe et moi sommes les deux personnes que Kostya rend responsables de la mort de notre père. Je pense qu'il m'en veut d'avoir été le leader et Joe l'exécutant. Il se moque sûrement de savoir que c'est Joe qui a décidé et agi tout seul pour sceller le sort de notre père.

Ce dont Kostya ne se rend pas compte, c'est que lui, Boris et les autres ne vont pas avoir le grand spectacle qu'ils ont prévu. Ce combat sera terminé avant qu'ils aient le temps de chercher du pop-corn, car chaque fois que j'ai affronté Joe dans la salle de sport, il m'a battu en quelques secondes. Littéralement. Sauf lorsqu'il jouait volontairement avec moi, mon record contre Joe est de quatre secondes et cinq millisecondes, et même cela, je n'y suis parvenu que grâce au mode combat. Ses batailles étaient également à mains nues. Ma probabilité de survie diminue de façon significative avec chaque couteau dans les mains de Joe.

— S'il vous plaît, dites-moi que vous pouvez faire voler un drone à travers cette fenêtre, dis-je à Mitya et Muhomor.

— Les trois dont j'ai parlé se trouvent encore à dix-neuf minutes, dit Muhomor. Plus ou moins.

Mon moral en prend un coup, mais je ne montre rien, déterminé à mourir avec dignité.

J'active le mode combat.

Joe s'approche. Des lignes commencent à apparaître dans la réalité augmentée, des idées d'actions et les réactions possibles de Joe. Sans surprise, le temps semble ralentir, mais cette fois, je pense que c'est plus dû à l'adrénaline et moins à ma cognition rapide.

Je dois prendre une décision. Si j'active l'add-on Réducteur d'émotions, je n'aurais pas le problème que j'ai eu en me battant contre Gogi : l'hésitation à l'idée de blesser quelqu'un qui compte. Dois-je volontairement me transformer en monstre ? Existe-t-il le moindre bénéfice en jouant le jeu de Kostya et en faisant du mal à Joe, alors que le gagnant finira par mourir comme le perdant ?

— Joe est contrôlé, tu ne l'es pas, me dit Muhomor en privé.

Il a dû deviner au moins une part de mon dilemme.

— Il n'a aucune chance, alors que toi oui, même si elle est petite.

Sachant que je me fais conseiller dans le domaine de l'éthique par Muhomor, j'active néanmoins le Réducteur d'émotions.

— Combien de secondes faut-il activer le Réducteur d'émotions ? demande Einstein.

Il s'agit d'une sécurité m'empêchant de rester psychopathe une fois que le combat est terminé.

— Règle-le sur huit secondes et dix millisecondes, réponds-je. C'est le double de mon temps de survie estimé.

En attendant, j'essaie d'imaginer à quoi ressemblera le combat avec le Réducteur d'émotions. Ce sera sans doute comme un berserker viking…

— Réducteur d'émotions activé, affirme Einstein.

Le monde se transforme autour de moi.

CHAPITRE VINGT-NEUF

L'adversaire se trouve à un bond de moi.

Il possède deux couteaux, ce qui est un énorme avantage. Mais je peux voir son mouvement depuis deux angles de vue, un bénéfice tactique dont je dois me servir. Sa main droite est la dominante. Le mode de combat estime qu'il l'utilisera en premier : la vue de l'écran télé confirme cela en montrant le mouvement de ses clavicules.

Je fais un pas de côté et je m'écarte légèrement. En même temps, je frappe l'avant-bras de l'adversaire.

Le couteau heurte le parquet et glisse vers la porte. Même si l'arme est derrière moi, l'écran télé montre que je ne peux pas l'atteindre... mon adversaire non plus.

Je n'ai pas besoin du mode de combat pour savoir que son couteau gauche est sur le point d'entailler mon torse. J'y réagis déjà. J'attrape le poignet droit de l'adversaire, le piégeant avec succès. Avec autant de force que je le peux, je frappe l'adversaire dans l'entrejambe. Mon plan est simple : la douleur intense devrait le forcer à lâcher l'arme, je pourrais ensuite utiliser le couteau pour découper mon adversaire comme la dinde de Thanksgiving.

Le coup à l'entrejambe ne pousse pas mon adversaire à lâcher son arme. Soit il porte une coque, soit le contrôle de Kostya lui permet de supporter cette douleur intense. Je suppose qu'il s'agit de la deuxième possibilité, car c'était le cas dans le combat avec Gogi. Cela pose un problème, car en dehors du scénario idéal dans lequel je tue mon adversaire, une grande partie de ma stratégie dépend de la douleur que je peux lui infliger.

Je dois donc me concentrer sur le fait de le tuer aussi vite que possible. Si ce n'est pas réalisable, je dois causer le type de dégâts qui rendront le combat physiquement impossible malgré le contrôle de son esprit : par exemple, des os brisés ou des membres coupés. Arracher les yeux ne serait sans doute pas aussi stratégique, car Kostya pourrait encore contrôler l'adversaire grâce aux caméras de surveillance, mais si l'opportunité se présente, je lui arracherai les yeux afin de tester cette théorie. Une fois que l'adversaire est ainsi handicapé, le tuer devrait être trivial.

Je scanne les recommandations du mode de combat et j'en choisis une qui ne sera sans doute pas anticipée, car elle me causera une blessure mineure. Je retire mes mains tout en approchant ma tête du couteau précieux.

Étirant les muscles de ma mâchoire comme un serpent, je mords vicieusement.

Mes dents raclent le métal du couteau, mais j'ignore la douleur de l'émail arraché et je tourne la tête vers la droite avec tant de violence que les muscles de mon cou sont pris de spasmes.

L'adversaire lâche sa prise sur le couteau et je me retrouve avec l'arme dans la bouche. Je lâche le poignet de mon adversaire avec la main droite tout en serrant simultanément de la gauche. Je cherche à attraper le couteau dans ma bouche. Dès que je sens la garde en plastique dans ma paume, je jette le couteau vers l'œil droit de mon adversaire. Mon objectif n'est pas de l'aveugler, mais de le pénétrer jusqu'au cerveau : une façon très efficace de tuer.

Malheureusement, mon adversaire agit comme je l'aurais fait dans sa position. Ignorant les dommages potentiels, il attrape la lame.

Je pourrais faire tourner la lame pour infliger une douleur maximale, mais ce n'est pas ce qui motive ce combat. J'essaie un autre gambit. Lâchant ma main gauche, je la passe autour de la main de mon adversaire tenant le couteau et je serre. Si l'objet est assez acéré et que je force suffisamment, je pourrais couper la main en deux, ce qui est un handicap utile.

Comme je m'y attendais, l'adversaire ignore la douleur, recourbe l'autre main en formant un poing, et me frappe au visage.

Je jette la tête en arrière pour réduire l'impact du coup de poing, mais la manœuvre n'aide pas. Son poing s'écrase contre mon menton, me faisant presque perdre connaissance. Abandonnant le plan de découper la main de mon adversaire, je desserre ma main gauche et j'arrache le couteau de son emprise avec la droite.

Du sang coule de la paume de l'adversaire, mais pas assez vite pour me fournir un avantage.

Le mode de combat me montre une opportunité. Si je jette le couteau exactement comme le montre la ligne, je percerai le cœur de mon adversaire avec une forte probabilité de mort instantanée.

Je courbe le bras conformément aux instructions et je commence mon lancer.

Je suis à la moitié du mouvement lorsque le monde autour de moi change encore.

— Réducteur d'émotions désactivé.

CHAPITRE TRENTE

UNE FOIS QUE LE CORPS HUMAIN COMMENCE UN mouvement, il est difficile à arrêter. J'espère que mon esprit fortement entraîné et amélioré sera capable d'accomplir ce que le libre arbitre normal ne peut pas faire.

Pour finir, je modifie très légèrement mon mouvement en lâchant le couteau, mais cet ajustement fait toute la différence. Au lieu de transpercer le torse de Joe, le couteau lui érafle la peau, laissant une petite coupure qui saigne instantanément.

Maintenant que j'ai retrouvé mes émotions, contrôler mon système nerveux est comme de chercher à monter sur un taureau dans un rodéo en enfer. Ignorant le pouls assourdissant dans mes oreilles, je ne peux m'empêcher d'être horrifié par ce que le Réducteur d'émotions m'a fait faire et penser. Je lai activé, car je pensais que Joe allait me tuer si rapidement et si facilement que l'application pouvait me donner une chance légèrement meilleure de survie. En l'état actuel des choses, j'ai survécu le double du temps que j'avais prévu… mais j'ai du mal à croire que c'est grâce au Réducteur d'émotions.

J'ai failli mutiler et tuer mon cousin, et je ne pense pas pouvoir vivre en ayant fait cela – même si le concept de 'vivre' est purement hypothétique dans les circonstances actuelles. En tout cas, je n'ai pas l'intention de donner à Kostya la satisfaction de devenir un monstre pour son plaisir.

— Tu devrais effacer le code du Réducteur d'émotions de notre stock de codes source, dis-je à Mitya. Je n'utiliserai plus jamais cette atrocité.

— J'ajouterais également le fait de suivre les conseils de Muhomor à ta liste de 'plus jamais', répond Mitya.

— Si par un quelconque miracle je survis assez longtemps pour avoir besoin de conseils, je ne demanderai que les tiens, lui dis-je.

Mon cousin essaie de me frapper au visage. Des gouttelettes de sang causées par la blessure au couteau suivent le chemin de son poing comme la queue d'une comète. Je bloque le coup avec l'avant-bras et je contre en frappant sa mâchoire du coude.

La façon dont mon coude hurle de douleur m'indique qu'il aura sans doute besoin de chirurgie s'il veut un jour se remettre à mâcher : même ses os renforcés n'ont pas pu l'aider. Malgré la douleur gigantesque que Joe doit maintenant ressentir, l'expression de son visage ne change pas du tout.

C'est alors que j'ai un déclic.

— Mon vieux, dis-je par télépathie à Mitya. La raison pour laquelle Joe ne m'a pas encore tué, c'est parce que je ne me bats pas vraiment contre Joe. Je me bats contre celui qui contrôle Joe… le marionnettiste, si on veut. Heureusement, cette personne n'est pas un aussi bon combattant que mon cousin.

— Cela explique aussi pourquoi Gogi ne se battait pas comme d'habitude, dit immédiatement Mitya.

À l'écran télé, Joe commence à bouger la jambe, alors je m'éloigne d'un pas. Maintenant que je sais quoi chercher, je suis certain que ma théorie est juste. Ceci n'était pas un coup de pied de Joe, il n'aurait jamais été si négligent. Il s'agissait de la tentative d'un coup de pied de Kostya – ou qui que ce soit qui le contrôle.

Cette petite goutte de bonne nouvelle dans la mer de mauvaises me revigore comme une nuit de sommeil complète et quatre litres de café. J'exécute une combinaison de gestes que je n'aurais jamais osé faire avec le véritable Joe, terminant par un coup de poing au creux de l'estomac. Mon poing frappe son plexus solaire avec un bruit audible. Le corps de Joe se plie en deux et sa respiration devient sifflante.

C'est l'occasion ou jamais de l'assommer ; la seule façon de m'en sortir, en dehors des idées plus brutales que j'ai eues au cours de ma folie induite par le Réducteur d'émotions. J'attrape Joe par les cheveux et je me prépare à frapper son visage contre mon genou.

Les muscles du cou de Joe qui se tendent à l'écran de la télé m'avertissent que j'ai échoué. J'essaie de me ressaisir, mais c'est trop tard. Il s'extrait de ma prise et il utilise son avantage momentané pour poser un pied derrière moi et pousser.

Sur l'écran de la télé, je me vois voler vers le plancher en bois en décrivant un grand arc de cercle. La chute semble se faire au ralenti et j'ai même le temps de calculer la probabilité de me briser le dos en atterrissant. Je décide que c'est improbable.

Je constate également mon erreur. Normalement, un coup de poing dans le plexus est si douloureux que la victime ne peut pas réfléchir pendant un moment… mais dans le cas de Joe, cela ne s'appliquait pas, car Kostya ne ressent pas la douleur de Joe. En outre, un coup de poing typique dans le plexus chasse l'air des poumons de la victime, mais les respirocytes nageant dans le système sanguin de Joe lui permettent d'avoir assez d'oxygène pour me jeter à terre.

La bonne nouvelle, c'est que ce sont les mêmes respirocytes qui devraient m'aider dans une fraction de seconde.

J'atterris sur le sol, la douleur traversant mes nerfs comme un vieux chariot de grand huit en bois. Même en sachant que je ne manque pas d'oxygène, je ne peux pas empêcher mon corps de chercher désespérément à remplacer l'air qui s'est lâchement échappé de mes poumons.

L'écran montre que Kostya prépare un autre coup que Joe ne ferait jamais.

Avec un effort de volonté colossale, je maîtrise mon corps non coopérant juste à temps pour rouler sur le côté avant qu'il s'écrase sur le sol comme un lutteur dans un mouvement qui le blessera aussi sûrement que moi. J'entends un claquement bruyant lorsque le coude de Joe frappe le sol : soit il a fait craquer le bois, soit c'est son os. Au moins, il ne s'agissait pas de mes côtes.

D'après mon combat avec Gogi, Kostya a de l'expérience avec la lutte, ce qui me fait amèrement regretter le fait d'avoir atterri sur le sol. J'essaie de bondir sur mes pieds, mais il se trouve déjà à côté de moi. Même sans l'assistance du mode de combat, je vois qu'il veut attraper mon bras droit dans une espèce de prise de judo.

Je contre de façon tellement classique que je vois que Kostya n'est pas un aussi bon combattant que je le craignais, car le corps de Joe finit sous le mien. J'aperçois sa jambe sur l'écran et je me rends compte que s'il arrive à me toucher, je chanterais avec une voix de fausset pendant un moment. Je bloque immédiatement le coup de pied et je fais de mon mieux pour attraper ses jambes avec les miennes tout en serrant ses deux poignets.

En théorie, je devrais pouvoir le tenir de cette façon pendant un moment, mais Kostya le comprend également. Il fait faire quelque chose à Joe qu'aucun combattant sain d'esprit ne ferait : il me donne un coup de tête sous un angle qui sera bien pire pour lui que pour moi.

La mâchoire déjà endommagée de Joe s'écrase contre mon front, me faisant voir une explosion d'étincelles à l'endroit où devrait se trouver son visage ensanglanté. Lorsque ma vue revient, Kostya répète le coup de tête : cette fois, c'est le front de Joe qui frappe le mien.

Le traumatisme crânien et le sang dans mes yeux m'empêchent de voir ce qu'il se passe jusqu'à ce que je vérifie à l'écran et que je vois la tête de Joe touchant encore une fois la mienne. L'impact me donne l'impression que le monde autour de moi n'est plus réel. Je reconnais cette sensation : cela m'arrive chaque fois que quelqu'un – généralement Joe – m'assomme.

Je ne suis pas le seul à être affecté. Le corps de Joe s'affale sous le mien et à l'écran, je le vois s'évanouir... juste avant que mon propre univers s'obscurcisse.

CHAPITRE TRENTE-ET-UN

JE M'ÉVEILLE DANS UN BOURDONNEMENT BRUYANT.

— Vous êtes resté sans connaissance pendant vingt-trois minutes, dit la voix d'Einstein dans ma tête douloureuse.

Le bourdonnement semble s'intensifier et je constate que je me trouve dans un endroit sombre. En tout cas, je ne détecte aucune lumière à travers mes paupières fermées. Avant d'ouvrir les yeux, je jette un coup d'œil à ma famille par l'intermédiaire de l'application EmoRat.

M. Spock s'ennuie. La pièce est très silencieuse, et d'après les bottes immobiles des trois gardes, ces derniers doivent être immobiles eux aussi.

— Hé, tu te débrouilles très bien en tant que garde, dis-je au rat. Continue comme ça.

— Tu es revenu, dit M. Spock avec enthousiasme. J'ai appelé quand j'ai fini dans Rat World, mais tu n'as pas répondu.

— J'étais un peu occupé, dis-je. Je le suis toujours, mais nous aurons bientôt le temps de parler.

— D'accord, répond M. Spock. Je vais attendre.

Un message en Zik de Mitya nous interrompt, plein d'urgence paranoïaque.

— Ne leur montre pas que tu es réveillé. Rejoins-nous dans la RV.

Je fais ce que suggère mon ami. Il y a trois personnes dans la RV à présent : Dominic, Mitya et Muhomor.

— Dominic, dis-je pour toute forme de salut. S'il te plaît, dis-moi que tu es sur le point de débarquer et de nous sauver.

— Je me trouve à environ une demi-heure de toi.

Même si cette version virtuelle de Dominic ne possède pas d'exosquelette ni de bras bionique, il reste une présence impressionnante dans la salle de réunion.

Mitya regarde la silhouette géante de Dominic avec admiration.

— Il court à pied en prenant un raccourci à travers la nature. Nous devrions lui donner une prime énorme quand tout cela sera terminé.

— Et qu'en est-il des robots ? dis-je.

— Vingt-cinq minutes avant leur arrivée.

Mitya affiche une carte sur le grand écran afin d'indiquer les points représentant Dominic et les robots.

— Que sont ces points bleus et jaunes qui suivent les robots ? dis-je après avoir examiné la carte.

— La police et les médias. Ce n'est pas tous les jours

que quelqu'un rejoue une scène de *I, Robot* au nord de l'État de New York.

Il affiche une vidéo des robots montant ensemble sur une colline, le soleil scintillant sur leurs têtes métalliques.

— Ils ne seront pas non plus ici à temps, dit Dominic. Ils traînent derrière les robots.

— Alors y a-t-il quoi que ce soit qui puisse m'aider dans ma situation actuelle ?

Je les regarde tour à tour, essayant d'ignorer le nœud dans mon estomac.

— Les trois drones que je t'ai promis se trouvent à l'extérieur de la pièce dans laquelle tu es scanné, dit Muhomor. J'ai une idée, mais j'aimerais ton avis.

Il montre les trois écrans. Chaque drone doit avoir une lentille télescopique, car j'ai trois aperçus d'une pièce qui était sans doute une grande chambre d'amis avant que Kostya la transforme en infirmerie et laboratoire de fortune. Sur le lit à la droite de la fenêtre, Joe est branché à une sorte d'équipement de monitoring. On y voit un pouls qui prouve qu'il est en vie, du moins pour l'instant.

Trois silhouettes en blouse blanche se tiennent avec le dos tourné vers la fenêtre, groupées autour d'un autre corps à l'intérieur d'une grande machine de scan cérébral. Seuls le bas du torse et les jambes de l'homme en sortent. Il me faut un instant pour me rendre compte que le torse m'appartient et que cela explique le bourdonnement et l'obscurité.

— Que me font-ils ?

Je marche vers l'écran et j'indique la machine. Est-ce un scanner ou une IRM ?

— Ils viennent d'obtenir les identifiants de tes cerveaucytes, dit Mitya sur un ton d'excuse.

— Mais le côté positif, c'est qu'ils ont également scanné ta tête pour de vrai, et on dirait que Joe ne t'a pas fracturé le crâne, ajoute Muhomor.

— Ils veulent sans doute te pirater comme ils l'ont fait à Gogi et Joe, dit Dominic.

Il grimace en voyant les regards noirs de Mitya et Muhomor.

— Comme le dit Capitaine Évidence, continue Muhomor après une courte pause, Kostya a dû prévoir plus que ça pour toi.

Une des personnes autour de moi est sûrement Kostya lui-même.

Une idée folle me passe par la tête.

— Muhomor, pourrais-tu frapper chacune des personnes de cette pièce avec tes drones ? dis-je rapidement. Ils sont trois et il y a trois drones. Je pourrais sortir de la machine, les achever, désarmer un garde et me barricader avec Ada, Alan et Joe dans cette pièce jusqu'à ce que les robots et Dominic arrivent.

— Ce que tu dis, c'est mon plan précédent, dit Muhomor. Je peux…

— Ce plan a une faible probabilité de succès, explique Mitya. Ces drones ne sont pas faciles à manœuvrer, alors si les gens ne sont pas déjà distraits par autre chose, il est peu probable qu'ils se fassent toucher.

— Et lorsque la vitre se brisera, ils seront avertis.

Dominic fixe intensément l'écran. Il doit chercher une nouvelle idée et ne pas la trouver.

— Avez-vous d'autres plans ? Ou bien êtes-vous bien décidés à me sacrifier pour apprendre comment fonctionne ce piratage du cerveau ?

— En supposant que cette histoire de débogage dont ils m'ont parlé puisse nous aider, dit sombrement Dominic. C'est un grand 'si'.

Nous restons assis dans un silence maussade pendant que les gens à l'écran me sortent de la machine. Je sens le mouvement dans le monde réel.

— Les méchants hommes bougent, me dit M. Spock avec urgence.

À travers les sens de M. Spock, je vois la porte s'ouvrir et un homme en blouse blanche entrer. Dans la RV, j'explique qu'il se passe quelque chose près d'Alan et Ada et je leur fournis l'application EmoRat afin qu'ils puissent regarder. Ils ne possédaient pas cette application, car seuls Ada, Alan et moi l'utilisons régulièrement. Cela n'a jamais fait partie du lot AROS standard.

— Il est temps de se réveiller, dit le nouveau. Le patron ne veut pas qu'il dorme pour la suite.

Les deux seringues dans les mains de la blouse blanche signifient sans doute qu'il a l'intention d'injecter quelque chose à Ada et Alan pour les réveiller. Normalement, ce serait une bonne nouvelle, mais dans le contexte de 'la suite', cela paraît extrêmement sinistre.

— Combien de temps avant que la fille se réveille entièrement ? demande la voix rocailleuse que je reconnais comme appartenant à Boris.

Il essaie de paraître nonchalant, mais il y a une curiosité louche dans sa voix qui me remplit d'effroi.

— Elle reviendra à elle presque tout de suite, mais il faudra quelques minutes avant qu'elle ne soit plus groggy, répond la blouse blanche.

Il marche vers le fauteuil d'Ada en avançant l'aiguille de façon menaçante.

— Ne devrions-nous pas l'attacher ? demande Boris avec un empressement malsain.

— Fils de pute, maugrée Dominic dans la RV.

Mes autres amis font chacun à sa façon écho à ce sentiment.

— Le boss a dit de ne pas l'attacher, dit la blouse blanche.

Le fauteuil bloque la vue de M. Spock, mais je suis presque certain que le type administre l'injection à Ada.

— Il contrôle déjà ces deux-là, alors ils resteront tranquilles quand ils auront repris leurs esprits.

Il me faut un effort énorme pour faire semblant d'être sans connaissance dans le monde réel. Ce que je veux vraiment, c'est ouvrir les yeux, attraper la gorge de Kostya et ne plus le lâcher avant d'avoir étranglé jusqu'à la dernière étincelle de vie de mon putain de demi-frère taré.

— Nous nous attendions tous à ce que ta famille soit piratée, dit Muhomor dans la réalité virtuelle.

Avant qu'il puisse développer cette pensée, Dominic se penche et le frappe à l'arrière de la tête avec la paume ouverte. Cela n'a pas dû lui faire trop mal, particulièrement dans la RV, mais Muhomor crie néanmoins comme un petit porcelet.

Ignorant la RV, je travaille à calmer mes émotions tumultueuses pendant que la blouse blanche procède à l'injection d'Alan. J'ai de la chance, car les gens qui ont sorti mon corps de la machine sont tous occupés à regarder quelque chose dans l'air au-dessus de moi, sans doute un écran privé de réalité augmentée.

— Ils ont besoin de moi au laboratoire, dit le type des seringues en sortant. Le patron arrive bientôt.

— J'ai besoin d'un service, dit Boris aux autres gardes dès que la porte se referme. Vous deux, vous devriez faire une petite pause aux toilettes.

Les hommes se regardent.

— Le patron a dit qu'on ne doit pas leur faire de mal, dit l'un, la voix étouffée par le masque de Nixon. Non pas que cela soit logique, étant donné la situation, mais les ordres sont les ordres.

Je n'aime vraiment pas cette remarque sur 'la situation', mais mon inquiétude quant à sa signification est rapidement chassée par la fureur qui s'accumule dans mon cœur.

— Elle n'aura pas mal, dit Boris d'un ton qui envoie des frissons de colère dans tout mon corps. Elle sera juste un peu irritée, c'est tout. Vous savez que je vous revaudrai ça si vous le faites pour moi.

Les deux autres gardes gloussent lascivement et tournent le dos.

Le sang se met à bouillir hors de mes veines. Je suis sans doute plus dangereux maintenant que je ne l'étais avec le Réducteur d'émotions. Cette application me transforme en monstre glacial, mais en ce moment même, j'apprécierais de faire souffrir Boris.

— Le pouls du sujet est très élevé, dit quelqu'un à côté de moi dans le laboratoire. Je crois qu'il est réveillé.

— Le by-pass est maintenant activé, dit la voix de Kostya à ma droite. Peu importe.

— Ils t'ont piraté, dit Muhomor dans la RV.

— Je l'ai capturé via le mode de débogage, dit Mitya.

Je crie alors dans la RV en serrant si fort les poings que cela me fait mal :

— Je n'en ai rien à foutre ! Ce connard est sur le point de violer Ada.

Mes amis semblent choqués par la véhémence de ma voix. Même Dominic s'écarte d'un pas.

— Ils sont sur le point de désobéir à tes ordres, crié-je à Kostya dans le monde réel alors que rien ne sort de ma bouche. Tu as dit de ne pas faire de mal à Ada, mais c'est sur le point d'arriver !

Mon cerveau est étourdi par l'étrangeté de parler sans qu'aucun son ne sorte de mon larynx, et mon impuissance intensifie ma fureur.

Mon attention revient alors à la pièce où se trouve Ada, car M. Spock voit la porte se fermer derrière les deux gardes.

Boris marche jusqu'au fauteuil d'Ada.

— J'espère vraiment que tu es déjà réveillé, dit-il de sa voix rauque. Cela me plaira beaucoup plus si c'est le cas.

Aucun son ne sort de la bouche d'Ada, mais c'est peut-être parce qu'elle n'a pas la possibilité de crier, comme moi.

Les mains de Boris descendent vers sa fermeture éclair.

CHAPITRE TRENTE-DEUX

Si j'avais été sur place, j'aurais arraché la tête de cet enfoiré à mains nues. Ma haine doit apporter sa propre concentration sinistre, parce qu'un plan d'action me vient immédiatement.

— Muhomor, dis-je précipitamment dans la RV. Fais voler les drones contre sa tête. Maintenant.

— Mais tu en as besoin…

— Maintenant, ou je te tue, putain !

Quelque chose dans mes yeux doit le convaincre, car Muhomor obéit promptement.

— M. Spock, tu dois faire quelque chose de très dangereux pour Ada, mais c'est important.

Mon message EmoRat en Zik est beaucoup plus doux que l'ordre que j'ai aboyé dans la réalité virtuelle, mais il comporte le même sentiment d'urgence.

— Je suis prêt, répond immédiatement M. Spock. Que dois-je faire ?

— Je veux que tu remontes le long de la jambe du pantalon de cet homme.

J'essaie en vain de serrer les poings dans le monde réel : mes mains restent immobiles.

— Une fois que tu arrives en haut, je veux que tu mordes, encore et encore, aussi fort que possible.

Une vague d'empressement me parvient d'EmoRat. Il est évident que M. Spock a eu envie de mordre les méchants depuis un moment, et seul le conditionnement social que nous lui avons inculqué l'en a empêché.

Mes perceptions ralentissent énormément lorsque les trois points de vue des drones se focalisent sur la fenêtre près de là. Alors que je ne peux pas retenir ma respiration dans le monde réel, j'arrête de respirer dans la RV lorsque M. Spock bondit sur la chaussure de Boris.

Boris ne semble pas remarquer l'éclair au pelage blanc sur le sol.

Les yeux de M. Spock montrent la vision répugnante d'une grosse jambe poilue pendant qu'il grimpe jusqu'à une destination encore plus dégoûtante.

Boris doit sentir les petites griffes sur sa jambe, car il s'arrête. Le drone le plus rapide pointe sa lentille vers la fenêtre et je vois son air perplexe grâce à la vue de la caméra.

M. Spock grimpe plus haut. Lorsqu'il aperçoit les sous-vêtements blancs, la rage du rat suinte de l'interface EmoRat.

— Oui !

J'encourage le petit guerrier.

— Mords ce fils de pute.

Même les rats de laboratoire comme M. Spock ont de grandes dents capables d'administrer des morsures douloureuses. En général, les rats évitent de se battre contre les humains, car ils savent que c'est une bataille perdue d'avance, mais si vous en coincez un, il vaut mieux vous préparer à souffrir – voire à subir la fièvre du rat.

Les dents de M. Spock percent facilement le tissu en coton et la peau fine des testicules de Boris.

Le cri d'agonie est une musique à mes oreilles assoiffées de sang.

Le drone se trouve à deux centimètres de la fenêtre et j'aperçois le visage horrifié de Boris juste avant que des éclats de verre volent dans la pièce et que le visage devienne plus grand.

M. Spock mord encore sa cible et avec tant de force que je sens la douleur des mâchoires du petit gars.

Le cri suivant de Boris est plus aigu. Par l'intermédiaire du drone, je le vois lutter pour décider s'il doit se donner un coup de poing dans l'entrejambe : un choix difficile.

— Enfuie toi, dis-je à M. Spock. Vite.

Je sens son désir de continuer à mordre, mais c'est un bon rat et il descend en courant. Il se trouve près du genou de Boris lorsque le premier drone frappe l'homme au torse.

Boris se plie en deux et avec un peu de chance il aura momentanément oublié la source des morsures.

— Pour le rat, ça doit être comme une scène de *King Kong*, dit Muhomor dans la RV, ce qui lui vaut un autre coup sur la tête de la part de Dominic.

Le deuxième drone vole par la fenêtre juste au moment où M. Spock quitte le pantalon de Boris. Boris frappe le drone et celui-ci s'écrase contre la télévision. Sa distraction momentanée donne au troisième drone l'occasion nécessaire et il frappe sa tempe avec un bruit satisfaisant.

Boris tombe comme un arbre, son pied qui s'agite heurtant accidentellement le derrière de M. Spock.

L'élan envoie M. Spock sous le fauteuil d'Alan. Il essaie de toutes ses forces de ralentir, mais ses griffes ne fournissent pas assez de prise.

On entend un craquement bruyant lorsque Boris touche le sol. À travers la caméra du dernier drone, je le vois atterrir sur les débris de la télé, se coupant dans de nombreux endroits. Malheureusement, la vue à travers les yeux de M. Spock donne la nausée lorsque le petit gars vole comme une torpille vers le pied du fauteuil avant de se frapper la tête contre le bois.

M. Spock envoie une sensation bien trop familière : il s'évanouit.

— Tu t'es bien débrouillé, lui dis-je en me sentant coupable. Tu es le rat le plus féroce au monde.

Il semble m'avoir entendu, car je sens une étincelle de fierté avant qu'il perde entièrement connaissance.

— Le rat est-il mort ? demande Muhomor en évitant cette fois la main de Dominic. Hé, je ne fais que poser la question.

— Il a une puce de biofeedback, dis-je sèchement. Ses signes vitaux sont bons. Il va seulement être KO pendant un moment… et il aura sûrement une migraine en revenant à lui.

— Pouvons-nous parler à Mike de sa propre situation maintenant ?

Muhomor regarde Dominic d'un air belligérant. Je ne pense pas qu'il lui reste beaucoup de temps dans la réalité virtuelle.

— Nous en avons appris davantage sur ce piratage, dit Mitya. Il s'agit d'une porte dérobée qui permet à Kostya d'allumer et d'éteindre n'importe quelle application à l'intérieur de…

— La faille se trouvait dans l'interface GPS, intervient Muhomor avec enthousiasme. Ils ont dû pirater tous les satellites au monde pour arriver à faire ça. La taille de cette opération…

Dominic tape Muhomor avec bien plus de force.

— La ferme, sinon je te fais taire pour de bon.

— Comme je le disais, poursuit Mitya en jetant un regard assassin à Muhomor, cette porte dérobée permet également à Kostya de faire fonctionner n'importe quelle application dans ton AROS sans ton consentement. Il en installe une partie tout en désactivant les applications habituelles. Quand il parviendra à l'interface de RV, tu ne pourras plus…

Je me trouve brutalement uniquement dans le monde réel. La salle de réalité virtuelle a disparu sans laisser de trace. Kostya a fait ce dont Mitya essayait de m'avertir : il a fermé l'application en question.

J'essaie d'envoyer un message privé en Zik à Mitya, mais il ne se passe rien. J'essaie les e-mails et les réseaux sociaux sans résultat. Même l'antique messagerie instantanée ne démarre pas.

— Essayons le programme des fonctions motrices, dit Kostya à côté de moi. Fais-lui ouvrir les yeux.

Mes yeux s'ouvrent sans que je le veuille.

La lumière dans la pièce fait mal à mes yeux qui ne sont pas encore adaptés. J'essaie de plisser les paupières et même cela, je ne peux pas le contrôler.

La panique monte au fond de mon esprit. Tout le monde a cette peur viscérale d'être enfermé dans son corps sans avoir la capacité de le contrôler. Je suppose que pour moi, cette peur est plus forte que d'habitude. J'essaie de me détourner de la terreur totale en me rappelant comment se sentaient ces pauvres patients paralysés avant que je leur donne des cerveaucytes. Je me concentre sur le bonheur que c'est d'avoir aidé les gens à guérir d'une telle horreur.

— Einstein ? dis-je mentalement. Quelle heure est-il ?

Aucune réponse.

Comme tout utilisateur, j'associe depuis longtemps toutes mes applications préférées à des commandes mentales, ce qui explique que je n'ai pas utilisé l'interface AROS visuelle d'origine depuis longtemps. J'essaie de l'invoquer maintenant.

À ma grande surprise, l'interface apparaît. Kostya ne doit pas avoir encore désactivé l'application de contrôle de l'interface utilisateur AROS. Le nombre d'icônes flottant dans les airs devant moi est minuscule en comparaison de ce qu'il y a d'habitude. L'icône de l'application Paint disparaît sous mes yeux avant que je puisse lui trouver une utilisation pratique : elle avait un bouton de partage qui utilise sans doute l'API des applications fermées… une opportunité minuscule qui a maintenant disparu.

Le pire, ce sont les icônes inconnues qui apparaissent. Il doit s'agir des applications permettant à Kostya de faire faire les choses terribles qu'il a prévues : des applications qu'il peut activer sans mon consentement.

L'interface AROS disparaît et une portion majeure de mon esprit vole en éclats et meurt d'une mort horrible. Le terrible sentiment de stupidité m'évoque vaguement le temps que j'avais passé sans internet dans une cachette secrète du gouvernement. Cependant, cette sensation est un million de fois pire. J'ai reçu plus de boosts depuis et j'en suis venu à m'appuyer encore davantage sur mes extensions dans le cloud. Il n'est pas clair si le substrat informatique dans mes os m'aide à réfléchir ou pas, mais quoi qu'il en soit, je suis à peine capable de former une pensée à moitié cohérente. C'est comme si j'étais un fantôme de moi-même, une copie analogique d'une copie d'une copie.

Kostya doit maintenant avoir le contrôle complet de mon esprit, mais les implications sont désormais plus difficiles à comprendre pour moi. Je me demande si je savais ce que Kostya allait me faire faire quand j'étais encore entier il y a une minute. Je me demande également si j'avais un plan à ce moment-là, car je suis terriblement perdu maintenant.

— Essaie de bouger, recommande un homme maigre en blouse blanche.

Kostya semble pensif un instant, et soudain mon corps se met à bouger.

S'il était étrange de ne pas contrôler mes paupières, me lever comme une marionnette l'est encore plus. C'est comme si j'étais devenu un passager passif dans mon propre esprit. Je ressens encore la pression de chaque pas, le va-et-vient de ma respiration et le balancement de mes bras. Mais sans contrôle, cela rappelle davantage un film de réalité virtuelle à petit budget que le fait d'être moi-même.

Je fais un pas, puis un autre. Le plus étrange, c'est qu'une partie de moi me donne l'impression de contrôler mes mouvements, et il faut que je me concentre pour être certain que ce n'est pas le cas. Que je ne peux rien décider. Je suppose que ma conscience n'a pas l'habitude de ne pas contrôler et elle essaie de se raccrocher à une illusion de liberté, une illusion qu'il est facile de détruire : tout ce qu'il me suffit de faire, c'est de souhaiter arrêter de marcher.

Mon corps avance jusqu'au corps sans connaissance de Joe et ma main se tend vers une table avec des instruments médicaux juste à côté de sa tête. Mes doigts frôlent le métal froid d'un scalpel et le saisissent doucement.

— Non, veux-je dire, mais aucun mot ne sort.

Je lutte pour contrôler ma main, en vain. Le scalpel

caresse la mâchoire ruinée de Joe, laissant un trait sanglant à l'endroit où il coupe dans la peau. La coupure n'est pas profonde et ne devrait pas faire beaucoup de dégâts, mais si Kostya appuie ma main ne serait-ce qu'un millimètre plus loin, l'histoire serait différente.

— As-tu des nouvelles de Boris ? demande une des blouses blanches.

Ma main s'arrête et Kostya marque une pause momentanée. Je peux l'imaginer contactant son AROS en privé et apprenant ce qui est arrivé à Boris. Si c'est le cas, il convoque sûrement d'autres sbires afin de nettoyer le bazar.

En sursautant violemment, ma main jette le scalpel sur le plateau et mes jambes me ramènent vers Kostya. Je me tiens devant mon demi-frère comme une statue de glace, cherchant inutilement à contraindre mes mains de lui attraper le cou.

— Comment Boris a-t-il été blessé ? demande Kostya de son étrange voix de fausset. D'où viennent ces drones cassés ?

Je suppose que cela signifie que ma bouche fonctionne, alors je la teste.

— Je. T'emmerde. Je vais…

À ma grande déception, mon flot de menaces et d'obscénités est interrompu. Cela ne m'empêche pas d'essayer d'injecter le mépris que je ressens pour mon demi-frère dans mon regard fixe.

Un élément ressemblant à une icône de réalité augmentée apparaît devant mon visage. Je me trouve brutalement aux prises avec la pire souffrance que j'ai pu ressentir de ma vie, et j'ai survécu à des coups de feu, des explosions et même à la torture. C'est comme si quelqu'un me donnait des coups de pied répétés dans les boules, sauf que c'est dans mon cerveau.

Je veux haleter, mais mon corps respire avec le calme d'une vache hindoue. Je veux hurler, mais ma bouche ne fonctionne pas.

L'icône que j'ai vu passer devait être le lancement d'une application faisant l'opposé de l'appli de soulagement : elle envoie des coups de tonnerre dans différents endroits de mon cerveau.

La douleur cesse et Kostya répète :

— Comment Boris a-t-il été blessé ? D'où viennent les morceaux de ces drones ?

— Quelqu'un t'a déjà dit que tu ressembles à un pédophile syphilitique ? dis-je d'une voix rauque de douleur résiduelle. Espèce de fils de...

L'éclair d'agonie est pire cette fois. Il est plus pur. Il m'évoque moins quelque chose de physique. C'est l'impression que l'on doit avoir si un zombie mâche notre cerveau quand on est en vie – du moins, si notre cerveau possédait des récepteurs de douleur.

Après une décennie subjective, mais sans doute une seconde dans le monde réel, le tourment s'arrête et Kostya répète ses questions.

Bien que je sois tenté d'insulter encore mon demi-frère, la peur que la douleur revienne est si intense que je décide d'arrêter de jouer au héros.

— Tu n'as jamais dit que je ne pouvais pas faire

venir des drones ici. Tu m'as seulement dit de venir tout seul.

Il réfléchit à mes paroles et je me prépare intérieurement au retour de la douleur.

— Il ne peut plus commander de drones maintenant, dit une des blouses blanches.

— Malgré tout, je vais accélérer les procédures, dit Kostya. Allons-y.

Mon corps se ranime et je marche vers la sortie de la salle, passant devant un certain nombre de lits d'hôpital blancs. Kostya me dirige vers un large couloir. Une porte s'ouvre sur la droite et plusieurs gardes masqués sortent avec Boris sur un brancard. D'autres gardes suivent avec des sacs-poubelle noirs qui contiennent sans doute du verre brisé et les restes des drones.

Kostya m'arrête à côté de la porte d'où ils viennent de sortir.

— Tu as réalisé mon pire cauchemar, dit-il d'une voix de fausset monocorde. Je suis sur le point de te rendre la pareille.

Ma tentative de cracher un flot d'obscénités en russe et en anglais ne quitte pas ma bouche récalcitrante.

Kostya me regarde sans cligner des paupières, et ma perception vacille momentanément. Lorsque ma vue revient, je me rends compte qu'il doit avoir fermé mes yeux, car je ne l'ai pas vu bouger. Et il a dû bouger, car il se trouve déjà plus près de la porte.

Mon bras se lève et Kostya me donne un Glock 19

comme celui que j'utilise au stand de tir. Cette transmission a quelque chose de cérémoniel et si mon corps m'appartenait encore, je respirerais à toute vitesse.

Kostya passe par la porte et je le suis malgré moi.

Quelque chose dans la pièce n'est pas tout à fait logique, mais Kostya force mes yeux à passer d'Ada à Alan. Il s'agit d'un rare cas où ses objectifs malveillants correspondent à ce que je veux faire de toute façon.

Ada et Alan me fixent avec des visages paralysés indiquant qu'ils sont sous le contrôle de Kostya.

— S'il te plaît, papa, non, dit Alan avec un ton qui lui donne l'air d'un inconnu – sans doute un effet secondaire de l'utilisation de ses cordes vocales par Kostya. Ne me tue pas.

— Ne nous tire pas dessus, Mike, dit Ada de la même façon étrange, le visage complètement dénué d'émotions.

Ma main serre le pistolet et se lève.

J'essaie de hurler, mais aucun mot ne quitte ma bouche.

Le canon de mon pistolet pointe vers la tête d'Ada et Kostya force mes yeux à regarder dans le viseur. Toute mon expérience au stand de tir ne laisse aucun doute : si mon doigt appuie sur la gâchette, la balle touchera le milieu du front de ma femme.

S'il était possible pour un cerveau de hurler, le mien l'aurait déjà fait.

Des idées désespérées me passent par la tête.

— C'est un rêve. Einstein, viens, s'il te plaît.

L'IA n'apparaît pas, ce n'est donc pas un cauchemar.

— Peut-être est-ce un moment divinatoire.

Je me souviens alors que c'est impossible. Les moments de précognition ont disparu avec la technologie des boosts cérébraux plus récents, et même lorsqu'ils avaient lieu dans le passé, ils étaient court-circuités dès que l'on pensait les mots 'moment divinatoire'.

Mon doigt tire lentement sur la gâchette.

Le recul des pistolets repousse ma main en arrière au moment où la tête d'Ada explose.

CHAPITRE TRENTE-TROIS

— C'est impossible, me dis-je mentalement. S'il vous plaît, s'il vous plaît, s'il vous plaît. Faites que ce soit impossible.

— Papa, ne fais pas ça, dit Alan de cette façon très bizarre.

Mon bras pointe sans trembler le pistolet sur le petit torse d'Alan.

Je me maudis d'avoir gaspillé les drones sur Boris tout à l'heure. J'aurais dû les garder pour me tuer d'une façon ou d'une autre. Non pas qu'il me reste une application pour contrôler un drone, mais Muhomor et Mitya auraient pu le faire.

Mon doigt tire sur la gâchette.

J'ignore le bruit qui fait tinter mes oreilles, ainsi que le recul. Tout ce que je vois, c'est la petite cage thoracique d'Alan dévastée par la balle.

Dans le but de me torturer, mes yeux reviennent vers le corps d'Ada, me forçant à regarder ma femme morte pendant ce qui semble être une éternité de chagrin avant de revenir vers Alan.

Je veux tomber à genoux. Je veux fermer les yeux. Je veux arracher mes cheveux. Mais mon corps ne bouge pas.

Si les humains pouvaient mourir de chagrin par la simple volonté, je le ferais.

Ma vue se brouille encore une fois et je me retrouve à l'extérieur de la porte.

Comment suis-je revenu ici ? Que vient-il de se produire ?

Je suis pris d'un espoir fou.

Cette scène de meurtre peut-elle avoir été un moment divinatoire, même si ce n'est pas probable ?

Kostya se tient de la même façon qu'avant que ma vue se brouille la première fois.

— Je voulais te donner un aperçu de ce que je vais te faire faire dans une minute, afin que tu puisses avoir l'opportunité de vraiment savourer l'expérience.

Je comprends alors. Kostya peut lancer n'importe quelle application dans mon interface AROS. Cela signifie qu'il peut me forcer à regarder des vidéos en réalité virtuelle, et c'est la vision d'horreur que j'ai eue. Cela explique pourquoi j'ai pensé que la pièce était étrange : il n'y avait aucun signe de la lutte de Boris. Lorsque Kostya a fait la fausse vidéo, il ne savait pas que l'incident avec Boris allait avoir lieu, alors il ne l'a pas représenté.

En y repensant, la vidéo n'était même pas si bonne. J'avais cru que la voix et les expressions de visage d'Ada et Alan étaient bizarres parce qu'elles étaient contrôlées par Kostya, mais il s'agissait simplement d'images de synthèse mal préparées.

— Tiens.

Kostya me donne le pistolet, comme si j'avais le choix.

Ma main se tend et l'attrape encore, ou pour la première fois – je me fous de la sémantique en ce moment.

Cette fois-ci, lorsque je commence à marcher, je suis attentif aux plus petits détails afin de m'assurer de ne pas me trouver encore une fois dans la réalité virtuelle. Étant donné la pression de la poignée contre la paume de ma main, le poids du Glock tirant mon bras vers le bas, et la légère odeur du sang de Boris et de la sueur de Kostya, je dois en conclure que ceci arrive dans la réalité. La technologie de réalité virtuelle n'a pas encore ce niveau de détail. Les cauchemars non plus, d'ailleurs.

Je comprends le génie malveillant de Kostya qui me fait maintenant douter de la réalité. La conséquence de la RV est que je suis maintenant très alerte. S'il me fait refaire l'atrocité de la fausse vidéo, je ressentirais encore plus vivement chaque aspect.

Ma jambe droite fait un pas. Je me concentre encore et je prends garde de sentir la pression de mon pied touchant le sol, l'interaction des muscles de la jambe. Ce n'est pas seulement pour vérifier la réalité de ce qu'il se passe, mais aussi pour essayer de reprendre le contrôle. Un muscle de ma jambe écoutera peut-être mon cerveau et me permettra de basculer. Peut-être qu'un muscle de ma main sursautera et me fera tomber le pistolet.

Si le contrôle de Kostya possède une faille, je ne la trouve pas dans le temps qu'il me faut pour entrer dans la pièce d'un pas lourd.

Cette fois, j'aperçois les signes des mésaventures de Boris : une vitre a disparu et du verre craque sous mes pieds. Kostya m'oblige à observer la pièce. Il y a deux gardes : un à côté d'Ada et l'autre à côté d'Alan. Kostya s'arrête à ma gauche, facilement à ma portée – si seulement je pouvais contrôler mon corps.

Comme dans ma vision précédente, les yeux d'Alan et d'Ada sont ouverts. Contrairement à tout à l'heure, leurs expressions ne sont pas complètement vides. Il y a un tressaillement nerveux au coin de l'œil d'Ada et quelque chose de similaire au coin de la bouche d'Alan.

Ma main gauche retire la sécurité du pistolet : un autre détail omis de la vidéo de réalité virtuelle.

Ma main hésite, comme si Kostya cherchait à décider qui tuer en premier.

Il doit parvenir à une décision, car ma main se tourne dans la direction d'Alan.

CHAPITRE TRENTE-QUATRE

Kostya ralentit mes mouvements afin de me tourmenter autant que possible. Son plan fonctionne extrêmement bien.

Quelque chose pénètre alors son contrôle.

Si je pouvais cligner des yeux de perplexité, je le ferais, car je ne comprends pas d'où vient cette vague d'émotions groggy. Sans mon boost cérébral, il me faut un long moment pour reconnaître ce que je vis.

C'est ainsi que se sent M. Spock lorsqu'il est réveillé d'une sieste de rat.

Kostya a-t-il oublié d'arrêter l'application EmoRat ?

Maintenant que j'y pense, c'est probable. Ada, Alan et moi sommes les seuls utilisateurs de cette application. Kostya ou n'importe qui en dehors de notre cercle ne saurait pas qu'elle existe et qu'il faut l'arrêter.

— Petit pote ! crié-je avec urgence par l'intermédiaire de l'application. Je crois que tu t'es cogné la tête et que tu as été assommé, et tu viens de reprendre connaissance.

— Ça me semble vrai, répond le rat.

Son esprit est manifestement encore un peu embrumé.

— Ton ami est dans ma tête.

— Quoi ? dis-je avec une lueur d'espoir. Muhomor… ? Mitya ? Pouvez-vous… ?

— Déjà en cours, dit M. Spock avec une sophistication inhabituelle. C'est Muhomor, au fait.

— Mon vieux.

J'essaie de remplir ma réponse avec tout le désespoir d'un homme dont la main est en train de viser un pistolet sur son fils.

— S'il te plaît, dis-moi que le mode de débogage de Mitya a fonctionné.

— Oui, quand j'ai su comment ils sont entrés, cela n'a pas été difficile de rétroconcevoir le reste. D'autant plus que le sort a été assez favorable pour nous fournir un sujet de test géorgien ici même dans le bunker.

La réponse en Zik de Muhomor contient une quantité inappropriée de jubilation.

— Ada et Alan sont déjà libérés de son contrôle, d'ailleurs. Ils font seulement semblant. C'est plus difficile avec toi, car je n'ai eu aucun moyen de te contacter jusqu'à maintenant. Je dois dire que j'ai toujours pensé que ton rat domestique était une frivolité stupide, mais maintenant que je peux m'en servir de proxy pour…

— Peux-tu voir la pièce ? Le pistolet vise déjà presque la tête d'Alan.

— C'est vrai, dit Muhomor. C'est ce que nous voulons. Jusqu'à la dernière seconde. Nous ne voulons pas qu'ils pigent la situation.

— Il s'agit de la dernière seconde.

Même si mon esprit n'est pas aussi lucide qu'il le faudrait, je comprends son plan… mais je suis si énervé que si cette conversation se produisait dans la réalité virtuelle, je lui donnerais un coup de poing au visage.

— Libère-moi. Maintenant.

— Pas encore. Kostya observe très attentivement en ce moment. Si je retire son contrôle, il saura instantanément ce qui est arrivé. Au cas où tu ne l'aurais pas remarqué, il y a des gens armés dans la pièce.

— Si tu ne me rends pas le contrôle de mon corps, je vais sincèrement te tuer quand je te reverrai.

Je fourre toute ma haine de mon demi-frère dans mon message en Zik afin de bien me faire comprendre.

— Très bien, aboie Muhomor. Voyons si ça marche.

CHAPITRE TRENTE-CINQ

Mon esprit redevient entier.

Aucune extase induite par les drogues ni le meilleur orgasme au monde ne peut être comparée à la sensation de récupérer toutes mes prouesses mentales. Si quelqu'un transformait par magie une fourmi en ingénieur aérospatial, c'est ainsi que se sentirait la petite créature.

Voyant simultanément à travers mes propres yeux et ceux de M. Spock, j'analyse une nouvelle fois la situation. C'était une erreur de forcer Muhomor à me rendre le contrôle à ce moment précis. Kostya est effectivement sur le point de prendre conscience de ce qu'il se passe… quelques millièmes de seconde trop tôt. Je suis maintenant fâché que Muhomor ait cédé, mais je n'ai d'autre choix que de travailler avec la situation telle qu'elle est. Si jamais il m'arrive de ne plus avoir mon boost cérébral, j'espère garder assez d'intelligence pour faire confiance à quelqu'un dont l'intellect (à ce moment-là) est largement supérieur au mien.

Le côté positif est que Mitya et Muhomor ne connaissent pas toute l'étendue de mes capacités au combat. Avec un peu de chance, je pourrais encore nous faire sortir en vie de ce pétrin.

Au lieu de continuer la trajectoire qui pointerait le pistolet vers la tête d'Alan, ma main se décale de deux centimètres sur le côté et j'envoie une balle entre les orbites du masque Richard Nixon du garde d'Alan.

Le masque se brise en petits morceaux, tout comme le crâne de l'homme au-dessous.

Je sens une pointe de regret à cause de cette mort : un effet secondaire évident d'avoir Uni si récemment mon esprit à celui d'Ada. N'importe quel manuel de police conseillerait la force létale dans une situation pareille. Tirer pour tuer est le choix le plus sûr dans les circonstances actuelles. J'ai pris des risques inutiles dans le passé en tirant dans l'épaule des gens. Maintenant que j'ai plus d'expérience, je refuse de risquer la vie de ma famille pour un enfoiré. Si cela me fait trop ressembler à Joe, il me faudra vivre avec… et je préfère vivre et regretter mes choix plutôt que mourir comme un saint.

En moins de temps qu'il en faut sans doute à Kostya pour avoir conscience du coup de feu, je lui donne un coup de coude dans l'estomac tout en pointant le pistolet vers le garde d'Ada avec l'autre main. La plupart des gens ont du mal à bouger leurs mains de façon complètement indépendante ; ils s'en rendent compte pour la première fois en essayant de se tapoter la tête tout en se frottant le ventre. Bien sûr, tout comme pour ce petit tour, la pratique aide énormément.

Mon coude heurte agréablement la chair de Kostya en même temps que mon index de la main droite appuie sur la gâchette.

Le deuxième coup de feu retentit et la cervelle du garde éclabousse le mur derrière lui, laissant des traces de marron et de rouge, comme une bouse de vache souffrant de dysenterie. L'image me semble adaptée. Manifestement, le garde avait de la merde dans le crâne.

Kostya se plie en deux de douleur. Je me tourne vers lui maintenant, la fureur teintant de rouge les lignes bleues du mode combat.

Je lève le pistolet vers sa tête et mon doigt brûle de faire ce que Joe aurait fait à ma place : achever mon demi-frère, ici et maintenant. Pourtant, une part de moi hésite. Je ne sais pas si c'est l'influence d'Ada, mon lien familial avec ma cible, ou le fait de voir qu'il ne représente plus une menace.

En outre, Alan et Ada me regardent.

Afin de réprimer la soif de vengeance qui menace de me faire appuyer sur la gâchette malgré tout, je me rappelle que Kostya pourrait être utile en tant qu'otage. Même Joe considérerait que c'est une raison pour le laisser vivre.

Au lieu de tirer, je frappe de toutes mes forces Kostya au visage avec le pistolet. J'entends le craquement de quelque chose qui se brise, et mon demi-frère tombe mollement sur le sol.

Ada et Alan me regardent, stupéfaits. Je ne sais pas qui gagnerait dans une compétition familiale cherchant à trouver celui qui sait le mieux écarquiller les yeux.

— Réagissez en RV, leur dis-je à tous les deux par des messages en Zik. Nous n'avons pas le temps dans le monde réel.

Espérant qu'ils seront d'accord, j'apparais dans la RV et je passe à l'action dans le monde réel. Mon premier objectif est de sortir M. Spock de sa cachette.

J'arrive dans la salle de réunion virtuelle juste à temps pour voir Ada hurler comme une banshee. Elle fait les cent pas tout autour de la pièce, et je lui laisse faire quelques cercles avant d'essayer de la consoler. Alan ne va pas beaucoup mieux, du moins c'est ce que je suppose. Le gosse est assis à la table de conférence, le visage baissé, les bras autour de la tête comme s'il bloquait des coups.

Après quelques cercles, j'attrape Ada et je la serre dans mes bras. Elle résiste un instant, puis elle s'adoucit contre moi.

Muhomor et Mitya semblent extrêmement mal à l'aise, tandis que Dominic a l'air de vouloir casser quelque chose ou quelqu'un.

— Nous allons bien, dis-je d'une voix apaisante à personne en particulier.

Je relâche doucement Ada et je me dirige vers Alan.

— On va s'en sortir.

— Les cinq cents gardes qui arrivent ne sont peut-être pas d'accord, dit Muhomor en remontant les lunettes de soleil sur son nez. Vous êtes très loin d'être sortis de l'auberge.

Je serre Alan dans mes bras lorsque j'entends un bruit sourd derrière moi.

Muhomor crie avec colère :

— C'est typique ! Tu n'as qu'à tirer sur le messager.

— Pardon, dit Dominic. C'est toute cette adrénaline.

Les mains réconfortantes d'Ada glissent autour de mes épaules. Je crois qu'elle veut faire un câlin à notre fils, alors je m'écarte.

— Mike a eu une bonne idée tout à l'heure, dit précipitamment Mitya. Rendez-vous au laboratoire afin de rejoindre Joe. Une fois sur place, essayez de vous barricader à l'intérieur. Les robots vont arriver dans environ vingt minutes, avec un peu de chance vous pourrez tenir jusque là. Dominic devrait arriver à peu près en même temps.

Je vois que Muhomor a envie de dire quelque chose, mais il voit mon regard et il tient sa langue. En outre, je sais ce qu'il va dire, car je pense la même chose : quel genre de barricade peut tenir contre une telle armée ?

— Allons-y, dis-je malgré tout. Ada, Alan, pouvez-vous bouger ?

Le menton d'Ada tremble encore, mais elle hoche la tête.

— Tu crois que tu pourras surveiller Alan ? J'aurai les mains pleines.

— Bien sûr, dit-elle. Je vais le porter.

— Je peux marcher, dit Alan en chuchotant de façon à peine audible. Je suis trop lourd pour toi.

— Tu ne pèses que seize kilos, dit-elle d'une voix déjà plus assurée. Si le laboratoire n'est pas loin, je peux te porter.

— Non, sérieusement.

La voix d'Alan semble en meilleure forme et je me demande si Ada a utilisé ses tours de psychologie inversée de maman Jedi sur lui.

— Je peux marcher.

— Pendant que nous marchons, j'ai une mission pour vous deux, dis-je à Mitya et Muhomor.

— Une diversion ? demande Mitya.

— Une diversion très spécifique. Vous possédez maintenant une porte dérobée dans les cerveaucytes de toute la population humaine.

Les yeux de Muhomor s'illuminent : il voit où je veux en venir.

— Y compris les enfoirés autour de vous.

— Exactement, dis-je. Je veux entrer dans les têtes de tous les gardes de cet endroit et…

— Nous n'avons pas leurs identifiants cerveaucytes, interrompt Mitya.

— Nous n'en avons pas besoin si nous créons un virus basé sur la proximité, explique Muhomor.

Je remarque qu'il a fait apparaître une nouvelle paire de lunettes de soleil dans la RV.

— Mike ici peut être notre épicentre. Tout ce qui se trouve dans un rayon d'un kilomètre et demi va obtenir l'application Payload, qui s'activera instantanément grâce à la nature de la porte dérobée.

— J'aurais aimé avoir le temps de concevoir un enfer virtuel dans lequel j'aurais pu enfermer ces enculés, maugrée Alan en serrant les dents avec un ton vicieux inhabituel.

— Pas de gros mots, dis-je, sur pilote automatique.

Ada me récompense par un petit sourire.

— Alors quand j'arriverai là-bas, je recevrai aussi ce virus ? demande Dominic avec inquiétude.

L'idée de passer du temps dans un enfer virtuel créé par Alan ne semble pas l'attirer, et je ne peux pas lui en vouloir.

— Nous utiliserons évidemment une application inoffensive dont le but principal sera de détourner l'attention de sa victime, dis-je. En dehors d'Alan, quelqu'un a-t-il une idée d'application ?

— Oui, moi.

Un soupçon d'espièglerie est revenu dans les yeux ambrés d'Ada.

— Que penses-tu de l'application d'Union ?

— Cela va certainement détourner leur attention.

Je pose la main sur son épaule et je la serre de façon rassurante.

— Quelle application ? demandent Mitya et Muhomor en chœur.

— Je ne l'ai jamais soumise au contrôle des sources, dit Ada en s'excusant. Je vous envoie le code tout de suite. Vous verrez bien à partir de là.

Bien qu'Ada, Alan et moi ne quittons pas la RV, nous

nous reconcentrons sur le monde réel. Ma femme attrape mon fils – elle a bien sûr gagné ce différend – et je place M. Spock dans ma poche. Je demande à Ada et Alan d'attendre à l'arrière de la pièce, je recharge mon Glock avec les balles que j'ai trouvées dans la poche arrière de Kostya et j'ouvre la porte.

Les gardes dans le couloir reçoivent tous deux une balle dans la tête avant qu'ils puissent lever leurs armes.

Je retourne dans la pièce, je recharge et j'attrape Kostya par une jambe afin de pouvoir le traîner.

— Restez derrière moi, dis-je dans un message télépathique lorsque je me retrouve encore une fois dans le couloir.

Ada hoche la tête dans la RV et me suit d'un pas pesant.

— Tu arrives à peine à marcher, se plaint Alan. Repose-moi.

Ada ignore la requête d'Alan et j'envisage de lui prendre l'enfant : elle est minuscule et notre fils est lourd pour la petite carrure de sa mère. Mais avant que je puisse intervenir, elle cède et elle le pose sur le sol. Tout signe de peur a disparu du visage de mon fils et je pense avoir eu raison au sujet des tours que lui joue Ada.

Traînant mon demi-frère derrière moi comme un sac de patates, je continue le long du couloir. Ada me suit avec Alan derrière elle. J'enjambe les corps des gardes morts, prenant un plaisir sadique lorsque la tête de Kostya frappe le sol quand je le traîne par-dessus les obstacles morbides.

Lorsque j'atteins la porte du laboratoire, je regarde Ada dans les yeux et je pose un doigt sur mes lèvres. Elle hoche sombrement la tête, s'agenouille à côté d'Alan et le prend dans ses bras de façon protectrice.

D'un coup de pied puissant, je m'occupe de la porte du laboratoire et dès qu'elle s'ouvre, je balaie la pièce du regard à la recherche de cibles. Deux gardes lèvent leur pistolet dans ma direction pendant que les types en blouse blanche que j'ai vus plus tôt observent avec une fascination horrifiée.

Je tire sans hésitation sur les deux gardes.

— Maintenant.

Je m'adresse au type en blouse blanche le plus à ma droite. Son visage est plus blanc que ses vêtements.

— La personne qui me donnera le mot de passe wi-fi restera vivante.

Les hommes se regardent l'un l'autre et se mettent à crier en même temps, même si le type que j'ai sélectionné crie le plus fort.

Comme j'enregistre maintenant chaque seconde de ma vie, je rejoue la cacophonie de mots et je sépare facilement le mot de passe. Ils m'ont tous donné la même série de chiffres et de nombres. Au bout de quelques instants de tâtonnement mental, je me trouve dans le réseau ultra sécurisé de la villa.

Je fais passer les identifiants de connexion dans la salle de RV.

— Faites-vous plaisir.

J'envisage de taquiner Muhomor parce que je suis

celui qui a obtenu le mot de passe, mais je décide de le laisser se concentrer sur l'application du virus.

Je n'ai besoin que d'une fraction de seconde pour prendre le contrôle des caméras à proximité. Ada et Alan semblent tendus pendant qu'ils attendent en dehors de la pièce, mais la bonne nouvelle est que je ne vois pas de danger s'approcher d'eux par-derrière.

— Encore une occasion de rester en vie, dis-je à mon auditoire prisonnier. Qui possède les seringues très pratiques qui endorment les gens ?

Toutes les mains se lèvent et ils crient tous leur propre version de : 'Oui, moi, choisissez-moi et tuez les autres'.

— Injectez-vous les seringues, dis-je. Tous ceux qui ne seront pas sans connaissance grâce au tranquillisant perdront connaissance de façon permanente grâce à une balle dans la tête.

Les blouses blanches doivent penser qu'il y a une composante compétitive dans cet ordre, car ils font la course afin d'éviter d'être le dernier homme debout.

Je lâche Kostya et j'entre dans la pièce.

Méthodiquement, j'assène un solide coup de pied à la tête de chaque homme apparemment sans connaissance. Si quelqu'un s'est injecté autre chose que le tranquillisant, il se trahira en grognant de douleur. Personne ne fait de bruit. Je suppose qu'ils ne faisaient pas semblant. Ils auront des maux de tête terribles en se réveillant, mais c'est le moins que je pouvais faire pour me venger de leur rôle dans la prise de contrôle de mon esprit.

Je retourne vers la porte, j'attrape Kostya par la jambe et je le traîne dans la salle.

— La pièce est sécurisée, dis-je à Ada après l'avoir scrutée encore une fois rapidement.

Elle entre derrière moi et Alan la suit avec méfiance. Ils font tous deux semblant de ne pas voir les corps des gardes et je leur suis reconnaissant de ce jeu de mime.

Je jette le corps mou de Kostya sur l'un des lits d'hôpital les plus proches de la porte. La silhouette sans connaissance de Boris occupe le lit du côté opposé et Joe est allongé sur un lit adjacent.

— Joe, dis-je à voix haute. Peux-tu m'entendre ?

— Nous l'avons libéré du contrôle de son esprit, me dit Mitya. Cependant, il doit encore être endormi.

Je vérifie les appareils de monitoring branchés sur Joe et je pousse un soupir de soulagement. Ses signes vitaux sont bons, bien meilleurs que les battements de cœur arythmiques de Boris.

— Je vais barricader la porte par laquelle nous sommes passés.

Je fais demi-tour, cherchant un meuble qui fasse l'affaire. À travers la caméra de sécurité du laboratoire, j'aperçois Ada cherchant des objets lourds à placer devant l'autre porte.

Alan se détourne de mon cousin, l'inquiétude déformant son petit visage.

— Nous devons faire venir une ambulance, dit-il dans la RV. Oncle Joe a besoin de soins médicaux urgents.

— Un hélicoptère arrive, dit Mitya. Il devrait être là dans une vingtaine de minutes.

— Fais attention à ce qu'ils…

Je n'entends pas la suite de ce que dit Alan, car j'aperçois de l'agitation dans le lit à la droite de Joe…

Lit que je pensais être aussi vide que les autres.

Une silhouette mince comme un squelette se cache sous le drap.

Une silhouette féminine.

Je commence à me retourner, le pistolet déjà dans la main et les applications de mode combat et d'aide à la visée déjà prêtes. Le temps qu'il me faut pour faire un quart de tour, la femme tient déjà mon fils comme un bouclier humain.

Par la caméra à l'arrière de la pièce, je vois sa main émaciée appuyer un pistolet de petit calibre sur la tempe d'Alan.

— Jette ton arme, sinon j'abats ce petit bâtard, dit une voix étrangement familière. Fais-le maintenant.

CHAPITRE TRENTE-SIX

— Cette voix me rappelle la façon dont parlaient tous les gens sous contrôle, dit Mitya d'un ton horrifié.

Il a raison. Toutes les victimes du contrôle de l'esprit que nous avons entendues parlaient de cette voix aiguë spécifique. Et parce qu'il s'avère qu'ils étaient tous des hommes, ils avaient des voix de fausset… mais les cordes vocales de cette femme doivent être la source de cette hauteur de voix étrange.

Je me rends alors compte que même Kostya parlait de cette façon. Mon demi-frère peut-il avoir été une autre victime ? Tout le monde a-t-il été contrôlé par elle tout ce temps ?

Regardant toujours la caméra, je ne suis pas surpris de reconnaître son visage, bien que je fasse fonctionner la reconnaissance faciale afin de confirmer la mauvaise nouvelle.

Impossible de le nier.

Il s'agit de Masha.

— Ma demi-sœur littéralement folle détient Alan, dis-je à tout le monde, au cas où ils ne l'auraient pas encore compris. Je ne sais pas quoi faire.

Je pousse le mode combat jusqu'à sa limite, mais ni l'application ni ma propre expérience avec la violence ne me montrent une façon d'arrêter Masha sans qu'Alan soit blessé.

Je laisse tomber mon pistolet de façon très visible et je m'immobilise.

— Tourne-toi vers moi, ordonne Masha. Lentement.

Je complète ma rotation et elle m'observe par-dessus l'épaule d'Alan. Je regarde dans ses yeux… des yeux qui ressembleraient aux miens si je n'avais pas dormi pendant un an.

À travers la caméra, je vois Ada attraper Kostya, inerte, par la gorge.

— Si tu ne lâches pas mon fils, ton frère est mort, menace-t-elle d'une voix forte.

Je ne suis pas certain qu'Ada ait assez de force pour étrangler un homme adulte, et puis je sais ce qu'elle pense de la violence et du meurtre. D'un autre côté, qui sait ce que peut faire une mère, même une mère aussi paisible que ma femme, dans le but de sauver son enfant ?

L'expression de visage de Masha ne change pas.

— Vous avez déjà tué le pauvre Kostya, dit-elle et je me rends compte que son esprit est endommagé au-delà de toute guérison possible. Je ne peux plus le guider.

— *Le guider*, répète Muhomor. C'est un bel euphémisme. Je n'ai pas besoin d'être un psy pour confirmer son diagnostic.

— Je suis d'accord, dit Mitya. Elle vient d'avouer qu'elle contrôlait son frère. Lorsque Mike l'a assommé, elle a vu cela comme une déconnexion de son application de contrôle... elle pense sans doute vraiment qu'il est mort.

— Masha, dis-je d'une voix aussi apaisante que le permettent mes nerfs. Kostya est simplement sans connaissance.

— Peu importe ce qui arrivera à Kostya.

Elle appuie le pistolet plus fort contre la tempe d'Alan, ce qui le fait grimacer.

— Il m'a placé dans l'asile Serbsky. Il a essayé de prendre le contrôle de mon cerveau. Je ne l'ai supporté que pour utiliser ses ressources afin de t'atteindre.

— Elle semble convaincue de ce qu'elle dit, analyse Dominic avec inquiétude. Te servir du frère ne fonctionnera pas.

— Écoute, Masha.

J'utilise toute la puissance de ma cognition améliorée afin de chercher une façon de sortir de cette situation.

— Tu as pris le contrôle de Kostya et tu l'as obligé à faire ce que tu voulais. Il a assez souffert. Tout comme nous. Arrêtons tout cela.

— Muhomor, dis-je dans la RV. Je veux que tu déclenches la distraction maintenant.

— Je m'assure encore que le virus puisse être

relâché dans le monde sans danger, répond Muhomor. De plus, je parie qu'il ne l'affectera pas : elle aura fermé dès que possible la porte dérobée du GPS dans ses cerveaucytes.

— Alan est un innocent, dit Ada dans le monde réel, ses mains relâchant le cou de Kostya. Et il fait partie de ta famille.

— Il possède le sang souillé de ton mari.

Masha me jette un regard de pure haine.

— Ceci est pour mon père, ajoute-t-elle... et tout le sang quitte mon visage lorsque son doigt commence à tirer sur la gâchette.

CHAPITRE TRENTE-SEPT

PENDANT QUE LE DOIGT DE MASHA CONTINUE SON ARC mortel, elle serre les muscles de la mâchoire et s'écarte de sa cible, comme si elle s'inquiétait d'être éclaboussée par le sang. Mon esprit trie une infinitude de gestes inutiles que je peux faire, mais aucun d'eux ne sauvera Alan.

Les yeux d'Ada sont écarquillés d'horreur. Elle doit aussi voir le côté inévitable des actes de Masha.

Une explosion de mouvements se produit juste derrière Masha.

Joe était allongé sans connaissance sur le lit d'hôpital et l'instant d'après, il est debout sur ses pieds en tenant un scalpel. En un mouvement flou et violent, il frappe la main de Masha tenant le pistolet. Le scalpel traverse ses doigts comme une cuillère chaude dans de la crème glacée à moitié fondue.

Lorsque le pistolet claque sur le sol, son cri se transforme en un terrible gargouillis.

Joe vient de lui couper la gorge.

— Vous avez de la visite, annonce urgemment Dominic dans la RV. Avez-vous observé les caméras de surveillance ?

Je consulte frénétiquement la caméra qui garde la deuxième sortie du laboratoire et je vois cinq hommes masqués en approche.

Je me baisse afin d'attraper mon pistolet et je bascule la table la plus proche pour nous cacher. Ada attrape un pistolet sur un des gardes morts et elle le jette à Joe. Il l'attrape, mais je vois qu'il est faible. S'occuper de Masha a dû lui prendre toute l'énergie qu'il avait.

— Muhomor, crié-je dans la RV. Es-tu prêt avec ta distraction à la con, maintenant ?

— Je ne suis pas certain que…

— Tu m'as dit avoir utilisé quelque chose que tu avais conçu comme base pour le gouvernement, dit Mitya. N'était-ce pas sûr pour commencer ?

— Si c'était le cas, je n'aurais pas besoin de le sécuriser davantage, rétorque Muhomor. Très bien, très bien, donne-moi une autre minute.

Je crie dans chaque mode de communication auquel je peux accéder.

— Ada, Alan… sur le sol.

La porte s'ouvre brusquement et le premier type en masque de Nixon apparaît. Il aperçoit Joe et il tire. Je tire exactement au même moment.

Joe a de la chance que Boris se trouve dans le lit à côté de lui. La balle qui ciblait Joe frappe

Boris et le moniteur cardiaque de cet enfoiré s'emballe.

Celui qui a tiré sur Joe est abattu. Même si je n'ai pas eu l'opportunité de viser, je l'ai touché en plein dans le cerveau. Joe tire dans le torse du deuxième garde et dès que l'homme tombe à la renverse, je tire une balle dans la tête du garde derrière lui.

Une balle siffle près de mon épaule et Joe tire encore deux fois.

Deux autres corps frappent le sol et la pièce devient silencieuse. Le seul élément audible est l'équipement qui sonne, alertant de l'absence de battement de cœur de Boris.

— Il y en a dix autres dans le couloir, annonce Dominic dans la salle de réalité virtuelle. Si vous arrivez à tenir encore dix minutes, je serai là.

— Ainsi que les robots, et ensuite les flics, ajoute Mitya.

— Ils ne survivront pas assez longtemps.

Muhomor affiche une mosaïque géante avec les données des caméras, la majorité montrant des gens avec des pistolets courant vers le laboratoire.

— Je veux qu'il soit clair que je n'ai pas le choix et que je dois libérer le virus maintenant.

— Fais-le, dépêche-toi, dit Dominic.

Tous les regards de la RV sont tournés vers Muhomor, mais son visage devient pensif.

— Juste quelques secondes de plus.

Dominic pousse un grognement.

— Je veux bien comprendre ce qui va se produire.

Ada a écrit une application psychédélique qui fait court-circuiter les esprits des gens. Tu es sur le point de l'envelopper dans un virus et d'utiliser la porte dérobée du GPS afin de le forcer dans les esprits de tout ce qui se trouve dans un rayon d'un kilomètre et demi autour de Mike ?

— Cela résume à peu près la situation.

Ada se mord la lèvre en fixant un écran montrant une énorme foule de gardes qui s'approchent sans s'arrêter.

— Ce que je ne comprends pas, c'est pourquoi cette application là ? demande Dominic.

Je le soupçonne d'essayer d'empêcher Ada de paniquer à cause du danger à venir.

— Pourquoi ne pas prendre le contrôle de vos assaillants de la même façon que Kostya ?

— Même si ce n'était pas une abomination éthique, dit Mitya, nous ne possédons tout simplement pas l'application pour cela.

Il regarde Muhomor en fronçant les sourcils.

— Si l'un d'entre nous avait une telle application, ce serait bien Muhomor.

— Je n'ai rien de la sorte, répond Muhomor d'un ton outré.

— Mais il existe sûrement de meilleures applications permettant de détourner l'attention ? demande Dominic.

— J'en doute, intervient Ada. De plus, j'espère que voir à travers nos yeux et faire l'expérience de nos souvenirs, de nos espoirs et de nos craintes détournera certains de ces hommes de la violence qu'ils doivent commettre contre nous. Il est difficile de faire du mal aux gens que l'on apprend à connaître si intimement.

— Elle n'a pas tort, dis-je en repensant à notre Union. Même si tout ceci est théorique, car nous sommes sur le point de mourir. Je n'ai pas assez de balles pour le prochain assaut de gardes.

— Très bien, ferme-la maintenant, dit Muhomor.

Une icône apparaît sur mon interface AROS de la même façon étrange que lorsque Kostya et Masha en avaient placé là.

— Alan, Joe, dis-je en chuchotant lorsque l'application se lance. Préparez-vous à un voyage agité.

CHAPITRE TRENTE-HUIT

Comme la fois précédente, l'application d'Union jette tous mes sens dans un blender et appuie sur le bouton 'glace pilée'. L'intensité est bien plus grande que lors de mon Union avec Ada, ce qui est logique puisque je ressens à travers de multiples organes sensoriels. Le nombre exact de participants est difficile à distinguer ; il s'agit d'une base grandissant en permanence. Chaque personne à laquelle je suis relié fait l'expérience de la même chose que moi et cela crée une spirale de sensations croisées jusqu'à ce que nous commencions tous à nous perdre dans l'expérience.

Ma conscience devient double dans cet Armageddon sensoriel. Les limites entre moi et un nombre incalculable de personnes disparaissent, pourtant j'ai encore l'impression d'être moi-même.

Une part de moi peut encore voir ce qu'il se passe dans les caméras. Les hommes que je vois arrachent leur masque de Richard Nixon, perplexes. Leurs pistolets sont sur le sol et ils regardent autour d'eux et hument l'air comme s'ils faisaient l'expérience du monde pour la toute première fois... ce qui n'est pas très étranger à ce que je ressens. Les pensées des gardes suintent dans mon esprit et vice versa, et je me rends compte que cette expérience est infiniment plus intense pour eux, car ils ne sont pas habitués à se trouver à plusieurs endroits en même temps, contrairement à des esprits de Niveau I comme moi.

Je me sens très en vie et complètement immergé dans le moment présent. La liberté et le contentement se répandent dans nos esprits Unis.

— Eh bien, je n'ai jamais vu de meilleure distraction, dit Mitya de quelque part. Je suis jaloux de ne pas moi-même utiliser l'application.

Les paroles de Mitya me tirent suffisamment de mon expérience pour que je me rende compte que quelque chose se passe mal. Je vois le monde à travers les yeux d'un pilote d'hélicoptère... un pilote qui a de la chance d'avoir placé son véhicule volant sous le contrôle d'Einstein aujourd'hui.

— Merde, dit Muhomor depuis le même endroit distant d'où j'entends Mitya. L'hélicoptère des médias est arrivé trop tôt. Ils vont répandre le virus à l'extérieur du rayon nécessaire. Vous ne m'avez pas donné le temps de mettre en place les précautions requises.

Mitya lève la voix :

— Je croyais que ton virus ne fonctionnait que jusqu'à un kilomètre et demi de distance de Mike.

— Pas de Mike, du porteur du virus le plus proche, explique Muhomor, irrité. L'hélicoptère ne se trouve qu'à environ deux cents mètres au-dessus d'eux, tout à fait à la portée du virus.

Regardant à travers les yeux du pilote d'hélicoptère, je vois qu'il est bien entraîné. Dès que son expérience hallucinogène commence, il prévient Einstein. L'IA choisit de renvoyer l'hélicoptère à la base.

— Merde, crie Muhomor. Nous devons arrêter cet hélicoptère.

— Je m'en charge, dit Mitya.

— Tu es trop lent, putain.

On dirait que Muhomor grince des dents.

— Pourquoi ne pouvais-tu pas le faire toi-même ? aboie Mitya.

— Parce que j'essaie de trouver une façon de nous sortir de ce pétrin, répond Muhomor et ils se lancent des regards noirs.

— À quelle vitesse s'étale le virus ? demande Mitya au bout d'un moment.

— À la vitesse des ondes électromagnétiques, plus le temps qu'il lui faut pour se copier lui-même... donc très, très vite, dit sombrement Muhomor. Il est maintenant trop tard pour arrêter l'hélicoptère.

Il a raison. Un très grand nombre de nouvelles personnes nous rejoint, certaines conduisent, d'autres pilotent un avion.

— Tu te rends compte de ce que ça veut dire ?

Mitya paraît estomaqué.

— Oui, je m'en rends compte. Cela signifie que vous

n'auriez pas dû me presser, dit Muhomor. Je travaillais sur des procédures de sécurité, mais…

— Tu as dit avoir basé le virus sur le travail que tu as fait pour le gouvernement.

La voix de Mitya remonte dans les aigus.

— C'était quoi comme base, Stuxnet ?

Stuxnet est une vieille cyber arme soi-disant créée par les États-Unis et Israël pour saboter le programme nucléaire iranien. Le programme est devenu agressif et il s'est répandu dans le monde entier au lieu de rester en Iran.

— La base de mon virus ne te regarde pas, rétorque Muhomor. Je vais devoir travailler tout de suite sur une contre-mesure.

— Fais en sorte que ta contre-mesure arrête l'application d'Union, efface tout signe de ton virus et ferme la porte dérobée du GPS pour toujours, dit sévèrement Mitya.

— Ne donne pas des leçons à un expert, sinon tu mangeras de la merde cuite.

Ce proverbe russe paraît ridicule en Zik.

Je ne suis pas le reste de la conversation de mes amis, car à ce moment-là, le virus d'Union parvient à la ville de Kingston. Soudain, nous ne sommes plus simplement six cents personnes, mais plus de vingt mille.

Nos anciens assaillants sont maintenant allongés sur le sol, le flot de sensations les plaçant dans un état proche du coma.

— Je regarde ce code, dit Mitya d'une voix lointaine.

Il s'agit seulement de la première phase de l'application, l'initialisation. Une fois que tout le monde aura fusionné, leurs souvenirs sont échangés et les autres phases commencent. Je crois qu'il vaut mieux que tu termines ton antidote au virus avant que cela se produise.

— Comment sait-il à quel moment l'initialisation est complète ? demande Muhomor. Je veux dire, pendant que nous parlons, d'autres personnes se rajoutent en continu.

— Lorsqu'il n'y a pas de nouveau participant pendant quelques secondes, dit Mitya.

— Je suppose qu'il y a un bénéfice invisible à la vitesse avec laquelle il se répand. Ils ne vont pas parvenir à de nouvelles phases pendant un moment.

Le virus atteint Woodstock et cinq mille autres personnes rejoignent le grand huit sensoriel. Joe retombe sur son lit d'hôpital. Ses cerveaucytes de Niveau II ne peuvent pas gérer toutes les données en le gardant debout en même temps.

Roxbury et Saugerties viennent ensuite et les sens de vingt mille autres personnes se rajoutent au mélange. Ada, Alan et moi tombons à terre. Même pour nous, il devient impossible de traiter autant de données sensorielles.

— Il vaut mieux que je me charge de cet antivirus, dit Mitya d'une voix encore plus lointaine.

— Pourquoi ? demande Muhomor, mais il semble effrayé.

Je pense qu'il sait ce que Mitya veut dire.

— Parce que le virus se répand de façon presque instantanée et à mesure que le rayon de la zone infectée augmente, le taux de personnes nouvellement infectées augmente également. Tout l'État de New York se trouve à un instant de l'infection, et New Jersey suivra juste après. Tu ne te trouves pas à plus d'un kilomètre et demi sous terre, ce qui signifie que toi et toutes les personnes dans le bunker, vous êtes sur le point d'être les victimes de ton propre virus stupide.

— Mais tu es nul! crie Muhomor. Il te faudra tellement plus de temps…

Si j'étais un Jedi, j'appellerais ce qui se produit alors 'une perturbation dans la Force'. Je suppose que c'est ce que l'on ressent lorsque des millions de personnes sont Unies.

J'ai des difficultés à former une pensée intelligible, mais je parviens néanmoins à deviner que, comme Mitya l'a dit, tout New York et le New Jersey sont maintenant Unis avec nous. Si c'est exact, cela signifie que dix-huit millions d'utilisateurs de cerveaucytes de l'Empire State et sept millions du Garden State viennent de s'Unir... une quantité inimaginable de personnes.

S'il était possible de mourir par surcharge de données, je serais déjà un cadavre.

Le labo autour de moi disparaît complètement, remplacé par l'univers de l'application d'Union. C'est comme si j'étais assis au fond d'un océan d'images, d'odeurs, de goûts et de sensations kinesthésiques.

Une perturbation plus importante arrive lorsque

trois cents millions d'utilisateurs américains des cerveaucytes sont infectés. Le Canada et le Mexique suivent.

Même s'il est difficile de réfléchir, j'observe qu'il est facile pour le virus de s'étaler depuis l'Amérique du Nord jusqu'à l'Amérique du Sud. La propagation vers l'Europe est plus compliquée à imaginer, car la distance entre la Russie et l'Alaska fait un peu moins de cinq mille kilomètres, alors que le virus ne peut se répandre qu'à une distance d'un kilomètre et demi. D'un autre côté, il y a les îles Diomède entre les continents : ces personnes-là possèdent des cerveaucytes. En prenant en compte les sous-marins dans les océans et les avions dans le ciel, il est raisonnable de craindre que le virus soit déjà en route vers la Russie, et que le reste de l'Europe et de l'Asie suivent. De là, il voyagera jusqu'à l'Afrique et puis on ne sait où.

Lorsque l'on fait l'expérience d'autant de points de vue, le temps devient un de ces concepts qui n'ont plus de sens. Une seconde peut s'être écoulée, mais cela peut aussi bien être de nombreuses heures. C'est impossible à savoir. Pour préserver ma santé mentale, j'essaie d'ignorer tous les sens hormis la vue : nous autres humains, nous sommes une espèce orientée par notre vue.

Un tsunami d'images s'abat sur les rives de mon esprit. Je regarde la pointe de l'Empire State Building depuis tous les angles imaginables et en même temps, j'observe la majestueuse Maison-Blanche depuis encore plus de points de vue. Tous les yeux à partir desquels je vois semblent se trouver très bas sur le sol. Ces gens sont tombés à cause de la surcharge sensorielle, tout comme moi. Leurs yeux, comme des caméras, continuent à nourrir leur cerveau des données infinies de leur vue, maintenant partagées dans le monde entier.

Le Golden Gate et le pont de Brooklyn Bridge quadrillent le ciel et se mêlent à d'autres ponts de millions d'yeux. J'ai l'occasion de voir à travers des yeux daltoniens ainsi que des myopes et des hypermétropes. Les couleurs rouge orangé du Grand Canyon se changent instantanément en chutes du Niagara et des endroits que je ne reconnais pas traversent mon esprit comme un kaléidoscope boosté aux stéroïdes.

Si j'avais le moindre doute au sujet de la portée potentielle de ce virus, il est effacé par la vague d'images suivante. Le Christ rédempteur étire les bras au-dessus des collines vertes de Rio de Janeiro, suivi par Florence, Cologne, et la cathédrale de Basile-le-Bienheureux. Stonehenge et le Colisée, la tour Eiffel et les pyramides – celles d'Égypte et celles du Mexique – explosent tous dans ma vue mentale. Le Taj Mahal et la grande muraille de Chine, le mont Fuji et le parc national de Yellowstone éclaboussent mon esprit, suivis par des milliards de choses tout aussi belles, mais dont les noms m'échappent parce que je suis submergé.

L'assaut de données visuelles semble être aussi accablant pour le monde entier. Nous fermons les yeux comme si nous ne faisions qu'un.

Pendant un moment, c'est comme si la planète entière s'était obscurcie. Cependant, fermer les yeux ne calme pas nos autres sens, alors nous sommes tout aussi submergés par les odeurs que nous l'étions par les images, seulement nous n'arrivons pas à ignorer ces perceptions.

Au bout d'une éternité, j'ai l'impression de ne plus sentir les sens des autres. Les données se mêlent en une cacophonie paralysante. Les pensées deviennent un souvenir distant et les souvenirs sont un concept abstrait.

Un groupe en Asie a découvert une façon de mieux supporter le croisement mondial de nos sens. Je reconnais la solution avec soulagement. Ces personnes avaient de l'expérience en méditation avant que l'Union commence, et elles guident les autres participants afin de les aider à ignorer toutes les sensations sauf une : l'air qui entre et qui sort avec notre respiration.

Lentement, la conscience de la respiration se répand et au bout d'une centaine d'années d'expérience subjective, nous – une grande part de l'humanité – commençons à respirer à la même vitesse. Le monde devient l'inspiration et l'expiration de l'air dans nos corps.

Nous devenons bientôt cette respiration. Je ne me souviens presque pas de ce que cela fait d'être moi. Je suis une fourmi dans une colonie de fourmis… non, moins que cela. Je suis plutôt un octet solitaire de données dans un disque dur de plusieurs téra-octets.

Après une autre éternité de conscience de la respiration, mon esprit est à nouveau assez clair pour me remettre à penser. Cela fait un moment qu'aucune nouvelle personne n'a été ajoutée à l'Union, ce qui signifie que la phase suivante de l'application d'Ada va se déclencher bientôt : la partie où chaque participant prend conscience des souvenirs des autres.

Comme si mes pensées avaient le pouvoir de se réaliser, les souvenirs de millions de gens frappent tous les cerveaux augmentés par cerveaucytes comme un astéroïde de glace s'écrasant sur une planète de déserts brûlants.

Je crois perdre connaissance pendant quelques années, mais je fais peut-être l'expérience d'un des souvenirs de Dominic. Il a vécu une période de sa vie complètement coupé du reste du monde.

Je suis bombardé de souvenirs. Je suis Alan qui joue avec ses amis les rats. Puis je suis Joe, frappant une brute de l'école et essayant intentionnellement de casser le nez du gosse.

Des souvenirs de joie et des souvenirs de chagrin m'assaillent avec une intensité indicible. J'essaie de me raccrocher à quelque chose de familier, comme les souvenirs des meilleurs films de réalité virtuelle, ou les millions de souvenirs de la conduite d'une voiture autonome pour la première fois, ou les réactions diverses en comprenant que l'électricité n'est pas quelque chose que l'on doit encore traiter comme une ressource rare.

À chaque souvenir, je deviens cette personne à ce

moment-là. Je suis un architecte en Allemagne travaillant sur mon dessin suivant et me souvenant d'une aventure du collège au zoo. Je suis une femme en France qui se souvient comment c'était d'allaiter ma première fille.

Le taux de souvenirs s'accélère.

Je suis un vieux berger dans les montagnes du Caucase, la terre natale de Gogi. Je me souviens avoir travaillé à l'ancienne, mais je m'émerveille également face à la nouvelle méthode de l'utilisation des cerveaucytes et de la réalité augmentée, où nos moutons améliorés évitent des obstacles qu'ils sont les seuls à voir.

Je suis une femme russe qui se souvient d'avoir rejoint les Pionniers à l'époque soviétique. Ma mère repassait le petit foulard rouge pour moi et j'étais fière et excitée. Les souvenirs se heurtent aux miens : moi aussi j'étais un Pionnier, mais je savais que c'était de la propagande communiste et je me moquais complètement de l'honneur douteux.

Je suis un homme au Rwanda qui se souvient de l'horreur de la famine et qui est content que mon fils n'ait jamais eu faim, grâce à l'électricité gratuite et d'autres merveilles technologiques.

Je suis en ingénieur informatique en Inde, me souvenant de l'émerveillement que j'ai ressenti lorsque j'ai utilisé les cerveaucytes pour faire une recherche mentale sur internet pour la première fois.

Les souvenirs se déversent comme une cascade dans mon esprit et je ne vois bientôt plus que des schémas : des millions de personnes qui se marient, sourient aux personnes qu'ils aiment, se tiennent la main, mangent de la nourriture réconfortante, etc.

Insérés entre nos souvenirs se trouvent de minuscules moments de clarté : des instants où l'humanité interconnectée se rend compte de quelque chose ensemble. Lorsque je me suis Uni à Ada, c'est à ce moment-là que nous avons compris et que nous nous sommes pardonné tous les torts que nous avons pu avoir dans notre mariage. Une telle prouesse est trop difficile à accomplir à une échelle aussi globale, mais nous nous sentons comme une seule personne de nombreuses fois, et nous constatons en même temps à quel point chaque être humain a des choses en commun avec les autres, en particulier en ce qui concerne le monde intérieur de nos esprits – la seule réalité véritablement importante.

Les moments de clarté commencent à se rallonger et le sentiment d'éveil spirituel que j'ai ressenti lorsque je me suis Uni avec Ada revient avec un million de fois plus de puissance. J'ai l'impression de faire partie de quelque chose d'inimaginablement plus grand que moi-même. Il y a une certitude dans nos esprits que nous sommes tous intimement liés à quelque chose d'incroyablement complexe. Pendant une fraction de seconde, l'humanité entière fait l'expérience de ce que c'est que d'être au Paradis, ou au Nirvana, ou Shangri-La, ou Zion, ou Utopie, ou insérez ici le nom de l'endroit du contentement ultime, d'accomplissement spirituel et psychologique et de pure joie.

Les sensations agréables laissent la place aux peurs. Nous nous rendons compte à quel point nous sommes vulnérables. Nous avons des armes qui peuvent tous nous tuer en un clin d'œil et malgré la nouvelle abondance d'électricité, nous avons toujours des habitudes qui pourraient transformer la Terre en un enfer hostile pour les humains. Ces peurs se transforment en la détermination de faire quelque chose contre ces problèmes et cela nous ramène au sentiment d'être tous connectés et à l'espoir.

Un siècle subjectif plus tard, le tourbillon de souvenirs et d'éveils spirituels se calme suffisamment pour que je puisse avoir une pensée indépendante et je me souviens que c'est à ce moment que Les Cohens ont fait leur apparition lorsqu'Ada et moi nous nous sommes Unis pour la première fois. Le code d'Ada pourrait-il vraiment profiter d'autant de ressources cérébrales ? En termes de hardware, ce serait possible. Elle utilise le propre espace réservé à chaque utilisateur sur nos serveurs, en dehors de leurs cerveaux biologiques et virtuels, ainsi aucun espace supplémentaire n'est nécessaire sur les serveurs ou les unités centrales de traitement.

Ada a également mentionné avoir utilisé Einstein dans son application. Aura-t-il suffisamment de cycles de traitement ? Mitya a un jour affirmé qu'un cerveau amélioré de Niveau III peut effectuer deux trillions de calculs par seconde. Un trillion représente dix puissance dix-huit, un nombre qu'il est difficile d'appréhender même avec un boost cérébral de Niveau

I. Cela signifie que cette version mondiale des Cohen pourrait atteindre quelques milliards de trillions de calculs par seconde.

En théorie, Einstein devrait pouvoir le gérer. Il a généralement suffisamment de cycles de traitement pour aider chaque utilisateur des cerveaucytes et comme nous sommes tous allongés sur le sol sans faire grand-chose, l'IA doit être libre en ce moment et prête à nous assister.

Effectivement, le sentiment que j'ai eu avec Ada revient avec plusieurs milliards de fois plus de force.

— Nous pensons, donc nous sommes, observons-nous ensemble avec l'intensité d'un tremblement de terre.

— Tu es toujours philosophe, dis-je mentalement quand je me remets de mes émotions. Mais je suppose qu'il n'est plus approprié de t'appeler Les Cohen.

— Cet être n'était que l'ombre de moi-même, pense l'humanité.

Cette fois, la force de la réponse me fait presque perdre connaissance.

— Si je devais me nommer moi-même, je crois que Gaïa ou Terre serait plus à propos.

— Gaïa, réponds-je mentalement quand j'arrive à surmonter l'impression de ne pas mériter de parler à une créature si vaste.

J'ai un million de questions cherchant à avoir l'honneur d'être posées en premier, mais je choisis ma première intuition.

— Qu'est-ce que cela fait d'être toi ?

— Qu'est-ce que cela fait d'être quoi que ce soit ? La réponse la plus simple est l'analogie qui se trouve déjà dans ton esprit, celle où tu te compares à un neurone et nous à un cerveau fonctionnant pleinement, tonne mentalement Gaïa.

Cette fois, la force de la réponse me fait m'évanouir.

CHAPITRE TRENTE-NEUF

Je flotte dans l'obscurité de la privation sensorielle complète, pressé de me réveiller afin de pouvoir recommencer la conversation avec Gaïa.

Une voix familière perce l'obscurité.

— Mike, c'est Mitya. J'ai enfin trouvé une façon d'arrêter l'application d'Union de tout le monde et un patch pour la porte dérobée de Kostya. Ta famille et toi serez les premiers à recevoir la correction.

— Attends, ai-je envie de crier. J'ai d'autres questions pour Gaïa.

Je ne sais pas si Mitya entend ma supplique, mais je me trouve renvoyé dans mon corps physique.

Il me faut quelques heures pour me réorienter. Lorsque c'est le cas, je suis encore allongé sur le sol du laboratoire en position fœtale. Maintenant que je suis déconnecté de l'Union mondiale, je suis rempli d'un profond désespoir de l'avoir perdu. Tout ce que je veux, c'est me reconnecter ou bien pleurer jusqu'à m'endormir.

— Maman, papa, chuchote Alan d'une voix hébétée. Vous êtes en vie ?

— Je suis là, mon chéri, dit Ada depuis le centre de la pièce. Laisse-moi me remettre un instant et je ramperai dans ta direction.

— Moi aussi, je suis en vie, réponds-je à mon tour.

Il me faut toute ma concentration pour m'assurer que ma voix ne se brise pas pendant que je parle.

— Pas sûr de pouvoir ramper tout de suite.

— Pouvons-nous parler dans la RV pendant que nous nous remettons ? suggère Alan.

Je suis très soulagé de voir la résilience incroyable d'Alan. Notre enfant parle déjà comme d'habitude. J'aimerais pouvoir dire la même chose de moi.

Avec un énorme effort de volonté, je me souviens comment passer dans la salle de conférence virtuelle et apparaître là-bas. La lumière des fenêtres me fait plisser les paupières et le visage souriant de Mitya me rend jaloux. Il n'a pas fait partie de l'Union et il ne peut donc pas comprendre ce que je ressens. Tout particulièrement parce que je ne suis pas vraiment sûr de le comprendre moi-même.

— Tu aurais dû donner quelques minutes d'Union supplémentaires au monde, dit Ada dès qu'elle apparaît. Peut-être même quelques jours.

— Bien sûr, dit Mitya avec sarcasme. J'aurais dû regarder toute la population humaine mourir de soif et de faim. Très bonne idée.

— Tu ne comprends pas comment c'était, dit Alan derrière moi.

Je n'ai même pas remarqué son apparition.

— Je sais que le monde est en bordel, rétorque Mitya. Des milliers de personnes ont été blessées et il y a de nombreuses victimes.

L'idée que d'autres êtres humains puissent souffrir me submerge d'une poussée d'empathie inhabituelle. Je me laisse tomber sur une chaise de bureau avant de succomber à la position fœtale ici dans la RV tout comme dans le monde réel.

Muhomor apparaît, les yeux plus écarquillés que des pièces d'un dollar.

— Je suis un génie ! Mon virus a fait ça. Je devrais obtenir le prix Nob...

Mitya pose une main sur son épaule.

— Ton virus est aussi la raison pour laquelle nous devons entamer un énorme projet de restauration.

Utilisant chaque écran ainsi que la surface de la table, Mitya nous montre le problème. Bien que la plupart des véhicules sont autonomes, il en reste encore qui fonctionnent à l'ancienne, avec des humains au volant. En outre, d'innombrables cyclistes, motards et personnes pratiquant le skateboard ou le roller ont heurté des objets ou sont tombés lorsque l'Union a commencé.

— Le transport n'est que l'un des nombreux problèmes, dit Mitya en affichant d'autres images. Les chirurgiens en pleine opération, d'innombrables personnes en train de nager, de réparer des toits, ou...

— C'est tellement terrible, dit Alan en chuchotant de façon à peine audible. Sommes-nous certains que des gens sont morts ?

— Malheureusement, la logique l'indique.

Mitya ferme les yeux pendant un instant.

— Il est possible qu'une part instinctive ait gardé suffisamment de capacités mentales pour flotter sur l'eau ou ne pas tuer un patient, mais comme vous pouvez le voir – il montre une autre série d'images de gens dans le pétrin – il y a de nombreux problèmes à résoudre.

— Qu'en est-il des gens qui ont essayé de nous tuer ? demande Ada. Je ne pense pas qu'ils voudront continuer leur folie ni même qu'ils seront prêts à continuer si c'était le cas, mais on ne sait jamais ce que…

— Je les ai fait attacher dès que les robots sont arrivés, explique Mitya. Ils devront attendre que la police se charge d'eux… et la police va être occupée pendant un moment. Maintenant, si ça ne vous ennuie pas, je vais demander à ces mêmes robots de vous porter jusqu'à l'hôpital, tout comme j'utiliserai le reste des robots dans le monde entier pour essayer de remettre de l'ordre.

Tout le monde est d'accord pour laisser Mitya gérer les choses pendant que nous nous remettons. Peu de temps après, je me trouve dans les bras métalliques de l'un de nos modèles de robots les plus sophistiqués. La même chose se produit pour Alan, Ada et Joe, même s'il faut deux robots pour porter Dominic. Il était presque arrivé à destination lorsque l'Union l'a emporté en même temps que nous.

Pendant le trajet jusqu'à l'hôpital, mon désir ardent de l'Union se dissipe et je propose mes services à Mitya, puisque je peux également contrôler une petite armée de robots. Lorsque nous atteignons l'hôpital de Kingston, j'ai appris que certaines personnes sont plus faciles à remettre dans l'action que d'autres. Heureusement, les médecins et le personnel des urgences ont tendance à se trouver dans le groupe facile à éveiller.

— Il faut vous dépêcher, dit Mitya par la voix métallique d'un robot agenouillé à côté d'un homme portant une blouse d'hôpital. Il y a des gens qui ont besoin d'aide.

Tout comme je l'ai vu ailleurs, il faut seulement l'inciter deux fois afin que l'homme se lève.

Quand nous avons assez de médecins conscients d'eux-mêmes ici à Kingston, je leur fais faire un examen d'Alan, Dominic, Ada et moi. Après quelques points de suture pour moi, nous recevons tous le feu vert, sauf Joe, qui doit recevoir une opération de la mâchoire et se faire remettre quelques os en place.

— Je ne prévois pas de complications, dit le Docteur Jarvis, que Mitya a fait venir par hélicoptère. Votre cousin aura peut-être un peu de mal à parler pendant quelques jours, mais c'est la seule inquiétude que j'ai.

Je convaincs le Docteur Jarvis de rester dans la salle d'opération en tant que représentant. Si c'est inhabituel, les employés de l'hôpital sont trop hébétés pour émettre des objections.

Je m'occupe en attendant que Joe sorte de l'opération. Chaque fil de conscience que je crée prend le contrôle d'un robot et essaie d'aider quelqu'un qui a des problèmes. J'apprends bientôt que la plupart des employés d'Humain++ font la même chose que moi et lorsque nous n'avons plus de robots, de nombreuses personnes sont suffisamment remises pour aider physiquement.

En une autre demi-heure, les médias récupèrent également et les journaux se mettent à brailler dans le monde entier.

— Nous ne savons pas grand-chose sur ce qui vient de se produire, dit une journaliste blonde depuis la télé ancienne dans la salle d'attente miteuse. Ici dans le studio, nous appellerons cet événement l'Union. Voici quelques théories au sujet de…

J'ignore le reste, même si c'est amusant d'entendre quelques-unes des idées saugrenues, la moins fantasque ayant un rapport avec des visiteurs extraterrestres.

En utilisant AROS, je vérifie de meilleures sources sur internet et je trouve que tous les reporters ne sont pas aussi ignorants que la blonde à la télé. Certains parlent du plus important : que tout le monde est en train de se remettre mondialement et que les gens doivent y contribuer. Certains fournissent des instructions utiles, pendant que d'autres se disent que ce projet de restauration est aussi inouï que l'Union qui l'a causé.

Je suis d'accord. Cela réchauffe le cœur de voir les gens, parfois par l'intermédiaire de robots, se rassembler pour s'aider littéralement à se remettre sur pied.

— Vous pouvez aller voir votre cousin maintenant, dit le chirurgien.

Il a les traits tirés et je suis très surpris qu'un homme puisse faire quelque chose d'aussi complexe qu'une opération si peu de temps après l'Union.

— L'opération a été un succès.

Le Docteur Jarvis montre son pouce au-dessus de l'épaule de l'homme et j'écoute les instructions du chirurgien m'indiquant comment, quand et où je peux voir mon cousin. Ada, Alan et moi nous nous dirigeons vers la salle d'éveil et nous les regardons apporter Joe sur un lit à roulettes et le brancher à du matériel de monitoring.

— Il devrait très bientôt se réveiller, dit le Docteur Jarvis en marchant vers la porte. Je vais aller m'assurer qu'une infirmière compétente s'occupe de lui quand je partirai.

Nous attendons patiemment que Joe ouvre les yeux. J'ai l'impression que cela dure deux heures. Enfin, ses yeux bleus se mettent à cligner et lorsqu'il nous voit tous debout, je vois quelque chose de nouveau dans son regard. Ce n'est pas exactement de la tendresse, mais cela s'en approche autant que Joe en est capable.

— Ce n'était pas moi dans cette pièce, me dit-il en Zik par télépathie, le message alourdi d'émotions sombres. Je ne pouvais pas reprendre le contrôle. J'ai essayé.

— N'y pense plus, dis-je. Masha m'a presque obligé à tuer ma famille et je ne pouvais pas non plus reprendre le contrôle. Ce n'était pas une histoire de force de volonté. La technologie a directement affecté ton cerveau.

— Il y a d'autres personnes ici venues lui rendre visite, dit une jolie infirmière en entrant dans la pièce. Vous allez devoir leur laisser la place.

À contrecœur, Ada, Alan et moi nous tournons vers la porte, mais lorsque je vois qui sont ces visiteurs, je suis stupéfait.

— Maman ! Oncle Abe ! Et que fait-*elle* ici ?

Je désigne Tatum.

— Pourquoi la petite-amie de Joe ne viendrait-elle pas lui rendre visite à l'hôpital ? demande ma mère en fronçant les sourcils.

— Elle n'est pas sa…

Je me souviens du mensonge que j'ai raconté à ma mère et je grimace en ajoutant :

— Peu importe.

Maman, oncle Abe et étonnamment Tatum regardent mon cousin avec inquiétude.

— Il va bien, dis-je pour les rassurer. Il a sûrement besoin de beaucoup se reposer.

Lorsque je parle de repos, tout le poids de la chute d'adrénaline me frappe comme un camion et je bâille bruyamment.

— Toi aussi, tu as besoin de te reposer, dit ma mère en plissant les paupières. Mais après, nous aurons quelques explications.

— Super, dis-je en maugréant et en marchant vers le lit d'hôpital que je choisis. Maintenant, je vais en entendre parler pendant au moins un an.

— Je vais faire une sieste rapide, moi aussi.

Ada me suit et se couche dans le lit à côté du mien.

— Toi et moi, nous allons passer une semaine dans la chambre virtuelle quand je me réveillerai.

— Je vais gérer le reste pendant que les vieux se détendent, dit Alan d'un air amusé. Mais je vous suggère d'apprendre les astuces du sommeil sur lesquelles Mitya fait des recherches quand les choses se seront calmées.

— Tu ne laisses pas tomber le sommeil avant d'avoir dix-huit ans, dit Ada en remontant la couverture d'hôpital jusqu'au menton. Sauf si tu fais des recherches pour prouver la sécurité de ses astuces.

— Ce qu'il fera avant la fin du mois, je parie.

Je remonte ma propre couverture. Elle est moelleuse et sent l'antiseptique.

— Maintenant, si vous voulez bien m'excuser, cela fait longtemps que je dois tomber en syncope.

Ada et Alan gloussent, mais cela me paraît très, très lointain, car je sombre immédiatement dans un sommeil sans rêves.

ÉPILOGUE

— Joyeux anniversaire, Alan, annonce oncle Abe en Zik et il lève son verre.

— Cinq ans.

Ma mère fait teinter son verre de vodka contre celui de son frère.

— Il devient un jeune homme tellement charmant.

Je lève mon propre verre et je contemple l'énorme table de pique-nique au milieu de Central Park. Tous les employés d'Humain++ sont présents, ainsi que leur famille, tous les amis en ligne d'Alan et de nombreuses connaissances. Même le maire se trouve là avec toute sa clique, et quelques autres politiciens que j'avais espéré éviter.

Gogi lève son verre avec cérémonie, la cicatrice que je lui ai donnée à peine visible sur sa main.

— Je propose un toast. Il était une fois, dans un village des hauteurs des montagnes géorgiennes, un étrange rat…

— Je crois que ce toast te concerne, dis-je en privé à M. Spock en ajoutant d'autres noix dans la petite soucoupe qui lui sert d'assiette. Je crois que cela implique traditionnellement un aigle.

— Les aigles font peur.

Il agite les moustaches d'avant en arrière avec inquiétude.

— Ne t'inquiète pas, j'ai vérifié qu'il n'y avait pas d'oiseau de proie ici dans le parc. Si l'un d'entre eux essayait de t'attraper, les gens de la sécurité le chasseraient.

M. Spock reprend son repas et j'écoute à moitié Gogi en examinant les personnes autour de la table. Mon regard se pose sur Kostya, mon demi-frère, qui est assis avec la famille à moins de deux mètres et demi.

Après les événements de l'année précédente, nous avons fini par laisser Kostya retourner en Russie… mais pas avant que Joe obtienne toute la vérité sur cette histoire en utilisant une version personnalisée de l'application d'Union. Ainsi que l'enquête de Joe l'a révélé, Kostya a développé l'application de contrôle pour faire sortir sa sœur de l'asile, pas pour se venger contre moi.

Cependant, son équipe de recherche et développement a effectivement découvert la porte dérobée du GPS lors d'un projet pour le gouvernement russe – des relations du SVR que Kostya a connues par l'intermédiaire de son père. Au départ, le travail sur cette porte dérobée était séparé de celui sur l'application de contrôle, mais lorsque l'information de la porte dérobée du GPS arrivait à son étape finale, Masha a pris le contrôle. La porte dérobée du GPS n'a jamais été remise au SVR. Avec le recul, je suppose que le seul développement positif de ce cauchemar, c'est que le SVR n'a pas obtenu le monopole sur une arme aussi puissante.

En ce qui concerne la prise de pouvoir de Masha, d'après ce que Kostya a pu découvrir, elle a séduit l'un des scientifiques, un expert des identifiants cerveaucytes, et elle a pris le contrôle de son esprit en prétextant un jeu de bondage sexuel. Elle a utilisé cette opportunité pour obliger cet homme à faire ce qu'elle voulait, et les choses ont empiré à partir de là.

Kostya me voit regarder dans sa direction et me salue avec son verre, le visage indéchiffrable. Il semble plutôt en forme, étant donné tout ce qu'il a traversé, mais je sais qu'il a passé l'essentiel de l'année en thérapie. Et ce n'est pas étonnant. J'ai été à sa place pendant quelques minutes et j'ai encore des flash-back terribles. À mon grand soulagement, il n'a pas une seule fois soulevé la question du sort de sa sœur devant moi. Il doit pleurer sa mort, malgré tout ce qu'elle a fait, et si je suis honnête, je regrette parfois que Joe ait dû la tuer. Elle n'était pas malveillante : elle souffrait d'une psychose qu'elle canalisait en une vengeance mal placée.

À la pensée de Joe, je regarde en face de moi. Joe ne boit pas sa vodka : il porte seulement le verre à ses lèvres pendant un instant, puis il repose le verre et jette un regard mauvais en direction de Gogi. Joe prend son boulot de chef de la sécurité très au sérieux. Il refuse de s'enivrer au travail et il n'aime pas non plus que Gogi boive, même si celui-ci a officiellement pris sa retraite il y a quelques mois. Le regard de Joe passe de Gogi à moi et le regard mauvais se transforme en froncement de sourcils. Je suppose qu'il est toujours fâché à cause du choix de ce lieu. Selon lui, Central Park est 'un bordel sans nom à sécuriser'.

À la gauche de Joe, Tatum boit son verre et grimace comme tous les invités sans origine russe. Il s'agit de son premier événement familial officiel et jusqu'ici, je suis impressionné par son calme. Le fait qu'elle n'ait pas porté plainte contre nous il y a un an n'était pas tellement surprenant : l'Union a eu ce genre d'effet sur les gens. Ce qui était surprenant, et peut-être même un peu choquant, c'est qu'elle ne soit pas partie en courant après avoir rendu visite à Joe à l'hôpital après son opération. À la place, elle a été là pour lui pendant sa convalescence et maintenant il y a une sorte d'étrange relation entre les deux. Einstein et moi pensons qu'elle présente les signes du syndrome de Stockholm, mais je n'aborde pas cela avec mon cousin. Joe semble heureux de sa façon très bizarre, et cela me suffit.

— Est-ce le moment des cadeaux maintenant ? demande Alan quand tout le monde a enfin reposé son verre de vodka. Vous savez que je n'aime pas le suspense.

Tout le monde rit et Ada se lève en annonçant :

— Que la distribution de cadeaux commence !

Tout le monde s'agite pour passer en premier et

comme cela arrive souvent de nos jours, nous laissons Einstein décider. L'IA crée une liste et je ne peux m'empêcher de remarquer que quelques-uns des invités honoraires, essentiellement des politiciens, passent en premier... c'est très machiavélique de la part d'Einstein.

— Je suis heureux de t'annoncer que nous avons nommé une rue en ton honneur, dit le maire à Alan. Elle se trouve dans la partie sud du Queens. Nous l'avons appelée Cohen Street.

Alan accepte gracieusement le cadeau, mais je le soupçonne de se moquer complètement de cet honneur. Je suis cependant impressionné. Étant donné que le maire nous laisse utiliser le parc pour fêter l'anniversaire, je ne croyais pas qu'il prendrait la peine d'offrir un autre cadeau. Je prends mentalement note de soutenir la campagne pour sa réélection. C'est sans doute la raison pour laquelle il est ici et ce pour quoi le cadeau qu'il a donné à Alan est également un honneur pour Ada et moi.

Les politiciens ont une relation nuancée avec nous. Après le Jour de l'Union, la plupart des pays ont accusé les autres du virus de Muhomor, particulièrement les États-Unis et la Russie. La raison en était simple : Muhomor avait créé des cyberarmes pour les deux nations, ce qui ne permettait pas de l'attribuer à un seul État. Mais lorsque Humain++ s'est attribué la responsabilité de l'application d'Union sans prendre la responsabilité du virus ayant propagé l'application, les gouvernements ont fait le rapprochement. Au lieu de nous poursuivre, ils ont pris la sage décision de chercher à obtenir nos faveurs.

— Waouh, un voyage dans l'espace ?

La voix d'Alan déborde d'excitation lorsqu'il pose le vieux machin que JC vient de lui tendre.

— Tu es le meilleur grand-père au monde.

Ada et moi échangeons des regards. Nous savons tous les deux que s'il a enfin appelé JC 'grand-père', c'est qu'il doit être au bord de l'explosion de joie.

— Cela vient de nous deux, dit JC en serrant la main de ma mère.

Il ne trompe personne. Ma mère ne penserait jamais à offrir un cadeau aussi dangereux à son petit-fils est je suis émerveillé par les efforts que JC a dû faire pour la convaincre. Je me demande également s'il n'a pas trop dépensé. Puis je décide qu'en tant qu'actionnaire majeur dans Humain++, il peut se le permettre.

Après avoir admis que l'application d'Union était la nôtre, certains pensaient qu'Humain++ finirait par subir une ruine financière. Au contraire, même après avoir financé les travaux de restauration et compensé les victimes et leurs familles, notre entreprise bénéficie des plus gros profits depuis sa conception. À mesure que des histoires de l'Union s'étendent aux coins les plus distants du globe, le taux d'adoption des cerveaucytes a pris un essor inimaginable. La majorité des gens qui n'en avaient pas en sont désormais pourvus, même les membres de Real Humans Only. Aujourd'hui, ne pas avoir de cerveaucytes, c'est comme ne pas avoir d'accès à internet il y a quelques années :

certaines personnes choisissent de l'éviter, mais il s'agit d'une minorité en constante diminution.

— Merci, grand-mère, dit Alan avec sincérité avant de courir faire un câlin à ma mère.

Comme d'habitude, lorsque ses petits bras l'entourent, ma mère fond en une flaque d'ocytocine. J'adore voir une expression aussi joyeuse sur son visage. C'est un changement agréable après tous les mois qu'elle a passés à maugréer au sujet des risques que j'ai pris le Jour de l'Union. Même si elle a pris part à l'Union, cela n'a fourni aucun avantage en ce qui concerne l'apaisement de sa colère. Je dirais qu'il lui a fallu au moins une semaine pour qu'elle commence à me pardonner d'avoir encore failli me faire tuer, puis deux autres semaines pour qu'elle arrête de parler du fait que je ne lui avais rien dit avant d'aller sauver Ada et Alan.

— Une maison dans les Hamptons ?

L'expression d'Alan est indéchiffrable lorsque Muhomor présente enfin son cadeau.

— Merci.

Ada et moi feignons la surprise, mais en réalité nous avons donné le feu vert au cadeau de Muhomor cette année. La maison a été la seule chose acceptable que notre ami hacker a pu trouver. Je ne sais pas ce qu'en pense Alan, mais j'aime l'idée d'une maison avec une vue sur l'océan. Cela me rappelle la villa à Miami dans laquelle nous avons vécu pendant que nous reconstruisions notre maison, qui commence tout juste à nous redonner l'impression d'être notre foyer.

Les cadeaux prennent une heure. Une fois que c'est terminé, la fête se transforme et d'un repas à table de style russe elle devient une cocktail-party américaine, avec les invités qui discutent à l'open-bar s'étendant dans le parc entier – ce qui est aussi coûteux que vous le pensez.

Je m'avance vers un grand groupe des amis en ligne d'Alan et je souris aux deux que je reconnais de l'année dernière, John le professeur et Margret l'informaticienne. Sans surprise, l'Union est au centre de la conversation de ce groupe. Tout le monde passe son temps à en parler cette année.

— Gaïa m'a permis d'apercevoir une chose pour laquelle les philosophes d'autrefois auraient vendu leur âme, dit John d'une voix tremblante de conviction. Je n'arrive pas à croire ta négativité.

L'air beaucoup plus calme, Margret boit une gorgée de martini et dit :

— Je crains seulement ce qui se serait passé si Gaïa avait existé quelques secondes de plus. Je ne dis pas que nous serions tous comme les Borg, mais nous devrions y réfléchir à deux fois avant de…

Je m'échappe prudemment avant que quelqu'un m'attire dans cette discussion. La nature de Gaïa a été un sujet de débats et d'obsessions sans fin. Les gens ont compilé toute une base de données de la sagesse que Gaïa a soi-disant transmise lors de l'Union et des volumes entiers ont été écrits pour essayer d'analyser et de faire sens de ces données.

Nous autres du Club des cerveaucytes, nous avons

décidé d'être prudents. Dans toutes les versions futures de l'application d'Union, la composante d'esprit de ruche a été retirée. Il est impossible de saisir les objectifs d'un être tel que Gaïa, cependant il est bien trop facile de s'imaginer perdre le contrôle. Nous avons utilisé la même logique ici que lorsque nous avons envisagé de construire une IA plus intelligente que nous. Mitya a bien résumé notre position en disant :

— Je préférerais que nous devenions nous-mêmes de grandes intelligences avec le temps. En construire une juste parce que nous le pouvons ou par accident, comme avec Gaïa, c'est bien trop risqué.

— Monsieur Cohen, dit une voix masculine lorsque je me tourne vers Alan. Puis-je vous parler un instant ?

Il s'agit du maire, alors je souris en répondant :

— Monsieur, c'est un honneur. De quoi aimeriez-vous parler ?

— L'honneur est le mien, dit-il pompeusement. Et ceci n'a aucun rapport avec mon rôle officiel. Je suis simplement ici en tant qu'utilisateur des cerveaucytes...

— Vous souhaitez savoir quand vous pourrez réessayer l'application d'Union ?

Je note mentalement d'utiliser le mode de combat la prochaine fois que je veux éviter les politiciens.

Il semble effrayé pendant une seconde et je me demande s'il fait partie de ces gens qui croient en la théorie du complot affirmant qu'Humain++ prendrait la peine de lire les pensées des utilisateurs de cerveaucytes. Mais sa curiosité semble prendre le dessus et il hoche la tête.

— C'est exactement ce que j'allais demander.

— Cela reste entre nous, réponds-je en chuchotant.

Je me penche si près que je peux sentir la vodka dans son haleine.

— Je ne vous le dis que pour vous remercier de nous avoir laissés fêter l'anniversaire ici.

L'homme écarquille les yeux : il m'accorde toute son attention.

— La prochaine mise à jour d'Aros, celle qui est prévue le mois prochain, contiendra l'application d'Union.

Je m'écarte et je fais un clin d'œil complice.

— Bien sûr, cette version de l'appli ne vous permettra d'envoyer une requête d'Union qu'aux gens de votre liste de contacts. Ces gens devront accepter votre requête avant que l'Union puisse commencer.

— Un peu comme les vidéoconférences ?

— Tout à fait.

Je bois une gorgée de champagne.

— Cela signifie que le Jour d'Union ne peut pas se reproduire dans l'immédiat – sauf si quelqu'un possède le monde entier dans sa liste de contacts.

J'hésite à lui dire que nous limitons cette liste à un million de personnes, mais je décide de me taire.

— Le Jour d'Union ne peut donc vraiment pas se reproduire ?

Sa déception est évidente.

— Pas dans l'immédiat.

Je lui fais un sourire vide.

— Même si vous aviez des milliards d'amis, il vous faudrait les convaincre tous de s'Unir en même temps avec vous.

Il hoche la tête. En tant que politicien, il comprend le travail formidable que représenterait une telle prouesse.

— Ce n'est pas vraiment que nous ne voulons pas que le Jour d'Union se reproduise. Nous souhaitons simplement prévoir une façon d'empêcher un tel événement de créer un autre désastre mondial. Cela prendra du temps.

— Combien de temps ?

— Je ne peux pas le dire avec certitude.

Il ne supportera pas la vérité : qu'un autre Jour d'Union devra attendre le moment où chaque humain sur Terre aura un esprit essentiellement non biologique. Cela permettrait de continuer les activités normales pendant l'Union, comme c'est maintenant le cas pour nous, les membres du Club des cerveaucytes lorsque nous Unissons notre petit cercle.

— Quel dommage, dit-il. Je m'inquiète que les citoyens de la Terre commencent à oublier le Jour d'Union et retombent dans leurs vieux travers.

Je sais exactement ce qu'il veut dire. Après le Jour d'Union, des centaines de conflits se sont terminés en cessez-le-feu, même dans les zones les plus dangereuses du monde. De multiples traités de paix sont nés, tout comme des initiatives agressives de désarmement nucléaire global. Le président des États-

Unis a suggéré des accords internationaux pour protéger l'environnement et il a été soutenu par le président russe. À la grande joie d'Ada, de nombreux pays ont créé des lois contre la peine de mort et pris d'autres initiatives montrant que la vie humaine est devenue plus estimée.

— Je me suis amusé à faire des listes des choses que les gens attribuent au Jour d'Union, dis-je au maire. Et en tant qu'expert, je ne crois pas que tous les effets positifs sont seulement dus à cette expérience, même si elle nous a paru transcendante. Certaines des bonnes choses que nous avons vues peuvent simplement avoir été causées par le gain d'intelligence offert par les cerveaucytes. Dans tous les cas, tout ce qui résulte du Jour d'Union n'a pas été positif. Beaucoup de gens sont morts et puis il y a toutes les nouvelles religions qui ont été créées après. Je ne suis pas certain que la refonte des anciennes religions soit une bonne chose.

— Vous avez peut-être raison, dit le maire dont le regard se perd au loin.

Il se reconcentre sur moi et dit alors :

— Mon personnel me dit que vous avez maintenant le feu vert pour les feux d'artifice. Quand allez-vous commencer ?

Je lève la tête vers le ciel du crépuscule.

— Nous attendons qu'il fasse encore plus sombre. Merci pour votre aide.

— Aucun souci. Pardon d'avoir dû limiter les feux d'artifice.

— Je comprends tout à fait.

Les bulles et la vodka m'ont donné une sensation agréable qui s'étale confortablement dans mon corps.

— Nous allons améliorer les feux d'artifice grâce à la réalité augmentée, ainsi Alan verra tout de même le feu d'artifice insensé que nous avions prévu.

— Je suis content de l'entendre. Je vous laisse retourner à la fête.

Je traverse la foule et je localise Ada et Alan en cercle avec Muhomor et Dominic, et Mitya au milieu.

— Salut vous tous, dis-je en m'approchant de leur clairière agréable. S'agit-il d'une réunion impromptue du Club des cerveaucytes ?

Muhomor porte une grosse bouteille de vodka à sa bouche et boit une gorgée généreuse.

— Juste des réflexions d'ivrognes.

Je désactive la réalité augmentée et je vois encore la silhouette phosphorescente de Mitya briller d'une lumière bleutée dans l'obscurité. Il est ici sous forme d'hologramme, ce qu'il fait maintenant lorsqu'il veut avoir une présence semi-physique.

— Je demandais simplement à Alan s'il pense que nous devons changer le monde un peu plus, dit Mitya d'une voix traînante qui signifie soit qu'il plaisante, soit qu'il simule les effets de l'alcool dans son corps et son cerveau virtuel. J'étais en train d'énumérer ce que nous avions déjà accompli : une plus grande capacité cérébrale, la réalité augmentée et virtuelle, du hardware inimaginable, des avancées en robotique et en intelligence artificielle... Nous avons même appris comment tromper la mort.

— En partie grâce à moi, dit Alan en riant et en passant la main à travers l'image holographique de Mitya. Dans mon opinion, en tout cas.

— Je dirais que mon existence est supérieure à ta vie de viande, petit.

Mitya flotte et se pose sur la branche d'un arbre.

— Mais qu'en dis-tu, mon frère ?

Une version légèrement plus grande de l'hologramme de Mitya apparaît à l'endroit où l'autre se tenait juste avant. Ce Mitya plus grand émet une lumière verte.

Nous le regardons tous avec de grands yeux.

Bien sûr, Mitya savait déjà projeter de multiples versions de lui-même en utilisant des hologrammes, mais je le soupçonne fortement de faire autre chose. Je ne partage pas mes soupçons avec les autres, car je suis certain que Mitya veut tout leur expliquer.

— Alan, je me suis dit que cette annonce allait peut-être te plaire pour ton anniversaire, dit triomphalement Mitya depuis son arbre. Ceci est Dmitriy – le deuxième moi que je t'ai caché afin d'en faire un invité-surprise.

Mon hypothèse était juste. Depuis un an, Mitya utilise ses nouveaux avantages, tels que des processus de pensée plus rapides et moins de besoins en sommeil, afin d'augmenter notre production de hardware à des niveaux inédits. Ces efforts ont donné des puces plus puissantes et de nouveaux types de serveurs. Il a toujours affirmé que son travail visait à supporter la nouvelle base d'utilisateurs et à apporter des boosts cérébraux de niveau supérieur à davantage de personnes, mais je savais qu'il y avait autre chose.

Je vois maintenant que j'avais raison. Il voulait accomplir une idée dont nous avions parlé pour la première fois après sa résurrection un an plus tôt, et cette version plus grande de lui, ce Dmitriy, en est le résultat.

— Bonjour, Alan, dit Dmitriy en s'inclinant. Je suis la copie supérieure de Mitya, à ton service. Je suis plus intelligent, plus beau, plus rapide et plus grand que l'original. Je propose donc que mon créateur soit appelé Mini-moi à partir de maintenant.

Ada fait un clin d'œil au nouveau venu.

— Tu n'as pas hérité d'un meilleur sens de l'humour du mini-toi, mais je suis contente de te rencontrer.

— Plus il y a de Mityas, mieux c'est, dit Alan.

Son regard passe avec enthousiasme de l'hologramme bleu à la version verte.

— Cette journée vient de devenir encore meilleure.

— Tant que vous vous souviendrez que vous et votre Mini-vous n'aurez qu'un seul vote à partager dans la prochaine réunion du Club des cerveaucytes, grommelle Muhomor.

— J'espère que c'est ouvert à la discussion.

Mitya atterrit à côté de son autre version.

— Aux yeux de la loi, Dmitriy deviendra autant une personne que moi, alors…

— Je suis désolé si mon apparence a interrompu votre conversation, s'excuse Dmitriy. Vous parliez de votre impact dans le monde. Il se trouve que l'objectif de Mitya en me créant était de changer le monde : plus spécifiquement, de déclencher une révolution dans le hardware.

Dmitriy marque une pause théâtrale et il est clair qu'il est supérieur à Mitya même dans sa capacité à présenter un discours efficace.

— Nous aimerions construire l'ordinateur ultime, d'après les lois de la physique comme nous les connaissons aujourd'hui : faire entrer autant de calculs que possible dans un morceau de matériau donné. Nous avons déjà quelques ébauches et une fois que vous les aurez vues, je pense que vous serez d'accord que nous pouvons pousser les limites de la nano-informatique très près de leurs ultimes limites physiques. Les scientifiques ont créé des transistors et des éléments de stockage de la taille de molécules vers la fin des années deux mille dix et au cours de l'année précédente, nous les avons rendus pratiques. Notre ambition est de construire un ordinateur de la taille d'un ordinateur portable pesant environ un kilo qui soit capable de dix puissance quarante-deux calculs par seconde. Et nous voulons le faire au cours de la vie biologique d'Alan.

— Un si grand nombre est difficile à concevoir, même pour nos cerveaux, précise Mitya. À titre de comparaison, l'ordinateur portable décrit par Dmitriy serait capable de faire l'équivalent de toute la pensée humaine au cours des dix mille dernières années en une dizaine de microsecondes. Une autre façon de voir les choses est la suivante : cet engin pourrait être utilisé pour faire fonctionner les cerveaux d'un milliard de civilisations d'êtres tels que nous deux, une civilisation étant définie comme dix milliards d'entre nous.

— Et ça, c'est seulement dans un engin de la taille d'un ordinateur portable, intervient Dmitriy. Il n'y a aucune raison pour laquelle nous ne pourrions pas construire des appareils beaucoup plus gros, même des data centers. Dans un futur éloigné, nous pourrions couvrir la terre d'un substrat informatique. Plus tard encore, cela pourrait remplir le système solaire entier… un cerveau de style poupée russe.

J'essaie d'imaginer ce que nous pourrions faire avec les immenses ordinateurs évoqués par Mitya et Dmitriy, mais cela fait mal à mon cerveau biologique imbibé d'alcool.

— Maintenant, je veux cet ordinateur portable comme cadeau d'anniversaire, dit Alan d'une voix remplie d'admiration. Cela me permettrait de faire des projets de création de mondes d'un tout autre niveau et de créer tout un multivers d'univers virtuels…

— Un tas de Rat Worlds, mais pour les humains ? dit Muhomor en fronçant le nez de dégoût. J'espère que tu es assez bienveillant pour générer au hasard des habitants de ces mondes. Ce serait vraiment très cruel de télécharger de véritables personnes juste pour les jeter dans un tel purgatoire.

— Je suis certain qu'il y a des gens qui seraient ravis de se porter volontaires.

Le regard d'Alan devient distant… il s'est déjà perdu dans son rêve.

— Les mondes pourraient avoir des thèmes différents, certains étant optimisés pour leur valeur éducative, d'autres pour le divertissement pur. Pour moi-même, je créerai un monde où la sorcellerie est possible et peut-être un monde où les super pouvoirs existent, ou alors quelque chose avec des extraterrestres ou des monstres…

— Et peut-être un monde avec des vampires sexy pour l'anniversaire de ta mère ? dis-je en plaisantant et Ada me donne un coup de coude dans les côtes.

Elle pense que ses préférences de lecture sont un secret bien gardé, mais il y a bien longtemps que Muhomor a piraté son compte Amazon.

— Je peux faire tout ce que je veux, répond Alan d'un ton enthousiaste. Même des mélanges, comme un monde avec des extraterrestres vampires ou…

Ada se frotte les tempes avec les doigts. Elle ne boit que du vin ce soir, mais il ne faut pas grand-chose pour submerger son corps.

— On pourrait raisonnablement dire que nous existons déjà dans un endroit proche de ce qu'Alan imagine. Si tu y penses de façon statistique, une personne au hasard est-elle plus probablement l'une des sept milliards de personnes chanceuses vivant dans l'univers 'd'origine et donc réel' ou une des milliards de milliards pouvant être facilement émulées sur l'ordinateur que Mitya offrira sans doute à Alan lors d'un anniversaire futur ? Les statistiques ne sont pas en notre faveur.

— Ma chérie, dis-je en privé, mon cerveau me fait

officiellement mal. Est-ce un signe qu'il s'agit d'un véritable cerveau ou qu'il a été émulé par un Alan de l'avenir ?

— C'est un signe que nous devrions commencer les feux d'artifice, répond-elle avec un sourire.

À voix haute, elle dit :

— Si tout le monde veut bien regarder le ciel.

Des centaines de visages se lèvent. Suivant leur exemple, j'observe l'obscurité juste à temps pour apercevoir la première explosion colorée, un halo sphérique d'étoiles scintillantes. L'explosion suivante arrive juste après, avec des traînées comme des comètes chassant toutes les étincelles. Les effets deviennent de plus en plus impressionnants à chaque fois : des étoiles dorées en forme de saule pleureur sous un plumage qui m'évoque un phénix, suivi par des images possédant des schémas mathématiques si complexes que seul un pyrotechnicien avec un boost cérébral peut les avoir créées.

Je soupçonne toute la ville de New York de regarder le ciel bouche bée en ce moment.

Pendant que les feux d'artifice se poursuivent, la bouche d'Alan s'ouvre de plus en plus. Ada et moi échangeons des regards complices. Il s'agit seulement de l'événement dans le monde réel. Les feux d'artifice de la réalité augmentée qui vont suivre donneront l'impression que ce qui précédait n'était que des petits pétards.

— Je dois dire quelque chose.

Je projette ma voix de façon virtuelle ainsi que par

ma bouche en chair et en os, à côté de mes amis et de ma famille. Quand tous les yeux se tournent vers moi je lève mon verre pour porter un toast.

— Quelle époque excitante nous vivons !

Tout le monde applaudit au milieu des explosions du feu d'artifice et je vide mon verre en rejoignant Ada, ma joie s'intensifiant lorsque ses rêves et ses espoirs se mêlent aux miens.

Nous sommes ensemble, nous sommes en vie et l'univers entier sera bientôt notre foyer.

Merci d'avoir lu ce livre ! Si vous souhaitez laisser un commentaire, j'en serais ravi.

Réseau Neural conclut la série *Humain++*, mais d'autres livres écrits par moi paraîtront bientôt. Si vous souhaitez être informé de leur sortie, vous pouvez vous inscrire à ma newsletter sur www.dimazales.com/book-series/francais/.

J'ai écrit d'autres séries telles que :

- *Les Derniers Humains* — romans futuristes de science-fiction/dystopies semblables à *Hunger Games*, *Divergente* et *Le Passeur*
- *Les Dimensions de l'esprit* — urban fantasy avec une touche de science-fiction
- *Le Code arcane* — fantasy épique

Je collabore également avec ma femme sur des romances de science-fiction, alors si vous appréciez les textes érotiques, vous pouvez aller voir :

- *La trilogie Mia et Korum* – Une sombre romance de science-fiction
- *La Captive des Krinars* – Un roman indépendant de science-fiction

Et maintenant, veuillez tourner la page pour un aperçu d'*Oasis* (*Les Derniers Humains : Tome 1*), *Les Lecteurs de pensée* (*Les Dimensions de l'esprit : Tome 1*) et *Le Code arcane*.

EXTRAIT D' OASIS

Je m'appelle Theo et je vis à Oasis, la dernière zone
habitable sur Terre. C'est censé être le paradis, un
endroit où nous sommes tous comblés. La vulgarité, la
violence, la folie et tous les autres maux ne sont plus
qu'un souvenir lointain. Même la mort ne nous
tourmente plus.

J'étais comblé moi aussi, mais j'ai changé. Maintenant,
j'entends une voix dans ma tête et elle me dit des
choses qu'aucun ami imaginaire ne devrait savoir. Elle
s'appelle Phoe et elle est mon hallucination.

À moins que…

———

Putain. Vagin. Merde.

Je fais exprès de penser ces mots interdits, mais mon scan neural ne montre rien qui sorte de l'ordinaire par rapport à des mots phonétiquement similaires, comme *pétrin*, *machin* ou *merle*. Je ne vois aucune preuve de dégâts à mon cerveau, même s'il pourrait être endommagé à l'extrême. J'ai peut-être besoin d'un autre sujet pour mes tests, un autre Jeune 'impressionnable' de vingt-trois ans comme moi.

Après tout, je pourrais être malade mental.

— Oh, Theo. Tu ne vas pas recommencer, dit une voix exagérément aimable et aiguë. Et puis, les mots ont bien un effet sur ton cerveau. Par exemple, la partie de ton cerveau responsable du dégoût s'illumine quand tu dis 'merde', mais pas pour 'merle'.

C'est Phoe qui parle. Cette fois, elle n'est pas une voix dans ma tête. C'est plutôt comme si elle était dans les buissons épais derrière moi, sauf que personne ne se trouve là.

Je suis la seule personne sur ce morceau de gazon.

Personne ne vient ici parce que le Bord ne se trouve qu'à quelques mètres. Peu d'habitants de l'Oasis aiment regarder la ligne triste qui divise la fin de notre monde habitable et le début du désert de gelée grise. Cependant, cela ne me gêne pas.

D'un autre côté, je suis peut-être fou — et Phoe serait la raison. Voyez-vous, je ne crois pas que Phoe soit réelle. Elle est, je crois, mon amie imaginaire. Et son nom, d'ailleurs, se prononce 'Fi', mais s'écrit 'P-h-o-e'.

Oui, mon hallucination est précise à ce point.

— Alors, tu passes d'un sujet rabâché directement à un autre, dit Phoe avec un petit rire de dédain. Ma soi-disant réalité.

— Exactement, dis-je, bien que quand nous sommes seuls, je réponde sans bouger les lèvres. Parce que je t'imagine.

Elle rit encore et je secoue la tête. Oui, je viens de secouer la tête pour mon hallucination. Je me sens également contraint de lui répondre.

— Pour info, je suis certain que le mot tabou 'merde' affecte les parties de mon cerveau qui gèrent le dégoût tout autant que ses cousins plus acceptables comme 'matière fécale'. Ce que j'ai essayé d'expliquer, c'est que le mot ne fait pas mal et n'abime pas mon cerveau. Ces mots n'ont rien de spécial.

Cette fois, Phoe est dans ma tête et elle a un ton moqueur :

— Ouais, ouais. Tu me diras bientôt comment à l'époque, certains mots interdits faisaient simplement référence à des choses comme des chiens femelles et qu'il y a des mots dans les langues mortes qui étaient tout aussi tabous, et pourtant ils ne sont pas actuellement interdits parce qu'ils ont perdu leur pouvoir. Puis tu te plaindras sans doute que, même si les cerveaux des deux sexes sont presque identiques, seuls les mâles n'ont pas le droit de dire 'vagin', etc.

Je me rends compte que j'allais répliquer avec ces pensées exactes, ce qui signifie que Phoe et moi nous avons beaucoup parlé de ce sujet. C'est ce qui arrive entre amis proches : ils répètent leurs conversations. D'autant plus lorsqu'il s'agit d'amis imaginaires, je suppose. Même si, bien sûr, je suis sans doute la seule personne d'Oasis à en avoir une.

En y réfléchissant bien, toute conversation avec votre amie imaginaire n'est-elle pas redondante, puisqu'en gros vous vous parlez à vous-même ?

— C'est là que je te rappelle que je suis réelle, Theo.

Phoe affirme cela à haute voix.

Je ne peux pas m'empêcher de remarquer que sa voix vient d'un endroit légèrement sur ma droite, comme si elle était une amie assise dans l'herbe à côté de moi, une amie invisible.

— Ce n'est pas parce que je suis invisible que je ne suis pas réelle, répond Phoe à ma pensée. Moi au moins, je suis convaincue d'être réelle. C'est moi qui serais folle si je ne pensais pas être réelle. En outre, beaucoup d'indices pointent vers cette conclusion, et tu le sais.

— Mais une amie imaginaire ne devrait-elle pas insister sur le fait qu'elle est réelle ?

Je ne peux pas m'empêcher de dire ces mots à voix haute.

— Cela ne fait-il pas partie de l'hallucination ?

— Ne me parle pas à voix haute, me rappelle-t-elle d'un ton inquiet. Même quand tu subvocalises, tu bouges parfois imperceptiblement les muscles de ton cou et même tes lèvres. C'est trop risqué. Tu devrais simplement m'envoyer tes pensées. Sers-toi de ta voix intérieure. C'est plus sûr, en particulier quand nous sommes en compagnie d'autres Jeunes.

— D'accord, mais pour info, j'ai l'impression d'être encore plus fou, réponds-je en subvocalisant les mots et en faisant de mon mieux pour ne pas bouger les lèvres ou les muscles de mon cou.

Puis, pour faire une expérience, je pense :

— Te parler dans ma tête souligne l'impossibilité de ton existence et cela me donne encore plus l'impression d'être dingue.

— Eh bien, cela ne devrait pas être le cas.

Sa voix est dans ma tête maintenant, pourtant elle paraît toujours aiguë.

— Autrefois, quand ce n'était pas interdit d'avoir une maladie mentale, je suppose que tu mettais les gens autour de toi mal à l'aise si tu parlais à voix haute à tes amis imaginaires, dit-elle en gloussant, mais il y a plus d'inquiétude que d'humour dans sa voix. Je ne sais pas du tout ce qu'il se passerait si quelqu'un pensait que tu étais fou, mais j'ai un mauvais pressentiment, alors s'il te plaît, ne le fais pas, d'accord ?

Je lui envoie ma pensée en tirant sur le lobe de mon oreille gauche :

— Très bien. Mais cela me semble exagéré de le faire ici. Il n'y a personne.

— Oui, cependant les nanorobots dont je t'ai parlé, ceux qui imprègnent tout depuis ta tête jusqu'au brouillard utilitaire, peuvent être utilisés pour surveiller cet endroit, du moins en théorie.

— D'accord. Sauf si toute cette technologie invisible

— et c'est bien pratique — est le fruit de mon imagination tout autant que toi. De toute façon, puisque personne ne semble être au courant, comment peuvent-ils s'en servir pour m'espionner ?

— Correction : aucun Jeune ne le sait, mais les autres le pourraient, contre Phoe patiemment. Il y a encore trop de choses que nous ne savons pas au sujet des Adultes, et je ne parle même pas des Aïeuls.

— Mais s'ils peuvent accéder aux nanocytes dans mon esprit, n'ont-ils pas également accès à mes pensées ?

Je pense cela avec un frisson. Si c'est vrai, je suis complètement foutu.

— Le fait que tu n'aies pas encore fait face aux conséquences de tes pensées fréquemment indisciplinées prouve que personne ne les surveille en général, du moins qu'ils ne se préoccupent pas spécifiquement des tiennes, répond-elle en apaisant un peu mes craintes. C'est pour cela que je pense que surveiller les pensées est soit trop compliqué informatiquement, soit que cela brise un des milliards de tabous sur l'usage approprié de la technologie — des règles que j'ai du mal à garder en tête, d'ailleurs.

— Et si l'utilisation de la technologie pour m'écouter était aussi taboue ? dis-je même si elle commence à me convaincre.

— Peut-être, mais, j'ai vu des choses qui s'expliquent mieux par l'espionnage des Adultes.

Sa voix dans ma tête devient plus basse.

— Il te suffit de penser à la fois où toi et Liam vous aviez prévu de sauter votre Cours de Physique. Comment étaient-ils au courant ?

Je repensai à la session épique de Quiétude à laquelle nous avions été condamnés et comment nous avions tous les deux juré ne pas avoir trahi l'autre. Nous étions parvenus à la même conclusion : il est dangereux de parler. C'est pourquoi Liam, Mason et moi nous parlons souvent en code désormais.

J'envoie une pensée à Phoe :

— Il pourrait y avoir d'autres explications. Cette conversation a eu lieu pendant les Cours et quelqu'un aurait pu nous entendre. Mais même si ce n'est pas le cas, le fait qu'ils nous surveillent en classe ne signifie pas qu'ils prendraient la peine de surveiller cet endroit perdu.

— Même s'ils surveillent cet endroit où n'importe quel endroit à l'extérieur de l'institut, je veux que tu prennes de bonnes habitudes.

— Et si nous parlions en code ? Tu sais, celui que j'utilise avec mes amis qui ne sont pas imaginaires.

— Tu parles déjà trop lentement pour moi, pense-t-elle avec exaspération. Quand tu parles dans ce code, tu as l'air ridicule et tu augmentes considérablement le nombre de syllabes que tu prononces. Si tu voulais bien apprendre une des langues mortes, alors...

Je lui envoie ma pensée :

— Très bien. Je vais 'penser' quand il faudra que je te parle.

J'ajoute en subvocalisant : mais je subvocaliserai aussi.

Elle soupire à haute voix.

— Si tu le dois. Mais fais-le comme tu l'as fait il y a une seconde, sans bouger la musculature de ta voix.

Au lieu de répondre, je regarde encore le Bord, l'endroit où la verdure sereine sous le dôme rencontre l'océan répugnant de gelée grise — la technologie paralytique auto-réplicante qui transforme la matière organique en elle-même. La gelée grise est ce qu'il reste du monde en dehors de la barrière du dôme, et si un jour cette barrière tombait, la gelée nous détruirait rapidement. Naturellement, cette vue évoque toutes sortes de sentiments désagréables et le fait que je la regarde volontairement doit être un autre signe de mon état mental précaire.

— Cette chose est tout à fait dégoûtante, remarque Phoe en essayant de me remonter le moral, comme d'habitude. On dirait que quelqu'un a essayé de faire de la jelly avec du vomi et des excréments humains.

Puis, avec un ricanement mental, elle ajoute :

— Pardon, j'aurais dû dire 'vomi et merde'.

— Je ne sais pas du tout ce qu'est la jelly, mais, quoi que ce soit, tu as sans doute raison pour les ingrédients.

— La jelly était quelque chose que mangeaient les anciens à l'époque pré-nourriture, explique Phoe. Je te trouverai quelque chose à regarder ou à lire à ce sujet, ou si tu as de la chance, ils s'en serviront peut-être à la prochaine foire des jours de naissance.

— Je l'espère. Il est difficile de se renseigner sur la nourriture dans les livres ou les films, j'ai essayé.

— Dans ce cas précis, tu le pourrais, rétorque Phoe. La jelly était plus une histoire de texture que de goût. Cela avait la consistance des méduses.

— Les gens mangeaient ces choses gluantes à l'époque ? me dis-je avec dégoût.

Je ne me souviens pas avoir vu cela dans un des films. En désignant la gelée, je dis :

— Pas étonnant que le monde se soit transformé ainsi.

— Dans la plupart des régions du monde, ils ne le mangeaient pas, dit Phoe d'un ton pédant. Et la jelly était en réalité faite à partir de protéines partiellement décomposées extraites des peaux, des sabots, des os et des tissus conjonctifs de la vache et du cochon.

— Maintenant, tu essaies juste de me dégoûter.

— Alors, ça, c'est la meilleure, venant de toi M. Merde, glousse-t-elle. Quoi qu'il en soit, tu dois quitter cet endroit.

— Ah bon ?

— Tu as des cours dans une demi-heure, mais le plus important, c'est que Mason te cherche, dit-elle et sa voix me donne l'impression qu'elle est déjà debout.

Je me lève et je commence à marcher vers la haute haie qui cache la gelée de la vue des autres Jeunes d'Oasis.

— Au fait — la voix de Phoe vient de plus loin, elle simule le fait de marcher devant moi —, une fois que tu auras vérifié que Mason te cherche, essaie d'expliquer comment une amie imaginaire comme moi pourrait savoir une telle chose... savoir quelque chose que tu ne savais pas toi-même.

———

Oasis est déjà disponible. Allez visiter mon site www.dimazales.com/book-series/francais/ pour en apprendre plus et vous inscrire sur ma liste de diffusion.

Tout le monde pense que je suis un génie.

Tout le monde a tort.

Oui, je suis sorti de Harvard à dix-huit ans et je me remplis les poches dans un fonds spéculatif. Mais ce n'est pas parce que je suis extraordinairement intelligent ou travailleur.

C'est parce que je triche.

J'ai un talent unique, voyez-vous. Je peux sortir du temps pour entrer dans ma version personnelle de la réalité – un endroit que je nomme 'le Calme' – où je peux explorer mon environnement pendant que le reste du monde est immobile.

Je pensais être le seul à pouvoir le faire – jusqu'à ce que je la rencontre.

Je m'appelle Darren et voici comment j'ai appris que j'étais un Lecteur.

———

Parfois, je pense que je suis fou. Je suis assis à une table de casino à Atlantic City et tout le monde autour de moi est immobile. J'appelle cela le *Calme*, comme si le fait de donner un nom au phénomène le rend plus réel, comme si lui donner un nom change le fait que tous les joueurs autour de moi sont assis là comme des statues et que je marche parmi eux en regardant les cartes qu'on leur a distribuées.

Le problème avec cette théorie sur ma folie est que quand je 'dégèle' le monde, comme je viens de le faire, les cartes que les joueurs retournent sont celles que j'ai vues dans le Calme. Si j'étais fou, ces cartes ne seraient-elles pas des cartes au hasard ? Sauf si j'en suis au point d'imaginer les cartes sur la table.

Et ensuite, je gagne. Si c'est aussi une hallucination — si la pile de jetons à côté de moi est une hallucination — alors je pourrais bien tout remettre en question. Peut-être que je ne m'appelle même pas Darren.

Non. Je ne peux pas penser de cette façon. Si je suis vraiment si perdu, alors je ne veux pas sortir de cet état de confusion : car si j'en sortais, je me réveillerais probablement dans un hôpital psychiatrique.

En outre, j'adore ma vie, aussi folle soit-elle.

Ma psy pense que le Calme est une façon inventive de décrire 'le fonctionnement intérieur de mon génie'. Alors ça, cela me paraît vraiment fou. Il se peut aussi qu'elle soit attirée par moi, mais c'est une autre histoire. Disons simplement que pour sortir avec elle, il faudrait qu'elle ait un âge beaucoup plus proche de ce que je cherche, c'est-à-dire autour de vingt-quatre ans. Encore jeune et sexy, mais qui a fini les études et qui ne fait plus de soirées en boîte. Je déteste sortir en boîte presque autant que ce que j'ai détesté étudier. En tout cas, l'explication de ma psy ne fonctionne pas, car elle ne tient pas compte de la façon dont je sais des choses que même un génie ne pourrait pas savoir : par exemple la valeur et la couleur exactes des cartes des autres joueurs.

Je regarde le croupier commencer à distribuer les nouvelles cartes. Il y a trois joueurs à côté de moi à la table. Le Cowboy, la Grand-mère et le Professionnel, comme je les surnomme. Je ressens cette peur désormais presque imperceptible qui accompagne mon déphasage — c'est comme cela que j'appelle le processus : déphaser vers le Calme. L'inquiétude au sujet de ma santé mentale a toujours facilité le déphasage. La peur semble être utile au procédé.

Je déphase et tout devient calme. D'où le nom de cet état.

C'est étrange pour moi, même maintenant. Ce

casino est très bruyant en général. Les gens ivres qui parlent, les machines à sous, le bruit des jackpots, la musique — seuls les concerts ou les boîtes de nuit sont plus bruyants. Et pourtant, en ce moment précis, j'aurais pu entendre une mouche voler. C'était comme si j'étais devenu sourd au chaos qui m'entoure.

Les personnes figées autour de moi augmentent l'étrangeté du phénomène. Ici, la serveuse qui porte un plateau de boissons est arrêtée au milieu d'un pas. Là, une femme est sur le point de tirer sur le levier d'un bandit manchot. À ma table, la main du croupier est levée et la dernière carte qu'il a distribuée flotte dans l'air. Je m'avance vers elle depuis mon côté de la table et je l'attrape. C'est un roi, destiné au Professionnel. Quand je lâche la carte, elle tombe sur la table au lieu de continuer à flotter comme avant — mais je sais très bien qu'elle retournera en l'air, exactement à l'endroit où je l'ai touchée, quand je sortirai du déphasage.

Le Professionnel a l'air de gagner sa vie au poker, ou en tout cas il correspond parfaitement à la façon dont j'imagine ce genre de personnes. Mal habillé, lunettes de soleil, et un peu étrange. Il a très bien maintenu son *poker face*, n'ayant pas bougé le moindre muscle de toute la partie. Son visage est si inexpressif que je me demande s'il ne s'est pas injecté du Botox pour l'aider à maintenir une telle contenance. Sa main est sur la table, recouvrant et protégeant les cartes qui lui ont été distribuées.

Je déplace sa main molle. Elle est normale au toucher. Enfin, façon de parler. La main est moite et poilue, alors c'est désagréable et anormal de la toucher. Ce qui est normal, c'est qu'elle est chaude au lieu d'être froide. Quand j'étais enfant, je m'attendais à ce que les gens soient froids dans le Calme, comme des statues de pierre.

Une fois que la main du Professionnel est déplacée, je ramasse ses cartes. Avec le roi qui flotte en l'air, il a une jolie paire. C'est bon à savoir.

Je m'avance vers Grand-mère. Elle tient déjà ses cartes en éventail pour moi. Je peux éviter de toucher ses mains ridées et tâchées. C'est un soulagement, car j'ai récemment commencé à avoir des réserves sur le fait de toucher les gens — plus particulièrement les femmes — dans le Calme. Si j'étais obligé, je raisonnerais sur le fait que toucher la main de Grand-mère était inoffensif — ou du moins, pas pervers — mais il vaut mieux l'éviter si possible.

Dans tous les cas, elle a une petite paire. Je me sens mal pour elle. Elle a perdu pas mal d'argent ce soir. Ses jetons diminuent. Ses pertes sont peut-être dues, au moins partiellement, au fait qu'elle ne sait pas garder un visage neutre. Même avant de regarder ses cartes, je savais qu'elles ne seraient pas bonnes parce que j'ai vu qu'elle était déçue de sa main au moment où elle l'a regardée. J'avais aussi remarqué un éclat joyeux dans ses yeux quelques tours plus tôt, quand elle avait eu un brelan gagnant.

Ce jeu de poker est, en grande partie, un exercice de lecture des gens : un domaine dans lequel j'aimerais vraiment m'améliorer. On me dit très fort pour lire les gens dans mon travail, mais ce n'est pas vrai. Je suis juste doué pour utiliser le Calme et faire comme si j'étais doué. Mais je veux vraiment apprendre à analyser les gens réellement.

Ce qui ne m'intéresse pas tellement dans ce jeu de poker, c'est l'argent. Je m'en sors assez bien financièrement pour ne pas dépendre d'un gros gain aux jeux de chance. Peu importe que je perde ou que je gagne, même si cela avait été amusant de quintupler mon argent à la table de blackjack. J'ai fait tout ce voyage pour jouer parce que je le peux enfin, ayant vingt-et-un ans maintenant. Je n'ai jamais aimé les fausses cartes d'identité, alors ceci est une première pour moi.

Je laisse la Grand-mère tranquille, et je passe au joueur suivant : le Cowboy. Je ne peux pas résister à la tentation d'enlever son chapeau de paille et de l'essayer. Je me demande si c'est possible d'attraper des poux comme ça. Parce que je n'ai jamais pu rapporter un objet inanimé du Calme, ni affecter le monde de manière durable, je me dis que je ne peux pas non plus ramener de créatures vivantes avec moi.

Je laisse tomber le chapeau et je regarde ses cartes. Il a une paire d'as — sa main est meilleure que celle du Professionnel. Le Cowboy est peut-être un pro lui aussi. Il a un bon *poker face*, d'après ce que je peux voir. Ce sera intéressant de les observer pendant ce tour.

Ensuite, je m'avance vers le deck et je regarde les cartes supérieures pour les mémoriser. Je ne laisse aucune place au hasard.

Quand j'ai fini, je reviens vers moi. Ah oui, est-ce que j'ai dit que je peux me voir assis là, figé comme les autres ? C'est le plus bizarre. C'est comme de vivre une expérience extracorporelle.

Je m'approche de mon corps figé et je le regarde. En général, j'évite de le faire, parce que c'est trop perturbant. On a beau se regarder dans le miroir ou dans des vidéos sur YouTube, rien ne peut préparer à voir son propre corps en 3D. Ce n'est pas quelque chose qu'on est censé vivre. Enfin, sauf pour les vrais jumeaux, je suppose.

Il est difficile de croire que ce corps, c'est moi. Il ressemble plutôt à n'importe qui. Enfin, peut-être un peu mieux que ça. Je le trouve assez intéressant. Il a l'air cool. Il a l'air classe. Je pense que les femmes le considèreraient probablement comme beau, même si ce n'est pas modeste de l'admettre.

Je ne suis pas un expert pour évaluer le degré de beauté des hommes, mais certaines choses sont évidentes. Je sais quand un type est laid et mon corps figé ne l'est pas. Je sais aussi qu'en général il faut des traits symétriques pour être perçu comme étant beau, et ma statue les a. Une mâchoire prononcée n'est pas mal non plus. Check. Avoir les épaules larges, c'est positif, et être grand aide beaucoup. Tout est bon. J'ai des yeux bleus, ce qui semble être une bonne chose. Des filles m'ont dit qu'elles aimaient mes yeux, même si maintenant, sur mon corps figé, ils ont l'air effrayants. Ils sont tout vitreux. On dirait les yeux d'une statue de cire.

Je me rends compte que je passe trop de temps sur ce sujet, et je secoue la tête. Je peux déjà voir ma psy en train d'analyser ce moment. Qui pourrait imaginer que le fait de s'admirer de cette façon soit un symptôme de sa maladie mentale ? Je l'imagine en train de griffonner des mots comme 'narcissique' et de le souligner.

Bon, ça suffit. Je dois quitter le Calme. Je lève la main et je touche le front de ma silhouette figée. J'entends les bruits à nouveau en sortant de mon déphasage.

Tout est de retour à la normale.

Le roi que j'ai regardé un instant auparavant — le roi que j'ai laissé sur la table — est de retour en l'air et de là, il suit la trajectoire normale pour atterrir près des mains du Professionnel. La Grand-mère regarde toujours ses cartes avec déception et le Cowboy porte de nouveau son chapeau, même si je le lui avais enlevé dans le Calme. Tout est exactement comme c'était avant.

D'une certaine façon, mon cerveau ne cesse jamais de s'étonner de la discontinuité entre l'expérience dans le Calme et celle d'en dehors. Notre condition d'humains fait que nous sommes programmés pour nous interroger sur la réalité lorsque ce genre de chose se produit. Quand j'essayais d'être plus malin que ma psy, au début de la thérapie, j'avais un jour lu tout un manuel de psychologie pendant notre session. Elle n'avait rien remarqué, bien sûr, puisque je l'avais fait dans le Calme. Le livre disait comment les bébés, dès l'âge de deux mois, pouvaient être surpris s'ils voyaient quelque chose qui sortait de l'ordinaire, comme la gravité semblant fonctionner à l'envers, par exemple. Ce n'est pas étonnant que mon cerveau ait du mal à s'adapter. Jusqu'à mes dix ans, le monde se comportait normalement, mais depuis, tout est bizarre et c'est peu dire.

Je baisse les yeux et je me rends compte que j'ai un brelan. La prochaine fois, je regarderai mes cartes avant de déphaser. Si j'ai une combinaison aussi forte, je pourrais tenter le coup et jouer sans tricher.

Le jeu se déroule de façon prévisible parce que je connais les cartes de tout le monde. À la fin, Grand-mère se lève. Elle a manifestement perdu assez d'argent.

C'est alors que je vois la fille pour la première fois.

Elle est superbe. Mon ami Bert du travail prétend que j'ai un type de femmes, mais je rejette cette idée. Je n'aime pas me voir aussi creux ou prévisible. Mais il se pourrait que je sois un peu des deux, car cette fille correspond parfaitement à la description de Bert. Et je réagis de façon extrêmement intéressée, c'est le moins qu'on puisse dire.

De grands yeux bleus. Des pommettes bien définies sur un visage fin, avec une pincée d'exotisme. Des jambes longues et très bien formées, comme celles d'une danseuse. Des cheveux sombres ondulés attachés en queue de cheval, ce qui me plaît. Et pas de frange : encore mieux. J'ai horreur des franges, je ne sais pas pourquoi les filles s'infligent ça. Même si l'absence de frange ne faisait pas partie de la description de Bert, cela aurait probablement dû y figurer.

Je continue à la dévisager. Avec ses talons hauts et sa jupe serrée, elle est un peu trop bien habillée pour cet endroit. Ou alors c'est moi qui ne suis pas assez bien habillé, en jean et tee-shirt. Quoi qu'il en soit, je m'en moque. Il faut que j'essaie de lui parler.

J'hésite à passer dans le Calme et à l'approcher pour faire quelque chose de louche, du genre la regarder de près ou peut-être même inspecter le contenu de ses poches. Faire quelque chose qui m'aiderait quand je lui parlerai.

Je décide de ne pas le faire, ce qui est probablement la première fois.

Je sais que le raisonnement qui me pousse à casser mon habitude est très étrange. Si l'on peut appeler ça un raisonnement. J'imagine l'enchaînement suivant : elle accepte de sortir avec moi, on sort ensemble pendant quelque temps, ça devient sérieux, et à cause de la connexion profonde entre nous, je lui parle du Calme. Elle apprend que j'ai fait un truc pervers, elle pique une crise et elle me largue. C'est ridicule de penser tout ça, étant donné que je ne lui ai pas encore parlé. Je brûle carrément les étapes. Elle a peut-être un QI de moins de 70 ou la personnalité d'un morceau de bois. Il peut y avoir vingt raisons différentes qui expliqueraient que je ne veuille pas sortir avec elle. En outre, cela ne dépend pas que de moi. Elle pourrait me dire d'aller me faire voir dès que j'essaie de lui parler.

Malgré tout, le fait de travailler dans les fonds

spéculatifs m'a appris à spéculer. Même si le raisonnement est dingue, je m'en tiens à ma décision de ne pas déphaser, parce que c'est ce qu'un gentleman aurait fait. En accord avec cette galanterie qui ne me ressemble pas, je décide également de ne pas tricher pour ce tour de poker.

Pendant que les cartes sont distribuées, je songe à quel point, c'est agréable de se comporter honorablement, même si personne ne le sait. Je devrais peut-être essayer de respecter plus souvent la vie privée des gens. *Ouais, c'est ça.* Il faut rester réaliste. Je ne serais pas là où j'en suis aujourd'hui si j'avais suivi ce conseil. En fait, si je prenais l'habitude de respecter la vie privée, je perdrais mon travail en l'espace de quelques jours, et avec lui, beaucoup du confort auquel je me suis habitué.

Je copie le geste du Professionnel et je couvre mes cartes de la main dès que je les reçois. Je suis sur le point de jeter un coup d'œil à mes cartes quand quelque chose d'inhabituel se produit.

Le monde devient silencieux, exactement comme quand je déphase... Mais je n'ai rien fait cette fois.

Et à ce moment-là, je la vois : la fille assise à l'autre bout de la table, la fille à qui je viens de penser. Elle est debout à côté de moi et elle retire sa main de la mienne. Ou, plus précisément, de la main de mon corps figé : moi je suis un peu plus loin et je la regarde.

Elle est également assise en face de moi à la table, une statue figée comme toutes les autres.

Mon cerveau se met à turbiner et mon cœur se met

à battre plus vite. Je n'envisage même pas la possibilité que cette seconde fille soit une sœur jumelle ou un truc du genre. Je sais que c'est elle. Elle fait ce que j'ai fait quelques minutes auparavant. Elle marche dans le Calme. Le monde autour de nous est figé, mais pas nous.

Elle a un regard horrifié quand elle se rend compte de la même chose. Elle se précipite de l'autre côté de la table et elle se touche le front.

Le monde redevient normal.

Elle me fixe, choquée, avec des yeux immenses, le visage pâle. Je vois ses mains trembler quand elle se lève. Sans un mot, elle me tourne le dos et elle se met à courir.

Me remettant de ma surprise, je me lève et je la suis en courant. Ce n'est pas très élégant. Si elle remarque qu'un type qu'elle ne connaît pas lui court après, elle aura autre chose en tête que sortir avec. Mais je n'en suis plus là maintenant. C'est la seule personne que j'ai rencontrée et qui sache faire la même chose que moi. Elle est la preuve que je ne suis pas fou. Elle a peut-être ce que je désire le plus au monde.

Elle a peut-être des réponses.

———

Les Lecteurs de Pensée est déjà disponible. Allez visiter mon site www.dimazales.com/book-series/francais/ pour en apprendre plus et vous inscrire sur ma liste de diffusion.

Blaise, un paria qui était autrefois un membre respecté du Conseil des Sorciers, a passé l'année précédente à développer un objet magique spécial. Son objectif est de permettre à tout le monde de pratiquer la magie afin qu'elle ne soit plus réservée à l'élite des sorciers. Le résultat de sa quête est pour le moins inattendu : au lieu de créer un objet, il l'a créée, Elle.

Elle, c'est Gala et elle est tout sauf inanimée. Elle est née dans le Domaine des Sorts et elle est belle et très intelligente. Personne ne sait de quoi elle est capable. Elle ferait n'importe quoi pour pouvoir découvrir le monde... Elle abandonnerait même l'homme dont elle est en train de tomber amoureuse.

Augusta, une puissante sorcière et autrefois la fiancée de Blaise, considère que celui-ci fait preuve de la pire des arrogances et que Gala est une abomination qu'il faut exterminer. Dans sa quête pour sauver l'espèce humaine, Augusta se forge de nouvelles alliances et s'implique dans un réseau d'intrigues qui s'étire au-delà de tout ce qu'ils peuvent imaginer. Elle devra peut-être même se confier à Barson, son nouvel amant, un guerrier qui pourrait bien avoir des plans à lui...

———

Il y avait une femme nue sur le plancher du bureau de Blaise.

Une magnifique femme nue.

Stupéfait, Blaise fixait des yeux la superbe créature qui venait de se matérialiser. Elle regardait autour d'elle d'un air perplexe, visiblement aussi choquée d'être là que ce qu'il était étonné de l'y voir. Ses cheveux blonds ondulés tombaient en cascade sur son dos, couvrant partiellement un corps qui semblait être la perfection même. Blaise essaya de ne pas penser à ce corps et de se focaliser plutôt sur la situation.

Une femme. Une personne, pas une chose. Blaise n'arrivait pas à le croire. Était-ce possible ? Cette fille pouvait-elle être l'objet ?

Elle était assise avec les jambes pliées sous elle, s'appuyant sur un seul bras mince. Cette pose avait quelque chose d'étrange, comme si elle ne savait pas quoi faire de ses membres. Malgré les courbes qui faisaient d'elle une femme, il y avait une espèce d'innocence enfantine dans sa façon de rester assise là, sans gêne et totalement ignorante de son attrait.

En s'éclaircissant la gorge, Blaise essaya de chercher quoi dire. Même dans ses rêves les plus fous, il n'aurait pu imaginer une telle issue au projet qui avait demandé tout son temps ces derniers mois.

En entendant son bruit, elle tourna la tête pour le regarder et Blaise fut absorbé par deux yeux bleu exceptionnellement clair.

Elle cligna des yeux, puis pencha la tête d'un côté en l'étudiant avec une grande curiosité. Blaise se demanda ce qu'elle voyait. Il n'avait pas vu la lumière du jour depuis des semaines et il n'aurait pas été surpris s'il avait maintenant l'apparence d'un sorcier fou. Son visage était probablement couvert d'une barbe d'une semaine et il savait que ses cheveux foncés n'étaient pas brossés et qu'ils pointaient dans tous les sens. S'il avait su qu'il se retrouverait face à une jeune femme magnifique aujourd'hui, il aurait lancé un sort de toilette ce matin-là.

— Qui suis-je ? demanda-t-elle en faisant sursauter Blaise. Sa voix était douce et féminine, tout aussi séduisante que le reste de sa personne.

— Quel est cet endroit ?

— Ne le sais-tu pas ? Blaise était content de parvenir à bafouiller une phrase presque cohérente. Ne sais-tu pas qui tu es ni où tu te trouves ?

Elle secoua la tête.

— Non.

Blaise avala sa salive.

— Je vois.

— Que suis-je ? demanda-t-elle encore en le regardant de ses yeux incroyables.

— Eh bien, dit lentement Blaise, si tu ne me fais pas une farce cruelle et que tu n'es pas le fruit de mon imagination, alors c'est un peu compliqué à expliquer...

Elle regardait sa bouche pendant qu'il parlait et quand il s'arrêta, elle releva la tête pour croiser son regard.

— C'est étrange, dit-elle, d'entendre des mots de cette façon. Ce sont les premiers véritables mots que j'entends.

Blaise sentit un frisson lui parcourir l'échine. Il se leva de sa chaise et il se mit à arpenter la pièce en essayant de ne pas regarder son corps nu. Il s'était attendu à ce que quelque chose apparaisse. Un objet magique, une chose. Il n'avait simplement pas su quelle forme cette chose prendrait. Un miroir, peut-être, ou une lampe. Peut-être quelque chose d'aussi rare que la Sphère de Capture Vitale posée sur son bureau comme une sorte de gros diamant rond.

Mais une personne ? Et une personne de sexe féminin en plus ?

Pour être honnête, il avait bien essayé de rendre l'objet intelligent pour s'assurer que la chose aurait la capacité de comprendre le langage humain et de le retranscrire en code. Peut-être ne devrait-il pas être si surpris que l'intelligence qu'il avait invoquée prenne une apparence humaine.

Une forme magnifique, féminine et sensuelle.

Concentre-toi, Blaise, concentre-toi.

— Pourquoi marches-tu comme ça ? Elle se leva lentement, ses mouvements étaient peu assurés et étrangement maladroits. Je devrais marcher aussi ? C'est comme ça que les gens discutent ?

Blaise s'arrêta devant elle en faisant de son mieux pour ne pas regarder plus bas que son cou.

— Je suis désolé. Je n'ai pas l'habitude d'avoir des femmes nues dans mon bureau.

Elle fit descendre ses mains le long de son corps, comme pour essayer de le toucher pour la première fois. Quelle qu'ait été son intention, Blaise trouva le geste extrêmement érotique.

— Est-ce qu'il y a un problème avec mon apparence ? demanda-t-elle. C'était une inquiétude si typiquement féminine que Blaise dut retenir un sourire.

— Au contraire, assura-t-il. Tu es magnifique. Si belle, en fait, qu'il avait du mal à se concentrer sur autre chose que ses courbes délicates. Elle était de taille moyenne et si bien proportionnée qu'elle aurait pu servir de modèle pour un sculpteur.

— Pourquoi est-ce que je suis comme ça ? Un léger froncement vint plisser son front lisse. Que suis-je ? Cette dernière question semblait tout particulièrement la préoccuper.

Blaise inspira profondément, essayant de ralentir son pouls.

— Je crois que je peux hasarder une conjecture, mais avant, je voudrais te donner des vêtements. S'il te plaît, attends-moi ici, je reviens.

Et sans attendre sa réponse, il sortit en trombe de son bureau.

———

Le Code arcane est déjà disponible. Allez visiter mon site www.dimazales.com/book-series/francais/ pour en apprendre plus et vous inscrire sur ma liste de diffusion.

À PROPOS DE L'AUTEUR

Dima Zales est un auteur de science-fiction et de fantasy dont les romans sont classés parmi les best-sellers du *New York Times* et de *USA Today*. Avant de devenir écrivain, il a travaillé à New York dans l'industrie du développement de logiciels en tant que programmeur et en tant que cadre. Depuis les logiciels de trading haute fréquence pour les grosses banques jusqu'aux applications mobiles pour des magazines populaires, Dima a tout fait. En 2013, il a quitté l'industrie des logiciels pour se concentrer sur sa carrière d'écrivain et il a déménagé à Palm Coast, en Floride, où il vit actuellement.

Vous pouvez consulter le site www.dimazales.com/book-series/francais/ pour en savoir plus.